KB183318

꿈, 그리고 환상

# 꿈, 그리고 환상

초판 1쇄 인쇄 2024년 12월 20일
초판 1쇄 발행 2024년 12월 24일
저  자 손영목
발행인 박지연
발행처 도서출판 도화
등 록 2013년 11월 19일 제2013－000124호
주 소 서울시 송파구 중대로34길 9－3
전 화 02) 3012－1030
팩 스 02) 3012－1031
전자우편 dohwa1030@daum.net
인 쇄 유진보라
ISBN 979－11－92828－75－6 *03810
정가 15,000원

잘못 만들어진 책은 교환해 드립니다.
저자와 출판사의 허락 없이 책의 전부 또는 일부 내용을 사용할 수 없습니다.

도화道化, fool는
고정적인 질서에 대한 익살맞은 비판자,
고정화된 사고의 틀을 해체한다는 뜻입니다.

# 꿈, 그리고 환상

손영목 연작소설

도화

# 차례

# 안개의 우수

## -꿈, 그리고 환상 1

"나가나 들어오나 안개 천지네."

찻쟁반을 들고 들어온 아내가 방 안에 자욱한 담배연기를, 정녕 싫은 듯 한손으로 걷어내는 시늉을 하며 얼굴을 찌푸렸습니다.

벌써 십 년이 지나도록 결혼생활을 해오는 처지인데도 아내가 도무지 익숙해질 수 없어 질색하는 것 중의 하나가 제 담배입니다. 하루 한 갑 반, 어쩌다 번역거리가 겹치고 원고가 밀려 조급해져야 겨우 두 갑을 채우는 정도고 보면 그다지 심한 편도 아닌데, 아내는 걸핏하면 건강과 가계부사 정을 끌어다 붙이며 저에게 금연을 요구했지요.

아내는 탁한 공기에 거의 병적으로 알레르기 반응을 보이기 때문에, 거리에 나갔다가 매연이라도 마시고 들어올라치면 허옇게 떠서 드러눕는 시늉을 하고, 애새끼 공부만 아니라면 당장 공기 맑은 시골에 내려가 살고 싶다는 푸념이 입버릇이었습니다.

이런 아내도 어쭙잖은 번역물일망정 소위 글을 쓴다는 직업의 피가 마르는 고통을 이해할 줄은 알아서, 제가 몇 시간이나 원고지를 붙들고 앉아 용을 쓰며 담배를 태워댈 때는 그래도 지금처럼 안개가 어쩌니 하는 투의 완곡한 불평정도로 참아낼 줄을 알았습니다.

"밖에 안개가 끼었어?"

나는 만년필을 놓고 허리를 펴며 커피잔을 들었습니다.

"낀 정도가 아냐. 숫제 앞이 안 보일 지경인걸."

"웬 놈의 안개가 그리 심하담."

"애들 기관지가 걱정이야. 창문 좀 열어 환기시켜줘?"

이렇게 물은 아내는 제가 거절하기도 전에 벌써 창문께로 가서 커튼을 젖히고 유리창을 열더군요. 늦가을 저녁의 찬 기운이 방 안에 우욱 밀려 들어왔습니다.

저는 따끈한 커피를 목구멍에 흘려 넣으며, 아내의 까만 머리 너머로 밖을 내다봤지요. 정말이지 짙은 안개였습니다. 아직 어두워지기 전의 어스름을 스펀지처럼 빨아들인 안개가 창밖의 거리 위에 꽉 차있었습니다. 방 안의 담배연기가 빠져나가기커녕 도로 밀려들어올 것 같은 답답한 광경이었습니다.

"가까운 곳에 강도 바다도 없는데, 무슨 조화일까."

아내는 창문을 도로 닫으며 혼잣말처럼 투덜거렸습니다.

"마치 구름이 내려앉은 것 같아."

순간, 저는 그만 가슴이 뜨끔했습니다. 정말입니다. 실로 감전과 같은 강한 충격이랄까요.

'마치 구름 속을 걷는 것 같군요.'

아득한 세월의 저쪽 공간에서 그런 속삭임이 들려왔기 때문입니다. 안개와 구름, 여자와 여자의 감성. 이 무슨 등골 오싹한 우연입니까. 숨기고 숨겨온 마음속의 비밀을 폭로당한 기분이었습니다.

하지만, 아내는 그처럼 미묘한 제 가슴속 파동을 못 알아차리고 방을 나가버렸습니다. 다행이었습니다.

저는 잠시 멍하게 앉아 있었습니다. 글을 써야한다는 생각은 이미 천리 밖으로 달아나고, 세월의 앙금과 의식적 기피로 망각돼가던 한 여자가 느닷없이 회상의 갈피 속에서 튀어나와 제 앞에 섰습니다.

　그렇습니다. 그날 저녁도 지금처럼 매우 짙은 안개가 끼었습니다. 그리
고 그녀는 제게 말했지요. 마치 구름 속을 걷는 것 같다고.


　뿌연 안개가 하루살이 떼처럼 가로등 주변에 몰려드는 저녁이었습니다.
저는 술이 어지간히 취해 거리를 휘적휘적 걷고 있었습니다.

　안개에 파묻힌 거리는, 그렇기 때문에 더욱 스산하고 불안스러워 보였
습니다. 자동차들은 물에 빠진 사람처럼 요란하게 아우성을 치며 허우적
거리고, 오가는 발걸음들도 몹시 초조하고 바빴습니다. 크고 작은 간판들,
진열장 속의 환하게 켜단 조명등 아래 들어찬 상품들까지도 어쩐지 빛을
잃고 후줄근한 느낌을 줬습니다.

　저는 낡은 코트 안쪽 호주머니에 든 돈을 가늠해봤습니다.

　'팔만 원쯤 새나갔을까. 그렇다면 내겐 아직 십만 원쯤의 사내다운 매력
이 건재한 셈이군.'

　저는 히죽 웃었습니다. 어느 쪽으로 가건 술집은 있으니까요.

　지금도 약간 그런 끼가 남아있지만, 그 무렵의 저는 도대체 호주머니에
단돈 만 원이 들어있어도 못 견디는 성미였습니다. 마치 옷 속에 벌레라도
들어온 것처럼 온몸이 스멀거리고 초조해져, 이 고약한 돈을 어떻게 써 없
애야 홀가분할까 하고 고심했습니다. 그런데 그날은 번역 원고료로 받은
18만 원이 호주머니에 들어있었으니, 사정을 알 만하지 않습니까.

　이미 서너 곳 술집을 거친 후였습니다. 마시기 시작하면 호주머니 사정
이 허락하는 한 언제까지고 술집을 순례하는 게 제 주벽이었습니다. 그러
다가 종내 의식을 잃고 곯아떨어지는데, 깨어나면 대개는 어느 여관의 꾸
밈새 없는 방 안이고, 곁에는 뻔뻔스런 얼굴인 여자가 누워있거나 누군가
자고 나간 흔적이 남아있기 일쑤였습니다. 그리고 항상 호주머니 속은 텅

비어 있었습니다. 따라서, 이날 밤의 제 행적 또한 똑같은 코스이리란 건 부연할 필요도 없겠지요.

'백모삼년이지, 뭐.'

저는 남의 일을 비웃듯 자신의 주제를 쿡쿡 웃었습니다.

문득 조금 전 마지막으로 거쳤던 술집의 일이 되살아났습니다. 당돌해 보이긴 해도 예쁘장한 호스티스였지요. 사실은 그럴 마음도 없으면서, 저는 아가씨 가슴에 손을 집어넣으려고 했지 뭡니까. 그녀가 샐쭉해서 몸을 움츠리며 핀잔을 주더군요.

"아저씨, 무드나 좀 잡은 담에 이러시면 안 돼요?"

'주제에 뭐 이따위 건방떠는 년이 다 있어.'

저는 불쾌감을 노골적으로 드러내는 대신 손에 집히는 대로 호주머니에서 지폐를 뽑아 그녀의 목이 헐렁한 스웨터 속에 난폭하게 찔러 넣어줬습니다.

"어마, 멋져라! 아저씨 센스 있으셔."

태도가 표변한 그녀의 두 팔이 제 목을 감았을 때, 저는 그 몰염치를 용서할 수 없어 따귀를 한 대 때리고는 자리를 차고 일어났습니다. 그런데, 이상하게도 아가씨는 당연히 그래야 할 성깔을 부리지 않았습니다. 분노와는 다른, 뭔가 호기심 가득한 시선으로 저를 빤히 쳐다보더군요. 아무튼 그런 엉뚱한 짓을 하고서 저는 그곳을 나왔던 겁니다.

"저, 여보세요."

문득 누가 부르는 소리에, 저는 반사적으로 걸음을 멈췄습니다.

정신을 차리고 보니, 제가 서있는 곳은 어느 낯선 주택가 골목길이었습니다. 바로 옆에서 들려오는 것처럼 차 소리가 요란한 걸로 보건대 한길에서 살짝 들어앉은 골목 같았습니다.

길 가장자리의 전신주에 웬 여자가 머리를 기댄 채 서있더군요. 한 팔을 기역자로 꺾어 이마를 받치고 한 팔은 망가진 인형의 팔처럼 축 늘어뜨린 채였습니다. 그녀의 발치께에 떨어져 있는 핸드백이 제 눈에 들어왔습니다. 사람 키 두 배 높이에 휑뎅그렁하게 매달린 보안등이 차갑게 그녀를 내려다보고 있었지요.

얼핏 술이 깬 저는 자신도 모르게 다가갔습니다.

"어디 아프십니까?"

저는 핸드백을 집으며 조심스럽게 물었습니다.

"네, 그래요. 좀 도와주시겠어요?"

여자가 힘없는 음성으로 대답했습니다. 전신주에서 몸을 뗐으나, 어지러운지 두어 번 고개를 젓고는 도로 전신주에 머리를 기대더군요.

별안간 다리가 풀리며 푹 주저앉을 것 같았으므로, 저는 얼른 부축하듯 그녀의 허리를 껴안았습니다.

"조심하십시오."

"아, 미안해요. 이래선 안 되는데."

여자는 탄식처럼 뇌며 저에게 몸을 기대왔습니다. 착각인지 모르지만— 아니, 결코 착각이 아닙니다—그때 알코올에 마비된 제 코에 성숙한 여자의 강렬한 체취가, 어쩌면 머리칼 냄새인지도 모를 냄새가 풍겨왔다고 기억합니다.

"댁이 어디쯤입니까? 괜찮다면 내가 모셔다 드리겠습니다."

"감사합니다. 그런데, 제가 왜 이런지 모르겠네요. 가끔 어지럽긴 하지만……."

"허약하신 모양이군요."

껴안듯 부축해서 여자가 가리켜주는 방향으로 몇 발짝 떼놓으며, 비로소 내가 지금 여우같은 속임수에 바보처럼 걸려든 게 아닐까 하는 의아심이 고개를 쳐들었습니다. 그렇지만 무슨 상관입니까. 아니, 이처럼 기분 좋은 속임이라면 이녀와 더불어 안개의 끝까지 동행해도 괜찮다고 생각했습니다. 설령 속는다 해도 저는 어차피 억울한 것도 손해 볼 것도 없는 몸이니까요. 어쨌거나 장년여자의 나긋하고 부드러운 몸의 중량감은 저에게 달콤한 행복감을 안겨줬습니다.

"술냄새가 거북하겠지만, 조금 참으십시오."

"아네요. 상관없어요."

그러고는 집이 이쪽 방향이냐고 여자가 물었습니다.

아니라고, 전혀 낯선 동네라고 대답하자, 그렇다면 여긴 어떻게 오게 됐냐고 다시 묻더군요.

"글쎄요. 그건…… 저도 모르겠군요."

대답하고 보니 이 무슨 바보 같은 소립니까. 그래서 얼른 덧붙였지요.

"아마 안개 때문이겠지요. 안개는 눈에 보이는 꿈같은 것이니까요."

여자는 제 말을 음미하듯 대꾸가 없었습니다. 그러다가 잠시 후에 혼잣말처럼 이렇게 뇌더군요.

"웬 안개가 이렇게 짙을까. 마치 구름 속을 걷는 것 같네요."

띄엄띄엄 가로등이 켜져 있었지만, 길은 대체로 컴컴했습니다. 더군다나 안개가 뿌옇게 앞을 가로막아서, 꼭 끝없는 미궁으로 한 발 한 발 빠져들어가는 기분이었지요.

그 길을 통행하는 사람은 우리뿐이었습니다. 우리는 몸을 밀착시킨 채 걸었습니다. 만일 누가 목격했다면 다정한 부부나 연인들로 오인했을 게 틀림없습니다. 주저앉을 듯하던 아까와 달리 그녀는 체중의 삼분의 일만 저한테 맡긴 채 비교적 걸음을 또박또박 떼어 옮겼습니다.

문득, 앞 쪽에서 발걸음소리가 들렸습니다. 안개 속에서 웬 남자가 나타나더니, 바로 앞에서 급한 걸음을 옆길로 꺾어 사라져가더군요. 그리고 나서 자욱한 안개 속에는 다시 우리뿐이었습니다.

침묵은 이 극적인 만남의 의미를 위태롭게 하는 짓일 듯해서, 좀 괜찮으냐고 저는 물었습니다.

"아, 네. 하지만 아까는 정말 정신을 잃을 뻔했어요."

"조심하셔야지요. 특히 이런 밤거리에서는…… 치한이라도 만나면 큰일 아닙니까."

"그렇긴 하지만, 선생님 같은 신사를 만났지 않아요?"

"제가 신사로 보입니까?"

저는 웃었습니다.

"인간이 자기 행동을 결정짓는 것은 순간적입니다. 까딱했으면 핸드백을 들고 뛰거나 당신한테 못된 짓을 했을지도 모르지요. 제가 그렇게 나왔다면 어떻게 하셨을 거 같습니까?"

"글쎄요. 하는 수 없지 않을까요?"

이번에는 여자가 작은 소리로 웃었습니다.

하는 수 없다니, 당해도 하는 수 없다니. 제 가슴속에 미묘한 파문이 일기 시작했습니다.

문득 여자가 걸음을 멈추며 저에게서 떨어져 나갔습니다. 쇠창살로 짠 대문 앞이었습니다. 촘촘한 창살 사이로, 어둠에 싸인 작은 뜰을 건너 불빛이 은은하게 커튼을 물들인 마루의 창이 들여다보였습니다.

"다 왔습니까?"

"네. 덕분에 이젠 거뜬해졌어요."

"섭섭하군요. 좀 더 멀리까지 에스코트해 드렸으면 좋을 뻔했는데."

"그러세요?"

"진심입니다. 저는 당신이 생각하시는 만큼은 신사가 아니거든요."

여자는 탐색하듯 어둠속에서 저를 빤히 응시하더군요. 그것은 말하자면 짧은 순간의 격렬한 승부였습니다.

싫지 않다면 차라도 대접하고 싶다고 그녀가 말했을 때, 저는 레이스에서 테이프를 끊는 순간에 느끼는, 그런 허탈감 비슷한 기쁨에 싸여버렸습니다.

그녀는 제 대답을 들으려하지도 않고 돌아서서 핸드백을 열어 열쇠를 꺼내더니 대문 안쪽에 장착된 자물통 구멍에다 꽂더군요.

그 명확한 태도는 불빛이 번져 나오는 창유리를 바라보는 순간부터 제 마음 속에 부유하기 시작한 어떤 불안을 깨끗이 해소해줬습니다. 이건 정말이지 내 의지로는 어쩔 수 없는 상황이 아니겠습니까.

여자를 뒤따라 대문 안으로 한 걸음 들어선 저는 어둠과 안개에 싸인 집을 둘러봤습니다. 그리 크지 않은 규모지만, 한정된 공간을 기능적으로 활용해 지은 것 같은 이층양옥이더군요.

다시 현관문을 열쇠로 열고 실내에 발을 들여놨을 때, 우리를 맞이한 것은 털이 노릇노릇한 고양이였습니다. 고양이는 이층으로 통하는 층계 중간에서 홀쩍 뛰어내리더니, 가는 울음소리를 내며 사뿐사뿐 그 여자에게 걸어왔습니다.

"잘 있었니? 우리 예삐."

여자는 마치 외출에서 돌아온 어머니가 아이에게 말하듯 상냥하게 말했습니다.

고양이는 혀로 입술을 핥으며 눈을 깜짝이면서 저를 바라보더군요. 저는 고양이에게 별로 호감이 가지 않았습니다.

"잠깐 실례하겠어요."

저를 소파로 안내한 여자는 양해를 구하고, 약간 서두르듯이 방문을 열고 안으로 사라졌습니다.

저는 코트를 벗어놓고 응접탁자 위에 놓인 담배케이스를 열어 담배를 한 개비 꺼내 불을 댕겼습니다. 그러고는 의자 등받이에 나른하게 기대앉아 실내를 둘러봤습니다.

퍽이나 생활의 멋을 아는 손길이 정성을 기울인 분위기였습니다. 테라리움과 화분과 박제된 꿩, 아라비아스타일 직물 벽걸이와 유화, 컬렉션이 분명한 수십 종 외국 토기인형, 유리 원통 속에 장치돼 내부구조가 다 들여다보이는 장식용 시계, 이런 것들이 각각 꼭 어울리는 자리에 배치돼서 전체 분위기가 고상하게 조화를 이뤘습니다.

탁자 위에 놓인, 배가 부른 꽃병에는 하얀 마거리트가 소담스럽게 꽂혀 있었습니다. 손을 뻗어 꽃잎을 만족보고, 저는 그것이 드라이플라워임을 알아차렸습니다.

방문이 열리며 여자의 모습이 나타났습니다. 그녀는 어느새 연두색 홈드레스로 갈아입은 차림이더군요. 그 모습이 너무 우아하고 신선해, 저는 그만 숨이 멎고 말았습니다.

여자의 손길이 벽을 더듬자, 순간적으로 실내의 밝은 불빛이 어디론가 달아나버리고 어둠침침하고 은은한 빛으로 조명이 변했습니다.

"죄송합니다. 전 환한 불빛에서는 쉬 피로를 느끼는 체질이라서요."

여자가 말했습니다.

저는 상관없다고 대꾸했습니다. 정말이지 불빛 따위야 아무러면 어떻단 말입니까. 오히려 그녀가 빚어내는 차분하고 은근한 분위기는 제 기분을 훨씬 가볍고 대담하게 순화시켜줬습니다.

저는 자연스럽게 그녀의 뒤로 다가가 허리를 껴안고, 약간 거부하는 몸짓에도 아랑곳없이 목덜미에 입술을 댔습니다. 그녀의 몸이 경련을 일으키고 그 떨림이 그대로 저에게 전염돼짐을 느끼며, 저는 돌이킬 수 없는 어떤 절망감에 빠져버렸습니다.

하지만, 우리는 역시 타인이었습니다. 정작 정염의 불꽃을 태워야 하는 순간에도 그녀는 마치 악몽을 꾸는 듯 자꾸만 자꾸만 저한테서 달아나고,

저는 그런 그녀를 쫓아가느라 몹시 조급할 뿐이었으니까요. 그것은 한마디로 말해 괴로운 경주였습니다.

이성에 돌아왔을 때, 저는 옆으로 돌린 여자의 눈에서 흘러내리는 눈물을 봤습니다. 그것은 예기치 않았던 일이므로, 저는 약간 당황했습니다. 제가 눈물을 씻어주려고 하자, 그녀는 고개를 저으며 말했습니다.

"먼저 나가 계시겠어요? 죄송해요."

저는 옷을 주워 입고 침실에서 마루에 나왔습니다.

탁자 위에 앉아있던 고양이가 저를 쳐다봤습니다. 저는 고양이 눈빛에서 어떤 적의 같은 걸 느꼈습니다. 착각인지도 모르지만요. 제가 다가가자, 고양이는 슬그머니 피해버렸습니다.

제가 담배를 피우고 있을 때, 여자가 나왔습니다. 저는 그녀의 표정이 비교적 밝은 것같아 적이 마음을 놨습니다.

커피가 괜찮을지 모르겠다고, 여자가 조심스런 투로 제 기호를 타진했습니다.

저는 커피보다 술 한 잔이 좋겠다고 대답했습니다.

"스카치가 있을 거예요."

여자가 미소를 날리며 말했습니다.

"좋습니다. 그걸로 부탁합니다."

"스트레이트로 하시겠어요, 아니면 하이볼로?"

"스트레이트로 하겠습니다."

여자가 주방 쪽으로 사라지더니, 잠시 후 목이 짧은 유리잔 두 개를 들고 돌아오더군요. 그녀는 술잔 하나를 저에게 건네며 맞은편에 앉았습니다. 우리는 술잔을 살짝 쳐들어 건배를 하고 입으로 가져갔습니다.

정직하게 말하면 저는 술이 어지간히 깨어버린 때였으므로, 속에다 다시 술을 부어넣음으로써 일부러 뻔뻔하고 대담해질 작정이었습니다. 그러나 그게 그렇게 되지 않았습니다. 타는 듯한 자극을 주며 식도를 통과하는 위스키의 약리작용도 소용없이, 일단 균형을 잡은 제 정신은 흐트러지지 않았으니까요.

여자가 마시는 것은 하이볼이었습니다. 다리를 꼬고 편한 자세로 앉아 찔끔 또 찔끔 혀끝으로 굴리며 마시는 모습은 퍽 우아하고 세련돼보였습니다. 적어도 그녀에게서는 여자가 정사 뒤에 곧잘 드러내는 그런 흐트러짐이 보이지 않았습니다. 치렁하게 늘어뜨려진 머리칼에 싸인 얼굴은 아무리 공격적인 언사라도 시를 읊듯이 말할 것 같은 침착성이 엿보였습니다.

"참 이상하군요."

여자가 먼저 입을 열었습니다.

저는 상대방을 외면한 채 다음 말을 기다렸습니다.

"선생님과 이렇게 마주앉아 있는 게 어째서 쑥스럽거나 어색하게 느껴지지 않죠? 우린 겨우 삼십 분 전에 만났고, 그리고……."

"그건 이 사람도 마찬가집니다."

선생님이란 호칭에 두드러기를 느끼며, 저는 여자의 말을 가로막았습니다.

"개와 늑대는 처음 보는 순간부터 상대방이 자기와 같은 무리라는 것을 감지한다고 들었습니다. 비유가 적절했는지 모르지만, 어쨌든 우리가 지금 함께 있는 것은 그럴 만한 충분한 이유가 있기 때문인 거죠. 무얼 따져 생각할 필요가 있습니까."

"그래서 아예 처음부터 상대방에 대해 묻지 않는 건가요?"

여자는 한손으로 뺨을 괴고 가만히 저를 건너다봤습니다.

저는 술을 한 모금 훌쩍 들이켰습니다.

"누구든 행동이나 생각에는 다 나름의 타당한 이유가 있다고 생각합니다. 거듭 말하지만, 우리가 지금 자리를 같이하고 있는 것은 공통된 무엇이 있기 때문인 겁니다. 그 무엇이 무엇인가 하는 건 굳이 따질 필요가 없겠지요. 고독·슬픔·번민·우울·권태·환멸…… 그 어느 것일 수도 전체일 수도 있지요. 중요한 건 그것뿐입니다."

"산다는 것을 어떻게 생각하시나요?"

질문이 너무 갑작스러운 비약이기 때문에 저는 잠시 말문이 막혔습니다. 그리고 다음 순간, 그 너무도 허황하고 진부한 문제제기로 김을 빼는 처사에 은근히 짜증이 났습니다.

"지금까지 많은 사상가들이 저마다 그에 관한 고상하고 의미심장한 명언 명구를 생각해내려고 골머리를 썩였지요. 그러나 누구도 먹고 일하고 잠자는 것이라는 이상의 소리를 지껄일 수는 없었습니다. 사실 그밖에 더 무슨 설명이 가능합니까."

"하지만 꼭 그렇지만은 않을 거예요."

여자는 천천히 고개를 저었습니다.

"저는 종교하고는 거리가 멀지만, 산다는 건 분명히 생존의 행위 이상 가는 의미가 있다고 믿어요. 요즘 와서 전 더욱 그것을 뚜렷하게 실감할 수 있어요. 전율을 느낄 만큼 뚜렷이요. 창문으로 쏟아져 들어오는 아침햇살, 골목에서 아이들이 떠드는 소리, 흘러가는 구름, 거리의 소음과 매연냄새, 이런 모든 것들이 갑자기 저에게 삶에 대한 어떤 강렬한 암시를 주거든요. 얼마 전에 저는 길거리에서 열심히 쳇바퀴를 돌리는 다람쥐를 보고 이상한 충격을 받았어요. 결코 처음 보는 신기한 광경도 아닌데 말이죠. 그 모든 하나하나가 저에게 어떤 엄숙하고 결정적인 해답을 스스로 깨닫도록 몰아붙이는 것 같았어요."

"그래서 그 해답을 얻었습니까?"

여자는 서글픈 듯 또 고개를 저었습니다.

"당연하겠지요. 당신은 얻을 수 없을 겁니다. 누구나 마찬가집니다. 오직 느낄 따름이지요.”

“하지만 산다는 건 댁이 말씀하신 이상의 의미가 틀림없이 있다고 생각해요. 싫든 좋든 저는 죽는 날까지 줄곧 생각하지 않을 수 없을 거예요.”

“왜 생각해야 합니까?”

“뭐든 부족함을 느끼면 소중해지게 마련이니까요.”

고양이가 소파 위에 사뿐 뛰어올라 여자의 손등에다 뺨을 비비자, 그녀는 머리를 살살 어루만져줬습니다.

문득, 여자가 의외로 견고한 자기세계를 구축하고 있으며, 저는 실상 그 세계의 작은 귀퉁이도 점령을 못했다는 사실을 뚜렷이 깨달았습니다. 뭔가 억울하고 어이없다는 기분이 드는 걸 어쩔 수 없더군요. 처음 만났을 때부터 우리는 가식을 벗기로 묵계가 돼있었고, 한 번의 정염으로써 홀가분히 상대방에게서 달아나버릴 작정이었던 겁니다. 그런데도 계산된 과정의 마지막 단계에서 새로운 관심으로 상대를 바라보게 됨은 저로선 전혀 예상도 못한 일이었지요.

속이 환히 들여다뵈는 시계가 아홉 시를 가리킬 때, 저는 술잔에 남은 마지막 한 방울을 핥고 나서 일어났습니다.

여자는 담담한 얼굴로 대문 밖까지 따라 나왔습니다.

“언제 또 만날 수 있을까요?”

어둠속에 희미하게 떠오른 그녀의 얼굴을 들여다보며, 어리석게 던진 제 질문이었지요.

여자가 소리없이 웃는 것 같았습니다.

“안개는 눈에 보이는 꿈이라고 아까 그러셨죠?”

“그랬습니다.”

“맞아요. 이건 꿈이에요. 꿈은 어디까지나 꿈으로 끝나고, 또한 그래야 하지 않을까요?”

"그래도 내가 고집을 부린다면?"

여자는 딱하다는 듯 어둠속에서 저를 올려다봤습니다. 그리고 말하더군요.

"그렇다면 다시 꿈에서 만나요. 오늘저녁 같은 꿈속에서 똑같은 꿈의 모습으로. 무슨 뜻인지 아시겠어요?"

"약속해주시겠습니까?"

"그러죠. 만약 그때까지…… 약속을 지킬 수 있을지 어떨지는 모르겠지만."

여자의 마지막 말은 이상하게 쓸쓸한 울림이었습니다.

안개는 더욱 짙어져 다섯 발짝 앞이 보이지 않을 지경이었습니다. 정말 지독한 안개였습니다.

저는 마치 미로의 동굴을 헤매듯, 여자가 일러준 방향으로 해서 간신히 그 짙은 안개 속의 골목을 빠져나와 택시를 잡아탔습니다. 그러고는 의자 등받이에 머리를 얹고 눈을 감으며, 이건 정말 꿈일지도 모른다고 중얼거렸습니다.


제가 다시 그 여자를 만나려고 거기 찾아간 때는, 그로부터 두어 달 가까이 지난 저녁이었습니다. 그리고 그날 저녁도 저번처럼 짙은 안개가 거리를 덮고 있었습니다.

그녀를 다시 만나야 하는 이유는 단순합니다. 애틋한 정염이라 해도 좋고 치졸한 미련이라 해도 좋습니다. 시간이 지나면 지날수록, 한 때의 부질없는 꿈이라 일축하려면 할수록, 그 여자는 더욱 완강히 제 의식 속으로 밀고 들어왔습니다. 참 이상한 일이지요. 사실 저는 그녀의 정체에 관해 아무것도 아는 바가 없고, 알고 싶지도 않았습니다. 오로지 신비의 베일 뒤에 알른알른한 모습으로 서 있는 모습을 다시 만나보고 싶다는 소망뿐이었습니다.

하지만, 저는 자신의 간절한 감정에 순종하기로 작정하고도 선뜻 결행을 못하고 망설였습니다. 헤어지면서 여자가 한, 오늘저녁과 같은 꿈속에서 똑같은 꿈의 모습으로 만나자는 말 때문이지요. 이를테면 경고성 주문 비슷한 그 말에 구애되다 보니, 제 욕심과 편리대로 아무 때나 무턱대고 찾아가선 안 될 듯싶었습니다. 그녀와의 사이에 한 번쯤은 더 가능할 수 있는 아름다운 기회를 스스로 깨뜨려버릴지도 모를 무모한 시도를 자제하지 않을 수가 없더군요. 그래서 그녀가 말한 '꿈의 안개'를 이제나 저제나 기다린 겁니다.

그런데, 막상 나서려니까 실체가 없는 어떤 존재가 제 덜미를 붙들지 뭡니까. 그때까지는 저번 날 저녁에 여자를 발견한 장소를 어렵잖게 찾아갈 수 있으리라고 여겼는데, 그게 그렇게 간단한 일이 아니란 사실을 깨달았습니다. 기억을 되살리려고 하면 할수록 오리무중의 장벽 같은 것에 가로막힌 듯한 막막함에 대책이 없더군요.

그래서 제가 한참 만에 생각해낸 방법이 인간의 잠재의식에다 기대를 걸어보는 것이었습니다. 예컨대, 엉망으로 취한 술꾼이 텅 빈 몽롱한 의식 상태에서도 신통하게 집을 찾아가는, 그런 것 말입니다.

그러기 위해서는 그날 저녁과 똑같은 출발이 필요했습니다. 호주머니에 18만 원을 지니기 위해, 저는 약국을 경영하는 친구를 찾아가 돈을 꾸기까지 했으니, 이 무슨 칠칠맞고 황당한 짓거립니까.

하여간에 친구의 약국을 나온 저는 먼저 그날 저녁의 첫 출발점이었던 술집에 찾아갔습니다. 그런 다음 거기를 나와, 그 후에 거쳤던 서너 개 술집들을 기억에 의존해 하나하나 순례하며 점점 취기를 높여갔습니다. 마지막에 들렀던 술집에서 그 예쁘장하고 당돌한 호스티스를 만난 것도 물론이지요.

저를 금방 알아본 아가씨는 조금 놀란 듯 반색하며, 그러면서도 서먹한 수줍음을 감추지 못하면서 순진한 연인처럼 고백하더군요. 그날 밤의 따귀 한 대가 두고두고 많은 생각을 불러일으키더라나요.

저는 그만 웃음을 터뜨리고 말았습니다. 이 무슨 서푼짜리 통속코미디입니까. 제 기분이 그런데도 눈치 없이 끝내 심각한 척 얌전을 떨고 앉은 아가씨를 보자니까 되레 기분이 잡쳐, 앞의 잔을 들어 홀짝 비우곤 자리에서 일어났습니다.

아가씨가 의외란 듯 제 팔을 붙들더군요.

저는 고개를 저었습니다.

"놔. 가야 해."

"어머, 벌써요? 제가 기분 나쁘게 해드렸나요?"

"아니야."

"그런데 왜요?"

"그날 밤과 똑같아야 하니까."

"그게 무슨 뜻이죠?"

"아가씬 몰라도 돼. 그날 밤과 똑같아야 한단 말이야."

저는 지폐 몇 장을 꺼내, 의혹과 불쾌의 표정으로 쳐다보는 그녀의 손에 쥐어주고는 밖으로 나왔습니다.

'따귀 한 대가 제법 약이 된 모양인데, 하지만 지금쯤은 내가 준 돈을 꼬깃거리며 혀를 쏙 내밀지도 모르지.'

저는 픽 웃었습니다.

몇 개인가 건널목을 건너고, 커브를 돌기도 했습니다. 어디가 어딘지, 어디로 가고 있는지도 분명치 않았습니다. 어지간히 몽롱한 상태에서 그저 발이 인도하는 대로 걸음을 떼놓을 뿐이었지요.

그러다가 문득 거리의 소음이 어떤 벽 저쪽에서 들려오는 듯한 느낌이

들었습니다.

정신을 가다듬고 주위를 둘러본 저는, 다음 순간 술이 확 깨는 놀라움에 사로잡히고 말았습니다. 지금 걸음을 멈춘 곳이, 바로 그때의 그 골목 입구였기 때문이지요. 저만치 전신주에 매달려 짙은 안개 속에 몽롱한 빛을 권태롭게 흘리는 갓 쓴 보안등은 틀림없이 눈에 익은 그것이었습니다. 정신없이 걷는 동안 잠재돼 있던 기억이 저를 여기까지 끌어온 것이지요. 저는 야릇한 오한을 느끼며 골목 속으로 들어가, 마침내 그 보안등 아래에서 자신의 그림자를 밟고 섰습니다.

그 여자는 없었습니다. 전신주에 기대선 그녀의 모습이 눈에 띄지 않음을 조금 전에 알았을 때부터 제 마음은 이미 흔들렸습니다. 그녀를 만나지 못할지도 모른다는 생각에 말입니다. 하긴 영리한 여자라면, 감정보단 이성이 발달한 여자라면, 길에서 어쩌다 만난 남자와의 약속쯤 아무 죄책감 없이 가볍게 털어버릴 수도 있을 테지요. 얼빠진 남자가 순진하게 안개 속에 서성거리는 모양을 그려보며 혼자 웃음을 지을지도 모릅니다.

그러나 저는 그 여자는 꼭 나타날 거라고 믿고 싶었습니다. 설령 따돌리기 위한 즉흥적 약속이었다 해도, 이 짙은 안개의 우수를 그 여자가 견뎌낼 수 있으리라고는 여겨지지 않았습니다. 저는 그렇게 자신을 납득시키면서 그 보안등 아래 서성이고 있었습니다.

담배를 두 대째 태우고 났을 때입니다. 골목 안쪽에서 누군가가 다가오는 발소리가 들렸습니다.

저는 긴장해서 그쪽을 뚫어져라 바라봤습니다. 그 여자가 틀림없다고 단정하면서 말이지요. 하지만, 뿌연 안개 속에서 나타난 모습은 중키에 어깨가 벌어진 남자였습니다.

저는 적이 실망해서 시선을 거두고 말았는데, 그냥 지나쳐갈 줄 알았던 남자가 뜻밖에도 제 곁에 주춤주춤 다가왔습니다.

"실렙니다만, 누굴 기다리고 계십니까?"

"네?"

저는 느닷없이 멱살을 잡힌 사람처럼 놀랐습니다.

"바로 만났군요. 안개 낀 저녁에 여기서 만나기로, 어떤 여자와 약속하지 않았습니까? 그렇지요?"

"다, 당신은 누구신데……."

"그 여자의 남편입니다."

남자가 나직이 말했습니다.

순간, 저는 숨이 탁 막히고 말았습니다. 파멸의 절망감이 폭포처럼 정수리에 쏟아져 내렸습니다.

"놀라실 것 없습니다. 저는 와이프 부탁으로 아까부터 선생을 기다리고 있었답니다."

남자의 목소리는 왠지 무겁고 축축한 울림이었습니다.

"그 사람은 이제 이 세상 사람이 아니에요. 선생을 만나던 무렵 이미 죽어가고 있었으니까."

"뭐라고요?"

저는 낮게 부르짖었습니다. 귓속에서 왱하는 소리가 들렸습니다.

"와이프가 저한테 그럽디다. 안개가 끼는 날 저녁에 이곳에서 선생을 기다려 만나달라고. 괜찮다면…… 같이 조금 걸으시겠습니까?"

그러면서 큰길 쪽으로 걸음을 떼놓는 남자를, 저는 꼭두각시처럼 곁에 따라붙을 수밖에 없었습니다.

"제 아내에 대해서 별다른 오해는 갖지 말아 주십시오. 와이프는 다만 선생께 자기가 약속을 어기는 여자라는 인식을 남기고 싶지 않았나 봅니다. 그뿐이에요. 이건 정말입니다."

남자의 말은 강한 울림으로 제 가슴을 흔들었습니다. 그의 독백 같은 중얼거림이 이어졌습니다.

"저는 아내를 무척 사랑했습니다. 그렇기 때문에 와이프의 시한부생명 삼 개월을 완전히 해방시켜 줬지요. 그건 일면 속죄의 뜻도 담겨 있습니다. 저는 아내의 일체를 용납하고 이해하려고 했습니다. 그날 저녁 선생께서 우리집에 찾아왔던 사실도 알고 있습니다. 어떤 면에서는 선생께 감사해야 될지도 모르겠군요."

우리는 골목을 벗어나 큰길가에 다다랐습니다.

길에는 차들이 한데 엉겨서 시끄럽게 경적을 울리며 이리저리 밀렸습니다. 짙은 안개에 짓눌린 밤거리는 몹시 답답하고 우울해 보였습니다.

우리는 뭔가 잊어버린 대화라도 있는 것처럼 서로의 얼굴을 바라보고, 두 사람 사이의 엄청난 벽을 실감해 내심 섬뜩한 두려움을 느끼며, 무언의 목례로 인사를 대신하고 헤어졌습니다.

뚜벅뚜벅 포석을 울리는 남자의 발소리를 등 뒤로 느끼며, 저는 저 친구가 이제부터 술을 엉망으로 마시게 될 모양이라고 엉뚱한 예상을 했습니다.

그러니까 저 또한 오늘밤에는 진짜로 취해야 하고, 그래서 아무 여자든지 절실한 진짜사랑으로 안아줘야겠다고 절망적으로 뇌었지요.

아, 이 무슨 꿈이나 환상 같은 그림입니까! 짙은 안개 속에서 만난 여자의 존재, 그로써 이어진 짧은 한 커트 분홍빛 드라마, 게다가 제 앞을 잠깐 스쳐간 남자의 캐릭터까지도 말입니다.

# 밀랍인형들의 집

## -꿈, 그리고 환상 2

길 양쪽에는 코스모스가 아름답게 피어있었다.

이런 곳을 코스모스 꽃길이라고 하던가. 내 허리께에 거의 닿을 높이로 가지런히 늘어선 줄기들의 위쪽으로만 치올려 붙은 하양·빨강·분홍 작은 얼굴들은 산들바람에 하느작거리며 나를 반겨줬다.

국도와 접한 초입에서 시작된 코스모스 꽃길은 산 밑까지 사오백 미터나 이어졌고, 포장이 안 됐을 뿐 바닥이 고르고 쭉 곧은 그 진입로 끝에는 지금 내가 찾아가는 저택이 약간 비스듬한 앉음새로, 단풍색이 완연한 산을 배경삼아 버티고 있었다. 진입로 주변은 가을걷이가 끝나 황량한 들판에 비닐하우스와 주택이 듬성듬성 무리를 이룬 모양이 영락없는 도시 근교의 채 정리되지 않은 풍경이었다. 이 가운데서 문제의 벽돌 이층 양옥만이 색다르고 당당하며, 어딘가 외로워보였다.

나는 걸음을 멈추지 않은 채 가방을 들지 않은 오른쪽 손을 뻗어 빨간 꽃 한 송이를 꽃대째로 꺾어 냄새를 맡으며, 그 저택을 눈여겨 바라봤다.

'난 이제 어떤 사람들과 대면하게 될까? 저 속에서 나를 기다리는 생활은 대체 어떤 것일까?'

호기심과 불안감이, 의지의 어루만짐에도 불구하고 다시금 보풀을 일으키기 시작했다.

―아가씨는 가정부라든지 하녀 같은 위치하곤 달라요. 말하자면 집사라고 할까. 마님의 잔시중을 거들면서 바깥어른의 비서 노릇을 하게 될 거예요. 누가 아나요? 아가씨만 싹싹하고 똑똑하게 처신하다 보면 어른네 눈에 들어 양녀로 삼자고 할지. 그렇게만 된다면 호박을 덩굴째 껴안는 거지, 뭐.

직업소개소 여자는 이렇게 말하며 웃었지만, 나는 귀담아듣지 않았다. 양녀니 호박이니 하는 것은 내 현실이나 기대와 너무 동떨어진 이야기였다. 지금 나에게는 오직 생활이, 당장 먹고 자는 문제가 시급할 따름이었다. 그 잠자리와 식사가 저 벽돌집에 보장돼 있는 것이다, 적어도 퇴짜만 맞지 않는다면. 그게 나로서는 무엇보다 중요했다.

사랑이란, 인생이란 허울은 얼마나 불분명한 무지갯빛인가. 한 남자와의 일 년 반 남짓한 생활을 청산하고 났을 때, 나한테 남은 거라고는 아무것도 없었다. 달랑 옷가방 하나로 줄어든 물질적 가난도 기막히려니와, 두 사람의 관계가 그처럼 공허하고 황량한 기억만으로 마무리될 수 있다는 사실이 믿어지지 않았다. 어쨌거나 우리 관계가 시작되던 무렵의 밝고 아름다운 기억을 되살리기에는 너무 지쳤을 뿐 아니라 진력이 났고, 사랑이라는 도배로 가려졌다가 드러난 원인적 균열은 너무도 분명했다. 미워하지도, 억울해하지도 말자. 헤어지면서 상대방에게 베풀기로 약속한 우리 마지막 온정의 약속이었다.

정신적인 안정에 앞서 생활의 안정이 나에게는 시급했다. 마땅한 일자리는 쉽게 나타나지 않고, 그나마도 얄팍하던 지갑은 금방 바닥이 나버렸다. 별로 반가워하지도 살뜰하지도 않은 친구 두엇에게 고역스러운 신세를 지면서 전전긍긍하다가 신문광고를 보고서 마지막 기대로 찾아간 곳이 소위 직업소개소라는 데였는데, 나를 면담한 중년여자 소장이 제시한 일자리는 너무도 뜻밖이었다.

나는 가까이 다가가서야 집을 둘러싼 벽돌 담벼락이 꽤나 높다는 사실을 깨달았다. 기왕 이런 교외에다 집을 지을 바에야 생울타리로 하든지, 담의 층을 낮춰 좀 더 주위의 자연환경과 어울리게 하면 좋지 않을까 싶었다. 그처럼 담벼락이 높은 데다 육중한 철대문은 굳게 닫혀있어, 나는 마치 중세기의 어느 성문 앞에 서있는 기분이었다.

대문 옆 출입협문으로 다가가 벨을 눌렀을 때, 안쪽의 맨 처음 반응은 개가 요란하게 짖는 소리였다. 누군가가 이 한적하고 은밀한 성에 접근했음을 알아차린 파수병은 널따란 정원을 가로질러 문 쪽으로 다가오며 연방 외쳐댔다. 그 우렁차고 사나운 소리에, 나는 자신도 모르게 바르르 떨었다.

곧이어 문기둥에 붙은 인터폰에서 나이든 여자의 카랑카랑한 목소리가 방문자 신분을 물었다. 직업소개소의 주선으로 찾아왔다고 대답하자 목소리는 두 번 세 번 확인하더니, 잠시 기다리라며 일방적으로 대화를 딱 끊었다.

이 잠시는 지루할 만큼 길게 느껴졌다. 초조감과 개의 울부짖음 탓도 있을 것이다. 아무튼 나는 견딜 수 없는 기분이 된 나머지 다시 벨을 누르든지 되돌아서든지 양단간에 결정해야 할 지경에 이르고 말았다.

이때, 전동문의 자물쇠 장치가 풀리는 거북스런 금속성이 문 안쪽에서 들렸다. 들어오라는 뜻이리라.

하지만, 나는 선뜻 문을 밀고 들어설 엄두가 안 났다. 그래서 황급히 인터폰에다 입을 대고, 개를 좀 붙들어달라고 부탁했다.

개를 부르는 소리에 이어, 불만스러운 듯 목구멍을 울리는 소리를 내며 개가 대문에서 멀어지는 기척을 확인하고도 한참을 기다린 다음에야, 나는 살며시 협문을 밀었다.

잘 가꾼 정원과, 약간 낡은 듯하지만 건축미를 십분 고려해 지은 듯한 이층 양옥 전체가 한꺼번에 눈에 들어왔다. 납작한 자연석을 골라 쓴 포석이 끝난 현관 층계 밑에 한 여자가 꼿꼿한 자세로 서서 이쪽을 바라보고, 그 앞에는 커다란 셰퍼드 한 마리가 꼬리를 흔들고 있었다. 예순 고개를 훨씬 넘었을 성싶은 여자는 몸매가 약간 호리호리하고 보라색 스웨터를 걸쳤는데, 멀찍이서 본 첫인상인데도 퍽이나 차갑고 까다로울 것 같았다.

내가 주춤주춤 다가갈수록 개는 이 불의의 침입자에게 마음껏 적의를 못 드러내도록 제지를 받는 것이 불만스러운 듯 고개를 주억거리며 낮게 으르렁거려, 나는 신경이 쭈뼛 곤두선 나머지 비명처럼 구원을 청했다.

여자는 신경질적으로 소리를 질러 개를 물러나게 한 다음, 들어오라고 나에게 말했다. 싸늘하게 메마른 음성이었다. 그리고는 나를 기다리지도 않고 몸을 돌려 층계를 오르기 시작했다.

여자가 대여섯 계단 층계를 다 오르기도 전에, 나는 서두르지 않는 척하면서도 재빠른 몸놀림으로 따라붙었다.

실내에 들어서자마자 내 시선을 강하게 끈 것은 한 마리 고양이였다. 털빛이 밝은 갈색이고 몸집이 큰 고양이는 창가 쪽 소파 위에 엎드려 오후 한나절의 볕살을 즐기고 있었는데, 내가 낯설어서인지 고개를 조금 쳐들고 눈을 동그랗게 떴다가 약간 오므렸다 하면서 귀를 쫑긋거리며 나를 바라봤다.

현관마루에서 바로 이어지는 널찍한 거실은 집기 하나하나와 전체 분위기가 어딘지 모르게 손길이 뜨고, 바래지든 말든 방치돼온 듯이 느껴졌다. 게다가, 낡은 교회 안이나 절간 법당 같은 데 들어갔을 때 느껴지는 썰렁한 귀기鬼氣랄까, 아무튼 나로선 적확하게 표현할 재간이 없는 특이한 공기가 실내에 흐르고 있었다.

그릇이 가볍게 부딪치는 소리가 난 방의 미닫이 유리문이 살며시 열리더니, 사십대에 갓 들어섰을 성싶은 여자 얼굴이 쏙 나타났다. 가면처럼 무표정한 그 얼굴은 이내 사라지고, 문은 도로 닫혔다. 거기가 주방인 모양이었다.

"올라가 봐요."

가방을 바닥에 내려놓고 엉거주춤히 선 나에게, 여자는 이층을 가리키며 짤막하게 말했다. 그러고는 내 반응도 기다리지 않고 문간방 문을 열어들어가버렸다.

거실에 혼자 우두커니 남은 나는 난감해지고 말았다. 이층에 올라가보라니, 그렇다면 자기는 나를 채용하는 일에 아무 결정권도 영향력도 없고, 그 당사자는 이층에 있다는 말인가. 어쨌든 영문을 모르는 이상 그녀가 시키는 대로 할 수밖에 없었다. 가방을 소파 옆에 조금 옮겨놓고 조심스레 층계를 오르기 시작했다. 불현듯 목이 마르며 가슴이 가늘게 뛰었다.

이층에는 아래층에 있는 것보다 약간 면적이 작은 거실이 또 하나 있는데, 아래에 비해 집물이나 장식이 훨씬 고급스럽고 새것이며 잘 정돈돼있었다. 거기에는 주인임이 분명한 신사풍모 노인과 그 부인인 듯한 뚱뚱한 여자가 나를 기다리고 있었다.

노인은 칠십대에 거의 이르렀을 연배인데, 학을 연상케 하듯 몸매가 호리호리하고 단단해 보이며, 상당히 까다로울 것 같은 인상이었다. 쥐색 카디건을 걸치고 파이프를 문 노인은 비스듬히 들이비치는 가을 볕살을 커튼이 반쯤 가린 창가에 서있는데, 거기서 그는 집 안에 들어서는 나를 내려다본 모양이었다.

육십대 중반쯤으로 보이는 부인은 등나무 안락의자에 두 손을 가지런히 포갠 자세로 앉아있었다. 하얗고 매끄러운 피부와 복스러운 얼굴이 한마디로 유복한 마님의 전형 같은 인상이지만, 깊은 맛이 없고 어딘가 좀 멍청해뵈는 구석도 없지 않았다. 잘 손질된 파마와 나이에 어울리지 않는 빨간 입술연지, 나 같은 입장에선 꿈도 꾸어선 안 될 고급 의상과 보석류 액세서리는 한마디로 표현하면 사치의 전형 같았다.

"안녕하십니까. 직업소개소의 주선으로 찾아뵙는 서미영입니다."

내가 깍듯이 허리를 굽히며 인사하자, 부인은 갑자기 허물어지듯 친절미를 보이면서, 어서 오라고 의례적인 답례를 했다.

노인은 다만 고개를 끄덕끄덕하고 소파에 가서 앉더니, 나더러 자기 맞은편 자리에 앉으라고 권했다.

나는 시키는 대로 자리에 다소곳이 앉은 다음, 직업소개소의 소개장과 이력서를 핸드백에서 꺼내어 탁자 위에 놨다.

서류를 꼼꼼히 들여다본 노인은 내 신상에 대해서 꼬치꼬치 캐묻기 시작했다.

나는 미리 준비한 대로 거짓말을 다소 보태가며 적당히 대답해줬다. 요컨대, 시골에 가족을 두고 도시에서 여대를 나와 직업전선에 뛰어든 별로 때 묻지 않고 성실한 젊은 여자란 이미지를 강조하려고 세심히 신경을 썼는데, 그런 내 의도는 대체로 먹혀들어가는 듯 싶었다.

잠시 내려가 있으라고 노인이 말하므로, 면접이 끝났음을 안 나는 자리에서 일어나 가볍게 목례하고 물러났다.

아래층에 내려오니까, 고양이가 아까 그 자리에서 또 귀를 쫑긋거리며 감시하듯 나를 말똥말똥 쳐다봤다. 별로 그럴 기분도 아니면서, 나는 고양이 곁에 다가가 조심스럽게 털에 손을 갖다댔다. 잠시 가르릉거리며 경계하는 빛을 띠던 고양이는 나에게서 적의가 없음을 알아차렸는지 눈을 사르르 감으며, 내가 하는 대로 내버려뒀다. 나는 목덜미에서 등으로 몇 번이고 쓰다듬어주면서, 제발 나를 너랑 함께 있게 해달라고, 고양이에게 마치 그럴 능력이라도 있는 것처럼 마음속으로 중얼거렸다.

층계에서 삐걱거리는 소리가 났으므로, 나는 고양이한테서 떨어졌다. 부인이 뚱뚱한 몸을 뒤뚱거리며 내려왔다.

"아가씨는 인상이 참해서 좋아. 이름이 뭐라고 했지?"

"서미영입니다."

"그래. 그럼 앞으로 서 양이라고 부르지, 뭐. 서 양."

이 말을 들으며, 나는 자신도 모르게 깊이 숨을 내쉬었다. 앞으로 부를 호칭에 대해 말함은 채용하겠다는 의사 표시와 마찬가지기 때문이었다.

'아! 이제야 어떻든 내 불안스런 방황이 일단 끝나는구나. 비록 영구적이지는 못할망정, 내 지친 육신을 쓸어넣고 흐트러진 정신을 그러모을 수 있는 최소한의 공간이 보장됐구나.'

내가 이런 생각을 빠르게 굴릴 때, 부인은 큰 소리로 문간방과 주방 사람들을 불러냈다.

먼저 나타난 사람은 주방에서 일하던 가정부였다. 행주치마로 손의 물기를 닦으며 나온 그녀는 아까와는 달리 자못 상냥한 미소까지 띤 채 부인 옆에 서며, 나랑 인사를 나눌 때도 잘 왔다느니 예쁘다느니 하며 곰살궂게 굴었다. 그렇지만, 나는 그 가식의 미소 뒤에 감춰진 적의에 가까운 배타심을 어렴풋이 읽을 수 있었다. 짐짓 아무렇지 않은 얼굴로 상냥한 인사말을 건네긴 했지만, 내 마음은 적잖이 무거웠다.

뒤이어 문간방에서 나온 보라색 스웨터 차림인 여자는 왠지 짜증과 경멸과 성가심이 복잡하게 뒤섞인, 즉시적 반응이라기보다는 몸에 밴 습관에서 비롯된 듯한 표정을 지으며 부인에게 툭 물었다.

"왜 그러우?"

"새 식구가 한 사람 늘었어. 이 아가씨야. 그러니까 서로 얼굴을 익혀야지."

"난 벌써 익혔수."

"아까 맨 먼저 인사드렸어요."

나는 자칫 딱딱해지려는 분위기가 거북스러워 얼른 끼어들었지만, 보라색 스웨터는 내 그런 배려를 깔아뭉갰다.

"집에 사람을 들일 땐 여러 가지로 생각해야 하는데, 제대로 알아보지도 않고 이처럼 콩밭에 서슬치듯 해서 어떨지 모르겠수."

"알아보긴 뭘. 얼굴 보고 인상 보면 됐지. 봐, 얼마나 싹싹하고 참하게 생긴 아가씬가."

"참말 그렇네유."

가정부가 간살을 떨자, 보라색 스웨터는 그녀를 한번 흘겨주고 나서 핑 하니 몸을 돌렸다.

"난 모르겠수. 언니 그 변덕이 얼마나 오래 갈는지……."

"뭐라고? 아니, 저 심통머리! 넌 어째 매사에 그리 심사가 꼬였냐?"

"별 수 있수? 육십 년 묵은 심통이 어딜 가겠어. 언니 노래 아뉴."

보라색 스웨터는 그러고 나서 문간방 문을 거칠게 닫고 들어가버렸다. 거기가 그녀의 거처인 모양이었다.

눈살을 파르르 떨며 그 뒷모습을 노려보던 부인은 나를 의식한 듯, 거짓 말처럼 표정을 활짝 풀며 웃음을 띠었다.

"마음에 끼지 말아요. 쟤 말대로 육십 년 묵은 심통이니 어련하려구. 내 동생이야. 어릴 적부터 쟤는 저 모양이었지. 인생살이가 험하게 돼가지고 언니 옆구리에 붙어있는 주제에…… 그건 그렇고, 아가씨 이름이 참 뭐라 했더라?"

"서미영입니다."

"응, 그래. 서 양이라고 했지. 나이를 먹다보니까 깜빡깜빡 뭐든 잊어버리길 잘해서 탈이야. 서 양…… 그래, 이젠 기억할 수 있겠어."

그러나 이 말은 어긋난 장담이었다. 이후로도 부인은 내 이름은 물론이려니와 성까지 깜빡 잊어버리고는 어떻게 부를지 몰라 쩔쩔매는 경우가 한두 번이 아니었기 때문이다. 같이 생활한 길지도 않은 기간 동안 옆에서 지켜본 결과, 그녀의 건망증은 거의 병적일 정도였고, 식구들도 거기에 익숙

할 대로 익숙해있었다.

인사해야 할 대상은 그뿐이 아니었다. 부인은 가정부를 시켜, 집 안 어딘가에 있었던 듯한 육십대 초반 노인 한 사람을 불러들였다. 어딘지 모르게 어수룩하고 주책스러울 것 같은 그 노인은 부인 앞에서는 버릇인 듯 비굴한 웃음을 띤 채 연방 허리를 굽실거리며, 말대답도 공손하기 짝이 없었다. 노인은 나에게까지 필요 이상의 웃음으로 친절미를 보이며 고개를 주억거렸는데, 어느 한순간 유난히 흰자위가 많은 노인의 시선과 마주쳤을 때, 나는 마치 회초리로 얻어맞은 것처럼 섬뜩했다. 왜 그런지는 나 자신도 알 수 없었다.

그 저택의 새 식구가 되고 나서 내가 직면해야만 했던 그로테스크한 분위기와 마지막의 소름끼치는 경험을 토로하기 전에, 고양이와 개에 대해 먼저 언급하는 게 좋을 것 같다.

이름이 '나비'와 '존'인 두 마리 짐승은 단순한 애완물이 아니라 집 안에서 각각 하나의 독립된 인격체로 제 몫을 차지하고 있었다. 이상한 설명일지 몰라도 왠지 그런 느낌을 지울 수 없었고, 이 느낌은 그 집에서 생활하는 동안 일관된 것이었다.

주인인 최 노인이나 그 부인, 부인의 동생 권 여사, 가정부 화천댁, 정원사를 겸해 자질구레한 집안일을 도맡은 배 씨는 저마다 개성이 독특할 뿐 아니라 어딘지 모르게 평범하지 않은, 이상하게 모난 일면을 지니고 있었다.

이들과 함께 생활하면서 내가 몹시 당황하고 놀란 점은, 한 지붕 밑에서 같이 살면서도 이들 사이에 전혀 인간적인 따뜻한 교류가 없다는 사실이었다. 그것은 친족이 아니라든지 고용관계라든지 하는 설명으로는 부족한, 요컨대 기본적 인간성의 문제였다. 함께 같이 외출하는 경우를 제외하고는 최 노인과 부인의 관계 역시 마찬가지인 것 같았다. 주거영역이 같은 이층이면서도 최 노인은 주로 서재에 틀어박혀 지내고, 부인은 제 방에서 텔레비전 연속극을 본다든지 보석이나 액세서리 컬렉션을 일삼아 즐겨 들여다보거나 만지작거리거나 할 뿐이었다.

나는 식사 때를 제외하고 집 안에서 부부가 자리를 함께 한다든지 정답게 이야기를 나누는 광경을 목격한 기억이 전혀 없었다.

부부사이가 그렇고 보니 다른 사람들과의 관계나 또는 이들 각자 사이의 관계가 어떠리라는 것은 말하나마나였다. 이들은 언제나 자기 영역, 자기 사고思考 속에서만 생활하는 개인들이었다. 서로의 관계를 연결해주는 것은, 쉽게 말해서 한집에 살고 있다는 단순한 집단의식뿐이었다.

그러므로 나비나 존인들 이 집단의 일원이라고 해서 말이 안 될 이유가 없었다. 실제로 두 짐승은 누구한테 특별히 사랑받는다든지 하는 법 없이 끼니마다 화천댁이 기계적으로 챙겨 먹이는 음식 찌꺼기를 기다리며 나비는 너른 실내에서, 존은 정원에서 고독하고 권태로운 날을 보내고 있었으니까.

그 집단에 뒤늦게 입주한 나 역시 다른 사람들과 별로 다를 바 없었다. 다만, 내 경우는 직책상 최 노인이나 부인과 접촉하는 시간이 다른 사람에 비해 많다는 사실이 다르다면 다른 점인데, 그렇다 해서 부부의 체질적 배타심까지 뚫고 들어가 본 적은 한 번도 없었다. 부부와의 접촉이 그럴진대 나머지 사람들과의 관계는 더 말할 필요조차 없을 것이다. 그러다보니 내 관심이 나비와 존에게 쏠리게 된 것은 자연스런 상황 발전이었는지도 모른다.

나비는 비교적 사귀기가 용이했지만, 존한테는 상당한 조심과 인내가 필요했다. 이 짐승의 배타적이며 공격적인 천성은 상당한 시일이 지났을 무렵까지도 불만스런 표정으로 슬슬 피한다든지 괜히 으르대면서 나한테 적의를 보였다. 이럴라치면 나는 다정하게 이름을 부르거나 뭔가 먹을 것을 던져주거나 하면서 환심을 사려고 시도했다.

이런 끈질긴 노력은 한 달쯤 지나서야 서서히 효력을 발생해 우리 사이에 낀 선입관의 벽을 간신히 극복할 수 있었는데, 일단 목덜미를 쓰다듬도록 허용한 짐승의 맹목적인 추종과 접근은 내가 생각해도 신기할 정도였다. 내가 눈에 띄기만 하면 나비나 존은 당연한 듯 내 곁으로 다가와 몸을 비벼대고, 어쩌다 정원에서 두 마리와 똑같이 어울리기라도 할라치면 서로 내 관심을 시샘한 나머지 으르렁거리기까지 했다.

여기서 나는 한 가지 사실을 깨달았다. 나비와 존은 비록 짐승의 단순한 감성일망정 그동안 정에 너무 굶주렸음을. 나로서는 다만 자신의 안전을 생각하고 따분함을 덜려고 두 마리 짐승에게 접근해 곁을 줬을 뿐인데, 나중에 결정적 위기에 처했을 때 이들의 눈물겨운 도움으로 그 고비를 벗어날 수 있었다.

그 집에서 내가 하는 일이라곤 이따금 녹음기로 최 노인의 구술口述을 받아 정리하거나 부인의 잔심부름을 한다든지 시중을 들어주는 것뿐이었다. 그나마도 일상화된 것이 아니고, 어떤 날은 층계 옆 내 방에서 온종일 책을 읽으며 뒹굴어도 조금도 방해받지 않을 때도 있었다.

상당한 시일이 흐른 후에 알게 된 사실이지만, 최 노인은 구시대에 정권의 중심권에서 상당한 몫을 차지했던 인물이었다. 원래 학자출신이면서 어쩌다가 관계官界에 발을 들여놨는데, 정권의 갑작스런 몰락과 함께 진창으로 떨어졌을 뿐 아니라 불명예스런 사건에 연루돼 상당한 시련을 겪은 모양이었다. 겨우겨우 바닥으로 기어올라왔을 때는 시대상황이 너무나 바뀐 다음이고, 관계든 학계든 그가 다시 발을 들여놓을 자투리는 남아 있지 않았다. 그래서 지난날 빛나던 시절에 축적해놨던 것을 은밀히 운용하는 한편, 파이프 물고 서재를 왔다갔다하거나 무슨 원서原書 따위를 읽으며 대단한 거사居士 같은 말년을 살고 있었다.

근년에 이르러서는 노인의 치매성 자부심 때문인지 어떤 회한의 자기성찰 욕구인지 모르지만 회고록을 남겨야겠다고 생각한 모양이었다. 그래서 자기 구술을 받아 적어 체계적 문장으로 다듬을 사람이 필요해 직업소개소를 통해 신문에다 광고를 냈던 모양인데, 그 자리가 나한테 떨어진 것은 내가 적격자거나 행운이어서가 아니라 다른 구직자들 아무도 그 근무조건에 적응하려고 하지 않았기 때문임을, 나는 나중에 부인의 입을 통해 알게 됐다.

구술채록은 일정한 타임스케줄 없이 시시때때 최 노인의 기분과 컨디션에 따라 행해졌다. 나는 그가 언제 찾더라도 재빨리 응할 수 있도록 대비하고 있어야만 했다.

일단 작업에 들어가면 시간은 최소한 한 시간은 넘지만, 두 시간을 채우지는 않았다. 그것이 내 능률을 감안한 배려인지 다음 구술사항을 머릿속에 체계적으로 정리하기 위한 준비 때문인지 나로선 알 수가 없었다. 하지만, 함께 작업을 해나가는 동안 우리는 아직 본인 전성기 명민明敏의 흔적인 기억력과, 그 조금은 난삽한 구술을 제대로 된 문장으로 정리하는 재치를 은연중에 서로 인정하는 기분이었다.

그렇다고 최 노인이 내 일솜씨를 칭찬한 적은 한 번도 없고, 칭찬커녕 가벼운 농담조차 입에 올리지 않았다. 어디까지나 고용주와 고용인의 수직관계라는, 다분히 권위주의적 분위기로 그는 빈틈없이 나를 대했다. 한편 생각하면 나로선 그 점이 편한 노릇이기도 했다.

아랫사람이나 타인에 대한 최 노인의 권위주의가 극명하게 나타나는 경우를, 배 씨에 대한 태도에서 엿볼 수 있었다. 배 씨는 주인 앞에 불려가거나 찾아가거나 두렵고 죄송해서 몸 둘 바를 모르겠다는 듯 굽실거렸다. 어떤 경우에도 배 씨가 최 노인 앞에서 제 의견을 내세우는 적은 없었다. 마치 까마득한 시대의 종 같은 느낌이 들어, 제삼자인 내가 구역질을 느낄 지경이었다. 그런 굴종과 아부는 주인뿐 아니라 주인마님에 대해서도 마찬가지였다.

그러나 일단 주인 앞에서 물러나면 배 씨의 태도는 일변했다. 조금 전까지 발길질 앞의 강아지처럼 처신하던 것과 딴판으로 허리를 꼿꼿이 세우고, 아주 한시름 놓은 듯한 천연덕스런 표정으로 돌아가곤 했다. 타인과 시선이 마주칠 때 흰자위 많은 눈에서 쏟아지는 섬광 같은 예리한 빛도 여전했다. 그 눈빛과 마주칠 때마다, 나는 까닭 모를 섬뜩한 두려움에 오싹해지곤 했다.

그곳에서의 내 개인적 생활을 뺀 나머지에 근무라는 개념을 적용해도 된다면, 그 노동의 큰 몫을 차지하는 사람은 최씨부인이었다. 그녀는 수시로 차임벨을 눌러 나를 이층에 불러올리곤 했다.

최 노인이든 부인이든 필요할 경우 벨을 울려서 사람을 부르곤 했는데, 벨소리의 회수에 따라 대상이 정해져있었다. 한 번 울리면 권 여사, 두 번 울리면 화천댁, 세 번 울리면 배 씨, 이런 순서였다. 거기에 맨 나중에 들어온 내가 네 번 울림의 당사자로 추가된 것은 말할 필요도 없었다.

어느덧 나는 차임벨소리를 듣고도 나를 찾는 이가 최 노인인지 부인인지 분간할 수 있게 됐다. 짧게 네 번 울리면 최 노인이고, 조금 길게 울리면 부인이었다. 이런 판단을 적용한 후 틀려본 적은 한 번도 없었다.

부인이 나에게 요구하는 업무는, 이성적 판단의 기준에서 보면 우습기짝이 없는 것이었다. 쇼핑에서 끊어온 계산서 또는 영수증의 금액이 맞아떨어지는지, 자기로선 머리가 아파 도저히 불가능하니까 셈을 대신 해달라고 하거나, 지난주 텔레비전 주말 연속극 스토리가 어떻게 전개됐는지 까먹었는데 알고 있느냐고 묻기도 했다. 이런 것에 비하면, 새로 사온 의상이나 액세서리의 맵시를 봐달라고 하는 것은 차라리 양질에 속했다. 또 한 번은 마침 정원에서 존과 어울리고 있는 나를 불러올려 뭔가 대단한 일이라도 되는 듯 불쑥 묻는 게 이랬던 적도 있었다.

"이봐, 서 양. 오늘이 어느 달 며칠이야? 연수로는 천구백팔십팔 년이 맞지?"

아무튼 그녀는 성가시거나 까다로운 일은 습관적으로 생각하지도 부딪치지도 않으려고 하며, 사실상 그런 일을 판단 처리할 사고력이나 과감성이 거의 없었다. 오로지 편안하고 즐겁고 풍요한 일상만이 그녀가 바라는 바고, 신통하게도 그만한 여건이 갖춰져 있었다.

이런 그녀를 바라보노라면 여자의 복, 여자의 팔자란 참 알 수 없는 거라는 감탄이 절로 일어났다.

이따금 나는 편안하고 무료한 시간이면 장식다운 장식이라곤 없이 살풍경한 내 방에 드러누워, 아니면 정원 담벼락 밑의 볕바른 벤치에 앉아 지금의 내 생활을 돌아보곤 했다. 소위 대학물까지 먹었다는 젊은 여자가 이런 비생산적이고 불투명하며 전망도 없는 일에 자존심과 시간을 팔고 있는가 하고 생각할라치면 서글퍼지면서 자조의 웃음이 나왔다. 그렇지만, 나무랄 데 없는 숙식제공 조건, 그것을 감안하면 상당히 높게 책정된 급료가 내 불평을 간단히 깔아뭉개곤 했다.

'얼마 전까지만 해도 넌 잠잘 곳마저 마땅찮은 배고픈 신세였잖아. 당분간의 이런 안정은 너에겐 절실히 필요해. 모든 과거를 잊을 때까지, 그 마음 상처의 딱지가 떨어질 때까지 이대로 숨어 지내는 거야. 그런다가 어느 적당한 날, 번데기에서 변태한 나비처럼, 이곳에서 훨훨 날아가면 되는 거야. 그걸로 그만인 거야.'

그러나 이런 생각이 너무나 안일했음을, 나는 나중에 뼈저리게 깨달아야 했다.

그 집에 처음 발을 들여놨을 때 느낀 썰렁한 귀기는 내가 그곳을 떠날 때까지도 나를 붙잡고 놔주지 않았다. 참 이상한 노릇이었다. 어떤 주술적인 물건이나 장소가 있는 것도 아니고, 적어도 내가 아는 바로는 식구들 중에 그런 쪽으로 의식이 기울어진 사람이 있는 것 같지도 않은데, 집 안에는 마치 무슨 불길한 예감처럼 야릇한 귀기가 흐르고 있었다. 어쩌다가 일이나 생각에 몰두한 나머지, 또는 오랜 일상의 권태에서 오는 무신경으로 잊어버릴 때가 없지도 않지만, 어느 한순간 내 감성의 눈이 번쩍하고 향하는 곳에는 어김없이 그 파란 귀기의 작은 알갱이가 보였다.

입주한 지 한 달이 훨씬 지나서야 나는 그 귀기가 어떤 덩어리에서 분산되는 것이 아니고, 식구들 한 사람 한 사람이 퍼뜨리는 일종의 먼지나 가스 같은 성분임을 간파할 수 있었다.

그렇다! 그들은 하나같이 어딘가 비정상적인 면이 있고, 이 비정상이 힘으로 감추어지는 것이 아니라 의식적으로든 무의식적으로든 막힘없이 노출되며, 그 노출지점에는 파란 불꽃이 일었다. 이 불꽃은 상대방 또는 다른 사람 전체의 불꽃과 부딪치고 어울려서 새로운 불꽃을 만들어냈다.

당연하게도 나는 처음부터 이들이 가슴을 열어 나를 받아들이길 기다리지 않고 스스로 접근하는 방식을 취하고자 했다. 그러나 그건 성급한 짓이었고, 그들 개개인을 너무 몰랐다. 비록 내 잘못이 아니었다 하더라도, 입주한 다음날 가정부 화천댁과의 사이에 벌어진 작은 마찰은 그 집에 기거하는 동안의 내 처신과 생각에 시금試金이랄까 표본 같은 사건이었음에 틀림없었다.

그 사건을 털어놓기 전에, 먼저 그 집의 식사 습관에 대해서 이야기할 필요가 있을 것 같다. 식사는 이상할 만큼 철저한 위계와 규율 속에 이루어졌다. 아주 드물게 최 노인 부부가 외식하는 경우를 제외하고는 항상 둘이 식탁을 사용하고 나서 자리를 뜬 후에 배 씨가 앉고, 그 다음에 나머지 여자들이 둘러앉는 순서로 진행됐다. 앞사람이 식사를 끝낸 상태에서 다음 사람이 다가앉는 식이 아니라, 차례차례 식탁이 새롭게 차려졌다. 식단도 수월한 가짓수가 아니었다. 그러니 그것은 일종의 의식과 같아서, 음식을 담당해야 하는 가정부 입장에서는 이만저만 수고로움이 아니었다.

또 하나 특이한 점은, 다른 면에선 별로 그렇지도 않은 부인이 유난히 주방살림에 관해서는 간섭과 잔소리가 많다는 사실이었다. 식사 때나 취사설거지에 철저한 위생을 요구하고, 심지어는 그릇 부딪치는 소리, 개숫물 쏟아지는 소리까지도 신경을 썼다. 알다가도 모를 노릇이었다.

그날 점심식사가 끝난 후, 나는 화천댁의 수고도 덜어줄 겸, 사소한 일로 안방마님한테 잔소리를 들은 그녀의 응어리도 풀어줄 겸해서 설거지를 거들어주려고 싱크대에 다가갔다.

"너무 힘드시겠어요. 끼니마다 정찬을 차려야 하니 말예요."

나는 그러면서 소매를 걷었다.

바로 이때였다. 왁살스러운 손길이 내 팔을 잡아채는 바람에, 나는 깜짝 놀라고 말았다.

"뭐하는 거유?"

"네?"

"나가유. 설거지 누가 해달랬남?"

"아니, 전 그저 도와드리려고⋯⋯."

"글쎄, 필요 없다니까. 가서 댁 할일이나 해유."

그녀의 손아귀가 내 팔에 다시 닿기 전에 나는 얼른 몸을 물러났다. 개숫물에 손을 집어넣는 화천댁의 뒷모습에서 살기에 가까운 어떤 적의를 느꼈다. 너무 어이가 없고 기가 차서 은근히 부아가 치민 것은 한참 나중이었다.

그 여자가 뭣 때문에 그렇게 갑작스레 터무니없는 화를 냈을지, 나는 방으로 돌아와서 곰곰 생각해봤다. 그러자 비로소 깨달아지는 바가 있었다. 나는 그녀의 영역을 침범하려 했던 것이다. 단지 그뿐이었다. 그것은 온정과 이해심 이전의 원초적 문제였다. 그녀는 적어도 그랬는데, 미처 그걸 감안 못한 내 불찰이었다.

하지만, 그뿐이었다. 적어도 화천댁은 이후 별다른 태도변화를 안 보여줬고, 너는 너 나는 나라는 식의 그 가면 같은 덤덤한 무관심도 마찬가지였다. 그러므로 나 또한 별다른 내색 없이 그녀가 원하는 대응으로 처신했다. 차려주는 대로 미안해할 필요 없이 먹어치우고, 빈그릇을 안겨줘 진짜 부엌데기 부리듯 하면 그만이었다. 어쨌든 그 불유쾌한 사건은 그 집에 기거하는 동안 오로지 내 일 내 문제에만 집중해야 함을 두고두고 일깨워줬다.

다른 사람과의 관계에서는 그렇다손쳐도 권 여사라는 존재에 대해서만은 항상 조마조마한 심정이었다. 언제 봐도 화난 듯한 표정, 다른 식구에 대해, 특히나 언니인 부인에 대해 걸핏하면 고슴도치처럼 바늘을 일으켜 세우는 그녀를 바라볼라치면, 나는 괜히 찬바람이 느껴지고 주눅이 들어 곁을 얼른 피할 구실을 찾곤 했다.

어쩌다 부딪치는 그들 자매의 대거리를 은근히 지켜보면 기묘한 느낌이 들었다. 화천댁이나 배 씨에 대해, 심지어는 남편에게까지 하고 싶은 대로 해대는 부인이지만, 이상하게도 동생에게는 별로 맥을 못 추는 꼴이었다. 팔자 잘 타고나 서방 잘 만난 덕이지 뭐 하나 내노라 할 구석이 있느냐고 동생이 대꼬챙이로 쑤시는 소리를 하면, 언니는 눈물을 찔끔거리며, 저년이 내 그늘에 편안히 처먹고 자빠져 있으면서 되레 큰소리라고 탄식과 푸념을 늘어놓는 정도였다.

그러나 입씨름이야 어쨌든 실생활에서의 관계는 엄연히 주인과 더부살이고, 이런 현실인식이 양쪽에 똑같이 보상심리로써 작용하고 있음을 느낄 수 있었다.

내가 아침인사를 해도 권 여사의 반응은 고작해야 고개를 까딱하는 정도였다. 그녀는 철저히 나라는 존재를 무시하려 작정한 듯했고, 다른 사람에 대한 경우도 비슷했다. 참으로 거북하고 신경 쓰이는 존재였다.

그런 측면에서 보면, 배 씨야말로 나에겐 가장 마음 가벼운 대상이었다. 직접적으로 접촉해야 할 아무 이유가 없을 뿐 아니라 식사마저도 시차가 뚜렷하고, 더군다나 그는 지하실 어딘가의 구석방을 거처로 쓰기 때문이었다. 그렇다 보니 어떨 땐 이삼 일 동안이나 그의 모습을 못 볼 때도 있었다.

어쨌거나 그곳에서의 내 생활은 긴장과 눈치보기의 연속이었다 해도 틀린 말이 아니었다. 어느 정도 다른 생활방편이 마련될 수만 있었어도, 성큼 다가온 겨울만 아니었어도 나는 애초부터 입주를 단념했거나 얼마 못 견뎌내고 뛰쳐나왔으리라. 아니, 그 두 마리 짐승만 없었어도, 그 집에서의 내 생활은 그런 끔찍한 상황에까지 이르기 전에 종결됐을 것이다.

말이 난 김에 이야기지만, 나비와 존은 나에게 여간 위안이 되지 않았다. 일단 마음을 허락하고 나자, 이들은 귀찮을 정도로 나를 따랐다. 내가 거실에 있을 때는 언제나 어김없이 나비란 놈이 다가와 보송보송한 갈색 털을 비벼대고, 내가 자기의 입실을 끝내 허락 안 하리란 걸 납득하기까지 수시로 방에 따라 들어오려고 문지방을 갉작거리기도 했다. 어쩌다 한번은 나도 모르게 문을 빼꿈 열어놓은 채 낮잠이 들었던 모양인지, 어느 틈에 들어와 손목을 핥는 나비의 까칠한 혓바닥 감촉에 소스라쳐 깨어난 적도 있었다.

나비가 여성적이라면, 존은 남성적인 애정의 표시로 내 주변을 얼쩐거렸다. 내가 정원에 나가기라도 할라치면 존은 보이지 않다가도 어느새 내 체취를 맡기라도 한 듯 꼬리를 치며 어슬렁어슬렁 나타나 곁에 우두커니 서서 쭈빗거렸다. 그러다가 내가 더 가까이 오라는 표시를 하면 더욱 꼬리를 바쁘게 흔들며 코를 처박곤 했다. 그러면 나는, 첫날 이놈에게서 받았던 두려움과 징그러움을 씻어내지 못한 기분이면서도, 뻣뻣하고 미끄러운 목덜미 털을 쓰다듬거나 슬쩍 껴안는 시늉을 해주곤 했다.

아, 정말이지 이들과의 사귐이 없었던들, 나는 그 운명의 날에 어떻게 되고 말았을까! 생각만 해도 아찔하고 소름끼치는 노릇이었다.

그 집에 입주하고 나서 내가 이상하게 생각한 것 중의 하나는 최씨부부가 바깥출입을 잘 안 한다는 점이었다. 재력으로 보나 뭐로 보나 고급 승용차에 전용 운전기사를 두고 얼마든지 쏘다닐 만한데, 두 사람은 마치 중세기의 은둔하는 성주와 그 아내처럼 거의 집 안에 붙박여 있었다.

어쩌다 일주일에 한 번쯤 외출이라도 할라치면, 미리 전화연락을 받은 아들이 까만 승용차를 보내오곤 했다. 무슨 사업을 한다는 아들은 내가 그 집에 있는 동안 한 번도 나타난 적이 없었는데, 그네 부모와 자식 간의 관계는 단지 그처럼 승용차를 요구하고 보내주고 하는 정도가 제격일 것 같았다.

집에 있을 땐 대체로 소 닭 보듯, 닭 소 보듯 하는 최씨부부가 외출 때만은 거의 빠짐없이 동행하는 것도 나로선 흥밋거리의 하나였다. 아마도 그들은 모처럼의 외출로써 그동안의 메마른 단절을 보상하고 보상받는 게 아닐까 싶기도 했다.

이따금인 최씨부부의 외출 직후에는 집 안에 이상한 변화가 일어난다는 사실을, 나는 언제부턴가 눈치챘다. 권 여사는 갑자기 생기가 돌고 들뜬 얼굴로 서성거리거나 이층에 올라가 한참씩 쥐 죽은 듯 소리도 없었다. 주방에선 거칠고 바쁘게 그릇 부딪치는 소리가 들려올 뿐 아니라, 난데없는 카세트 음악소리가 튀어나왔다. 주인한테 꾸중들을 일이 있는 경우나 무슨 지시를 받을 때 황송한 듯 조심해서 계단을 밟던 배 씨까지 천연덕스런 얼굴로 이층에 올라갔다. 단적으로 말하면 어떤 구속에서 해방된 것 같은 태도들이었다.

　최근 들어서야 이 사실을 알게 된 나는 부쩍 호기심이 동했다. 일시적 해방감이야 그럴 수 있다손 치더라도, 저들이 이층에는 왜 올라가는 것일까. 거기에는 뭔가 심상찮은 곡절이 있을 것 같았다.

　그렇지만, 나는 가능한 한 그런 점에 신경을 쓰지 않는 것처럼 태연한 표정을 지었고, 실제로 내심 흥미를 배제하려고 노력하기도 했다. 알아봤자 나로선 무의미한 일일 테고 속수무책이며, 자칫하다가는 무슨 불상사에 직면할 것 같아서였다.

　나의 이런 방관적이고 회피적인 태도를 간파한 듯, 최씨부부가 외출한 시간이면 주방에서 들려오는 소리는 한결 요란해지고, 이층을 오르내리는 배 씨나 권 여사의 발걸음도 아주 노골적이 돼갔다. 이럴수록 내 의혹과 관심은 상대적으로 부풀어나, 뭔가 규명하지 않고는 견딜 수 없는 지경에 이르고 말았다. 더구나 내 방이 층계 바로 옆이기 때문에, 그들이 오르락내리락하는 발소리가 필요 이상으로 신경을 자극했다. 이상하게도 어떤 전율스런 위기가 소리없이 다가오는 듯한 느낌을 떨쳐버릴 수 없었다.

　정말이지 그날따라 왜 그런 용기를 냈을까. 하지만, 생각을 바꿔보면 나는 종내 그 호기심에서 헤어날 수 없었을 것이고. 그날이 아니라도 언젠가는 행동으로 옮겼을 게 틀림없다.

　최씨부부가 모처럼 외출한 뒤, 나는 따뜻한 방바닥에 엎드려 묵은 잡지를 들추며, 실상은 신경을 곤두세워 다음에 이어질 상황을 기다렸다. 내 곁에는 나비가 웅크리고 앉아있었다. 나비는 눈을 떴다 감았다 하며, 어쩌다 내 손이 자기 쪽으로 뻗어갈라치면 혓바닥을 내밀어 핥곤 했다.

　주방 쪽에서는 벌써부터 화천댁의 부산스런 기척과 응얼거리는 노랫소리가 들려왔다. 그녀는 하루 거의 전부를 주방에서 보내는 듯싶었고, 끊임없이 일거리를 만들어내 부지런을 떠는 것이 습성이 돼있었다.

아니나 다를까, 잠시 후 이층에 올라가는 조심성 없는 발소리가 들려왔다. 두 번째 발소리가 나고 나서 십여 분 후, 나는 마침내 벌떡 일어나 앉았다.

'오늘은 기필코 알아내고 말리라.'

야릇한 긴장감이 나를 채우며, 가슴이 가늘게 뛰놀았다.

나는 방을 나와 조심스럽게 층계를 올라갔다. 나비가 영문도 모르고 내 뒤를 졸졸 따랐다. 층계 위로 살짝 눈만 내밀고 봤으나 거실에는 아무도 없으므로, 나는 조금 더 용기를 내어 재빨리 계단을 다 밟아 올라갔다.

거실의 바깥창 쪽 벽면을 정면으로 볼 때 왼쪽에 문이 두 개 있는데, 가까운 쪽이 부인 방이고 그 다음이 최 노인의 간이침실이 붙은 서재였다.

부인의 방문은 빼쭘 틈이 벌어져 있고, 최 노인의 방문은 거의 열려있었다. 살금살금 다가가, 우선 가까운 쪽 부인의 방 안을 살짝 들여다봤다. 그리고는 하마터면 탄성을 지를 뻔했다.

권 여사가 그곳에 있었다. 놀랍게도 밍크코트를 걸치고 보석 귀걸이를 요란하게 번쩍이며, 거울 앞에 앉아 머리를 빗고 있었다. 저이에게 저런 표정도 있었던가 싶도록 얼굴에는 만족감과 여유가 넘쳤다. 그것은 최씨부인의 또 다른 모습이었다. 정말이지 그렇게 느껴졌다.

최 노인의 서재를 들여다본 것은 제정신이라기보다 반쯤 얼이 빠진 상태에서의 무의식적 행동이었다. 나는 찬물을 뒤집어쓴 것처럼 전율을 느꼈다. 배 씨가 최 노인의 가운을 걸치고, 창문 쪽으로 놓인 등나무 흔들의자에 앉아 몸을 앞뒤로 흔들고 있었다. 그의 입에는 파이프가 물려있었다.

나는 여기서 좀 더 냉정을 회복했어야 했다. 하지만, 너무 큰 충격으로 정신이 혼란해진 나는 돌아서는 걸음을 자신도 모르게 허둥거리고 말았다. 아니, 어쩌면 그건 너무 긴장한 나머지 일으킨 착각인지도 모른다.

어떻게 돌아왔는지도 모르게 내 방으로 돌아온 나는 레이스를 끝낸 단거리경주 주자처럼 헐떡헐떡 숨을 몰아쉬었다. 견딜 수 없는 두려움이 엄습해왔다. 배 씨와 권 여사가 당장이라도 험악한 얼굴로 뛰어내려올 것 같았다. 주방에서 들려오는 화천댁의 부산한 기척마저 무슨 시위처럼 느껴졌다.

'지금 당장 이 집을 뛰쳐나가야 하지 않을까?'

그러면서도 한편으로는 지나친 신경과민이라고, 그럴 수도 있는 하찮은 일 가지고 뭘 그러느냐는 자성의 꾸짖음도 들렸다.

결국 그 상황은 아무 사건으로도 발전되지 않은 채 지나갔다. 한참 후 층계를 내려온 발걸음소리는 내 방문을 지나쳐 멀어져갔으며, 저녁녘에 식탁에서 마주친 권 여사의 얼굴도 어떤 변화의 기미 없이 항상 보던 대로 성난 것 같은 딱딱한 표정 그것이었다.

나는 일단 한시름을 놓은 기분이었다. 그러나 그 엄청나다면 엄청나다고 할 수 있는 비밀을 어떻게 소화해낼지가 난감했다. 최 노인이나 부인에게 사실을 고자질할 수는 없지만, 앞으로도 계속될, 그 한이 맺힌 억눌림과 증오와 선망의 왜곡된 분출인 기괴한 놀음을 묵인하고 방관하는 것 역시 나로선 수월한 일이 아니었다.

나는 참으로 어처구니없는 고민에 빠지고, 왠지 두려웠다. 그 집에 발을 들여놓던 순간의 귀기가 점점 더 구체적 먹구름으로 부풀어나 집 안을 채우고 나를 위협하는 것 같았다. 미구에 어떤 결정적인 사태가 벌어질 것 같은 예감이 들었는데, 이 예감은 그로부터 채 일 주일도 지나지 않아 그대로 적중하고 말았다.

그날 저녁, 나는 최 노인이 화가 잔뜩 나서 배 씨를 찾는 소리를 내 방에서 듣고 있었다. 이따금 있는 일이므로, 나는 배 씨가 이층에 올라가는 기척을 느끼고도 별다르게 걱정하거나 신경 쓰지 않았다. 그런데, 잠시 후 뭔가 깨지는 소리와 큰 소리로 외치는 소리가 들렸으므로, 심상찮은 사태가 벌어지고 있음을 직감했다. 뒤미처 누군가가 이층으로 바삐 올라가는 발소리도 들렸다.

나는 두근거리는 가슴을 안고 방을 나왔다. 마침 화천댁이 눈이 뚱그래져 주방에서 나오는 참이었다. 우리는 앞서거니 뒤서거니 하며 계단을 밟아 올라갔다.

그곳에는 뜻밖의 광경이 벌어져 있었다. 거실 바닥에는 최 노인이 머리로 피를 흘리며 쓰러져 있고, 박살이 난 사기그릇 파편이 어지럽게 널렸으며, 배 씨는 얼빠진 사람처럼 유령처럼 주인을 내려다보고 있었다. 울부짖는지 헐떡거리는지 분간하기 어려운 소리를 지르며 허우적거리는 부인을 권 여사가 부둥켜안고 있었는데, 내 눈에는 말리는 게 아니라 맞붙어 쥐어뜯는 것처럼 보였다.

문득 권 여사의 눈길이 나에게로 왔다. 다음 순간, 그 눈에 더할 수 없는 증오의 불꽃이 타오르며, 지금까지 붙들고 있던 언니를 팽개치고 나한테 와락 달려들었다. 그 몸놀림은 민첩하기 짝이 없었다.

나는 미처 정신을 차릴 틈도 없이 비명을 지르며 엉덩방아를 찧고 말았다. 그녀는 짐승이 으르렁거리는 것 같은 괴상한 소리를 지르며 나를 마구 쥐어뜯었다. 평소의 젊은 힘으로 한다면 늙은 여자 하나 못 당해낼 리가 없건만, 나는 너무나 놀란 나머지 어떻게 손을 써야 할 바를 몰랐다.

바로 이때, 무슨 물체 하나가 번개같이 그녀에게 달려들었다. 나비였다. 나비는 성난 소리를 지르며 마구 할퀴고 물어뜯었다. 이번에는 그녀 입에서 괴로운 비명이 터져나왔다.

나는 이 틈을 타서 몸을 일으키자마자 정신없이 아래층에 도망쳐 내려왔다. 거실을 가로질러, 신도 찾아 신지 않고 현관문을 열어젖힌 채 밖으로 뛰쳐나왔다.

한겨울의 차가운 바람 속에 내팽개쳐지자 비로소 어느 정도 정신이 돌아왔다. 거칠게 숨을 몰아쉬며, 이 악몽과 같은 상황을 어떻게 해석해야 할지 머리를 굴려봤다. 그러나 도무지 갈피가 잡히지 않았다.

이때, 실내계단을 밟아 내려오는 거친 발소리가 들렸다. 무심코 돌아보니 배 씨였다. 아! 나를 바라보는 그 눈빛을, 나는 영원히 떨쳐버릴 수 없을 것이다. 흡뜬 눈, 온통 흰자위뿐인 것 같은 그 눈은 완전히 피에 굶주린 악마의 눈이었다.

나는 비명을 지르며 본능적으로 낮은 층계를 뛰어내려 대문을 향해 뛰었다. 뒤를 돌아다볼 겨를도 없었다. 오직 저 꽉 닫힌 육중한 옥문을 열고 바깥세상에 도망쳐야 한다는 생각뿐이었다.

그러나 채 대문에 이르기도 전에 우악스런 손에 머리채를 움켜잡혀 땅바닥에 나뒹굴고 말았다. 완전히 제정신이 아니었다. 죽음의 공포뿐이었다. 나는 오로지 목이 터져라 비명을 질렀다. 그러면서 눈을 감았다.

기적은 다음 순간에 일어났다. 양손 손가락을 갈고리처럼 세워 달려들던 그가 비명을 지르며 벌렁 나가떨어졌다. 존이었다. 어디선가 비호처럼 달려온 존이 사정없이 그를 물고 늘어졌기 때문이다.

내가 상황을 알아차린 것은 개와 사람이 한덩어리가 돼서 뒹굴 때였다.

'오, 저것이!'

뜨거운 감동이 용암처럼, 그 겨를에도 가슴에 솟구쳐 올랐다.

가까스로 몸을 일으킨 나는 허겁지겁 문을 열고 내뛰었다. 오로지 내 앞에 희끄무레하게 뻗어 있는 땅바닥이 끄는 대로만 무작정 달렸다. 저 멀리 국도에서 헤드라이트를 켜단 채 소리를 지르며 달려가는 자동차를 보면서, 나는 비로소 아직 살아있음을 실감했다. 제법 세찬 바람이 불었으나, 내 감각은 이미 추위에 반응할 수 없게 돼있었다.

국도와 만나는 곳까지 거의 다다라서야 비로소 걸음을 멈추고 뒤돌아봤다. 산과 들이 한덩어리로 붙은 어둠속에 그 저택이 꿈결처럼 환상처럼 흐릿하게 떠올랐다. 불이 난 건지 집 안에 켜놓은 전등 불빛인지 분간이 되지 않았다. 눈을 씻고 다시 봐도 마찬가지였다.

바로 이때, 멀리서 땅을 울리며 자동차 한 대가 달려왔다.

나는 자신의 주제꼴이 어떻게 비칠지에 관해서는 미처 생각할 겨를도 없이, 길 한복판으로 뛰어나가며 손을 흔들어댔다.

그러고는 정신을 잃었다.

# 잿빛 안개 저편

## −꿈, 그리고 환상 3

이 나이에 이르도록 끊임없이 개칠하는 인생이란 미완성 그림의 밑그림을, 나는 언제부터 그리기 시작했던가.

　그 정확한 시점은 도저히 기억할 수 없지만—하기야 몇 년 몇 월 며칠이라는 정확성에 별다른 의미나 중요성이 있지는 않다—어쨌든 자신의 그림을 새삼스런 관심으로 바라보기 시작한 것은 대체로 인생의 절정이랄까 분수령을 넘어섰다고 스스로 어렴풋이 판단하게 된 무렵부터가 아닐까 싶다.

　사실 돌이켜보건대 길지도 짧지도 않은 여정에 적잖은 기복과 변화가 있었던 것 같다. 내 보잘것없는 인생의 화폭을 들여다볼라치면 성공과 실패, 희망과 절망, 사랑과 미움, 득의와 후회로 점철된 시간들이 추상화처럼 어지럽게 형상화돼있고, 무수한 개칠의 과정을 거쳐 이른 지금의 그림 역시 모호하고 미흡하게 느껴지면서, 다시금 개칠하지 않으면 안 될 미래의 수많은 작업과 그 과정 뒤의 마지막 그림에 두려움이 앞섬을 어쩔 수 없다.

　앞이 불안할수록 뒤가 자꾸 돌아봐짐은 자연스러운 심리현상이 아닐까. 근년에 들어 부쩍 인생의 출발점이라고 할 수 있는 유년의 그 풋풋한 기억들 속으로 자꾸만 거슬러 올라가고 싶어지는 것도 어쩌면 그 때문일 것이다.

그 이상한 사건이 일어난 것은 초등학교 3학년 때였다.

나는 남녘 바닷가 마을에서 재를 두 개나 넘는 이십릿길 왕복으로 읍내에 있는 학교에 다녔다. 당시는 한국전쟁 직후로서, 폐허의 잿더미 위에 애써 희망이라는 씨앗을 심기는 할망정 누구에게나 참으로 허기지고 힘든 세월이었다. 무엇 하나 모자라지 않는 게 없었고, 사회 저변에는 무기력과 허무주의의 음산한 안개가 짙게 깔려있었다.

우리 학교는 전쟁이 한창일 때 국군 후송병원으로 징발됐다가 휴전 무렵에야 정상을 되찾았다. 그동안 학생들은 마을 동사洞舍나 이곳저곳의 천막을 전전하며 수업을 받았지만, 그 경황에 공부다운 공부가 됐을 리 만무했다. 더구나 하나부터 열까지 도회지에 비해 상대적으로 열악한 시골학교였으니, 그런 교육환경이 어린 나의 정서성장에 혜택을 줬다고 해야 얼마나 줬을까 싶다. 그보다는 나를 잉태하고 분만해 키워준 어머니, 고향의 흙냄새와 바람과 계절의 자연 그 자체에서 훨씬 더 많이 얻고 많이 배웠다고 여겨진다.

내가 학교생활에 흥미를 못 느낀 건 그런 환경여건과 무관하지 않을 터이다. 나는 학교가기가 지겨웠고, 공부도 하기 싫었다. 아침이면 다른 아이들이 학교에 가니까 기계적으로 따라 나서고, 숙제가 없는 한 집에 와서 책보를 펴는 적이 없었다. 공부에 대한 욕심은 어느 정도 있었지만, 단지 남에게 지기 싫어하는 천성과 한 번쯤은 담임선생과 아버지의 칭찬을 듣고 싶다는 막연한 소망 때문이었다. 하지만, 욕심만큼 의욕과 노력이 따르지 않는 바에야 성적이 쑥쑥 올라갈 리가 없었다.

그 무렵, 내가 학교에 염증을 느낀 특별한 이유가 또 하나 있었다.

같은 반에 유난히 짓궂고 드센 아이가 한 명 있었는데, 정확한 이유는 기억나지 않으나 하필 내가 그 아이에게 미운털이 박혀 걸핏하면 당하는 시달림이었다. 괜히 툭툭 쥐어박거나 내 연필심을 부러뜨리고, 심지어 죽은 개구리를 필통 안에 집어넣기도 했다. 참다못해 달려들어 주먹질을 해도, 우선 체격부터 차이가 나서 아무래도 그의 적수가 될 수 없었다. 매번 얻어맞고 징징 눈물을 짜기 일쑤였다. 그런 일이 거듭되다 보니 학교에 다니고 싶은 의욕이 날 리 없고, 항상 지겨움과 권태와 불만에 싸여 재를 넘어 다녔다.

그럼 이제 그 운명적인 날의 이야기에 돌아가기로 하자.

그날도 나는 우울하고 슬픈 기분으로 학교를 출발해 귀로에 올랐다. 점수가 의외로 형편없이 나온 산수시험지를 담임선생으로부터 받았고, 쉬는 시간에 그 아이와 또 한바탕 붙었을 뿐 아니라, 청소당번에 걸린 바람에 한마을 아이들을 모두 놓치고 혼자 시오리 산길을 걸어 재를 넘어야 할 판이었기 때문이다. 더군다나 그날따라 아침나절부터 비가 추적추적 내렸고, 오후 한나절인데도 사방은 초저녁처럼 어둑해서 나를 불안하게 했다. 내가 출발할 즈음 다행히 비는 멎었지만, 가다가 행여나 산속에서 심술스런 소나기를 만나지 않는다는 보장도 없었다.

행인 한 사람 없는 길을 혼자 터벅터벅 걸어가자니, 소슬바람처럼 밀려오는 고독감에 불현듯 눈물이 핑 돌았다.

'아, 나는 왜 항상 이 모양일까. 어째서 슬프고 기분 나쁜 일만 생기지, 즐겁고 신나는 일은 하나도 없는 걸까.'

나는 땟국이 흐르는 손등으로 눈물을 닦았다. 등허리에 맨 책보 속의 양철필통이 내 걸음마다 달그락달그락 소리를 내는 것조차 신경에 거슬려 주먹으로 한 대 쳤다.

죽어버리는 게 어떨까, 하고 나는 짐짓 자신을 떠봤다. 정말이지 죽어버리면 모든 게 간단하고 편할 것 같았다. 그러면 나를 괴롭히는 녀석도 조금은 후회할 테고, 담임선생은 평소 제대로 관심 있게 챙겨주지 못한 일을 안타까워하며, 아버지와 어머니는 가슴을 치며 통곡하시리라. 정말이지 그처럼 모두의 가슴을 한 번 휘저어놓고 싶었다. 그런 상상만으로도 찌르르한 쾌감이 몸속을 통과하며, 죽음이 저만치 성큼 다가와 손짓하는 것 같은 느낌마저 들었다.

마침내 큰길에서 우리 마을로 통하는 좁은 오솔길로 접어들었다. 거기서부터는 꽤 가파른 오르막이고, 꼬불꼬불 휘어진 그 산길을 오르자면 언제나 진땀이 나면서 숨이 턱턱 막히곤 했다.

나무숲 사이로 잿빛 안개가 산 위에서부터 소리없이 밀려내려와 열 발짝 앞까지 흐릿하게 가려버렸다. 그 사실을 새삼스럽게 깨닫자, 그처럼 짙은 안개 속에서 산길을 혼자 헤쳐 나갈 일이 난감하고 약간 두렵기조차 했다. 거기에 이르도록 같은 방향은 물론 반대 방향으로 가는 사람도 전혀 만나지 못한 나였다. 어쩌면 이 산 이 안개를 영영 벗어나지 못하고 헤매다가 쓰러질지도 모른다는 불안감이 들었다.

'그럼 잘됐지 뭐. 그렇게 죽으면 다들한테 복수하는 거지 뭐.'

나는 고집스럽게 입술을 앙다물었다. 죽음의 두려운 유혹과 자학적인 쾌감 때문에, 나는 헉헉거리면서도 힘든 줄을 거의 몰랐다.

그렇게 한참동안 산길을 추어오르다가, 어느 순간 자신도 모르게 우뚝 멈춰 섰다. 마치 웅크리고 있는 곰처럼 생겼다 해서 '곰바위'라고 부르는 커다란 바위 앞이었다.

마을로 향하는 길은 곰바위를 왼쪽으로 비키면서 곧장 뻗어 있는데, 그 바위 앞에서 오른쪽으로 비스듬히 휘어지는 샛길이 하나 있었다. 그 샛길은 왼쪽 길보다 더욱 좁고, 지나다니는 발걸음이 전혀 없어 길바닥이 잡초로 완전히 덮여있었다.

나는 한 번도 그쪽에 가 본 적이 없었다. 그쪽으로 가야 할 필요나 기회가 없었고, 어느 곳으로 통하는지도 전혀 몰랐기 때문이다.

보다 더 큰 이유는 그 샛길이 흘려보내는 이상한 전설 때문이었다. 그쪽에 가면 사람으로 둔갑한 여우를 만난다는 둥, 피에 굶주린 악귀에게 잡아먹힌다는 둥, 이 길이 그 길 같고 그 길이 저 길 같은 미로를 한없이 돌며 헤매다가 결국 지쳐 죽는다는 둥, 별의별 음산한 이야기가 아이들 세계에 떠돌았다. 그래서 나는 강한 호기심에도 불구하고 그 샛길을 따라가 보려는 용기를 감히 낼 수 없었고, 그 점에서는 다른 아이들도 마찬가지였다.

그날 내가 왜 거기서 걸음을 멈췄던가.

자신도 모르게 곰바위 앞에서 우뚝 섰을 때, 갑자기 내 귀에는 그 오른쪽 오솔길로 가 보는 것이 어떠냐는 유혹의 목소리가 어렴풋이 들려왔다. 그것은 내 몸속에 있는 또 다른 나의 목소리 같기도 하고, 숲을 지나가는 바람소리 같기도 하고, 그것도 저것도 아닌 알 수 없는 어떤 존재의 은밀한 속삭임 같기도 했다.

어쨌든 그 소리를 듣는 순간, 불현듯 충동적인 용기가 솟아오르며 온몸에 찌르르한 전율이 지나갔다. 냉정한 이성은 슬며시 뒤로 물러나버리고, 정말이지 오늘 이 샛길을 따라서 가는 데까지 가봐야겠다는 생각만 머릿속에서 굼실굼실 부풀어날 따름이었다.

'그래, 허구한 날 그 재미없는 학교 다니면 뭐해. 이런 꼬락서니로 살아있으면 뭐해. 이리로 가다가 죽으면 죽는 거고, 살면 사는 거고. 어찌되건 내가 알 게 뭐람. 제기랄!'

나는 조심조심 오른쪽 샛길에 들어섰다. 어디서 그런 용기가 나오는지 자신도 이상할 지경이었다. 아니, 그것은 단순한 용기가 아니었다. 내 이성이나 의지에서 우러나는 감정과는 다른 어떤 불가사의한 힘이었다고 하는 편이 옳은지도 모른다.

땅을 덮은 풀이 발목과 종아리를 친친 감으며 붙잡는 바람에, 물에 불은 살갗이 제법 쓰라렸다. 이따금 회초리처럼 휘어져 얼굴을 때리려고 하는 나뭇가지들도 주의해서 피해야만했다. 그런 것만 보더라도 꽤 오랫동안 사람이 전혀 지나다니지 않은 길임을 알 수 있었다.

안개는 그 사이 더욱 짙어졌는지 시야가 완전히 가려졌고, 길바닥과 주변의 나무들만 비교적 선명히 드러나 은연중에 나를 인도해 끌어당겼다.

나는 전혀 두렵지 않았다. 이미 결정한 일이고 이제는 돌이킬 수 없다는 체념 때문이었으리라. 오로지 앞에서 기다리고 있는 미지의 사건이나 상황에 대한 호기심뿐이었다.

그렇게 한참 길을 따라가자, 시야가 조금 트이면서 널따란 꽃밭이 나타났다.

'산중에 어찌 이런 아름다운 꽃밭이 있을까!'

그러나 그 의문도 순간뿐이었다. 꽃밭 한가운데 앉아 있는 웬 젊은 여자한테 금방 정신을 빼앗겼기 때문이다. 그녀는 이상하게 생긴 현악기의 줄을 뜯으면서 낮고 아름다운 목소리로 노래를 부르고 있었다.

"이리 온."

나를 발견한 그녀는 연주와 노래를 멈추고 손짓해 불렀다.

순간, 숨이 탁 멎는 느낌이었다. 세상에 어찌 저토록 예쁘고 고운 사람이 있을까! 치렁하면서도 얇아서 착 달라붙는 잿빛 옷과 조화를 이룬 몸매 전체가 하나의 완벽한 아름다움일 뿐 아니라, 부드럽게 흘러내린 풍성한 흑발에 싸인 얼굴은 마치 그림이나 인형 같았다.

가장 내 마음을 사로잡은 것은 그녀의 눈이었다. 바라보는 사람의 마음을 빨아들이고도 남을 커다란 눈망울, 뭔지 모르게 풍부한 언어를 담고 있는 애틋하고 그윽한 시선, 정말이지 그 눈은 순수한 아름다움 그 결정結晶이며 자체라고 해도 손색이 없을 정도였다. 악함과 추함과 슬픔까지도 그 눈에서는 아름답게 비쳐질 것 같았다.

'저런 아름다운 눈을 닮을 수 있다면 얼마나 좋을까! 저런 눈을 가지고 있으면 누구나 나를 부러워할걸. 나를 괴롭히는 녀석조차 내 아름다운 눈빛에 질려 다시는 집적거리지 못하겠지. 저 눈으로 바라보는 세계는 훨씬 아름답고 밝고 행복한 그림일 거야.'

나는 간절히 생각했다.

"더 가까이 다가온."

그녀는 엉거주춤 서 있는 나를 다시 손짓해 불렀다. 참으로 매끄럽고 부드러운 음성이었다.

나는 몹시 수줍어졌다. 그러면서도 주춤주춤 그녀에게 다가갔다. 열병이라도 든 것처럼 얼굴이 화끈화끈하고 정신이 멍해지며 가슴이 벌떡거렸다.

"나는 네 마음을 꿰뚫어볼 수 있단다."

내 손을 잡으며 여자가 다정하게 말했다.

촉감이 어찌나 토실토실하고 말랑말랑한지, 사람의 손이 이럴 수도 있을까 싶을 정도였다. 분냄새인지 몸냄새인지 분간할 수 없는 야릇한 향기 때문에 재채기가 나올 것 같았다.

"너는 내 아름다운 눈을 부러워하는구나. 그렇지?"

나는 나쁜 짓 하다가 들킨 것처럼 부끄러웠지만, 그녀는 아랑곳하지 않고 말을 늘어놨다.

"하지만 애야, 중요한 건 아름다운 눈을 이마 밑에 달고 있는 게 아니라, 세상을 아름답게 바라보는 마음이란다. 너는 잘 모르겠지만, 세상의 온갖 사물은 두 가지 모습을 지니고 있어. 겉으로 드러난 모습과 안으로 감춰진 모습. 우리가 바라보는 것은 대체로 겉에 드러난 모습뿐이야. 안으로 감춰진 모습은, 그것을 볼 수 있는 사람의 눈에만 보인단다. 이 이치를 알고 제대로 이해하는 사람이 세상에 과연 몇이나 있을까. 그런데도 다들 자기가 모든 것을 보고 모든 것을 아는 줄 착각하고 살아가니 우습지 않니? 세상의 모든 착각과 오류와 분쟁은 이처럼 사물을 반쪽밖에 못 보기 때문에 생기는 거란다. 인간세상의 모든 정신적 불행은 이 개맹開盲 현상에서 비롯되는 것이라 해도 과언이 아냐. 눈을 뜨고도 제대로 볼 수 없다면 그 눈이 무슨 가치가 있겠니. 차라리 감은 장님의 눈이 뜨고 있는 어설픈 눈보다 사물을 더 선명하게 볼 수 있을지 몰라. 무슨 말인지 알겠니?"

나는 건성으로 고개를 끄덕였지만, 그런 것은 아무래도 좋았다. 솔직히 말해서 알아듣고 못하고는 나에게 문제 밖이었다. 지금 이 아름다운 여자 곁에 있고 아름다운 눈을 쳐다볼 수 있는 행운만이 중요하고 행복할 따름이었다.

그녀는 이야기를 계속했다.

"사실 나만큼 아름다움의 기쁨, 아름다움의 행복을 많이 누린 사람도 없을 거다. 어릴 때부터 칭송과 부러움 속에서 자랐고, 그대로 어른이 되자 세상 모든 남자가 내 앞에 무릎을 꿇어, 나를 살아 있는 신으로 떠받들었어. 천하를 주무르는 절대권력이나, 하늘까지 쌓아올릴 수 있는 재화도 나의 교태와 탄식 한 번으로 무력 무용하게 만들 수 있었단다. 심지어는 보이지 않게 이 세상을 지배하는 진리와 학문조차도 내 앞에서는 왜곡되고 스스로 나약한 허울을 벗을 정도였으니까. 그러다 보니, 얘야, 세상 모든 인간들이 못난이 같고, 아무리 아름다운 꽃, 귀여운 짐승도 하찮고 시시하며, 무슨 일이든지 나한테서 시작돼 나한테서 끝나야만 직성이 풀리도록 도도해져버렸지 뭐야. 그러니 진실이라고 하는 세상의 또 하나 감춰진 모습이 이 눈에 비칠 리가 없지. 그러다 보니까 그쪽으로 향한 눈은 영영 닫혀버려서, 마침내 난 반장님이나 다름없게 되고 만 거야. 이제는 돌이키고 싶어도 돌이킬 수가 없어."

이렇게 말하는 그녀의 눈에는 더할 수 없는 슬픔이 떠올라 있었다.

나는 가슴이 찢어지는 듯했다. 그녀의 슬픔이 그대로 나에게 옮아왔기 때문이다. 그 슬픔의 샘을 메워줄 수만 있다면 무슨 짓이든지 기꺼이 할 수 있을 것 같았다. 내 하찮은 목숨까지도 그녀를 위해 던질 수 있을 것 같았다.

그녀는 깊디깊은 눈 속으로 한없이 나를 끌어들이며 슬픈 목소리로 말을 이었다.

"세상에서 가장 슬프고 두려운 일이 뭔지 아니? 그건 자기자신을 잃어가는 거란다. 나이를 먹고, 일과 생활에 부대끼고, 성취와 실패의 작은 다리를 반복해서 건너고, 그러다가 문득문득 거울을 들여다보며 변해가는 자기 모습을 확인할 때, 인간은 말할 수 없는 슬픔에 빠지고 말아. 그래서 다가오는 인생의 끝, 다시 말해서 죽음이란 단절에 대해 으스스한 전율을 느끼게 돼. 내 경우는 말이다, 애야, 그와 같은 슬픔과 두려움이 누구보다 크고 짙었단다. 왜냐 하면, 그동안의 내 욕구와 성취와 기쁨이 남들보다 월등했기 때문이지. 그러니 그 반대급부 역시 클 수밖에. 그건 다 내가 처음부터 보이지 않는 진실을 보는 눈을 닫아버린 채 피상적이고 말초적인 쪽으로만 살려고 했던 탓이지 뭐야. 빈 통일수록 굴러떨어질 때 소리가 요란한 건 당연하지 않겠니? 그래서 난 차라리 지금 너의 그 아직 때 묻지 않고 앳된 눈빛이 한없이 부럽고 탐나. 그래도 넌 내 눈을 닮고 싶니?"

나는 주저하지 않고 고개를 끄덕였다. 오히려 내 작고 못생긴 눈이 부럽다니. 그것은 내 소망을 접게 만들려는 거짓말이 틀림없다고 생각했다.

그녀는 한심하다는 듯 웃었다. 그러더니 내 볼을 조금 아프게 꼬집으며 다소 쌀쌀하게 말했다.

"넌 정말 뭘 모르는 바보구나. 됐어, 이젠 가봐."

그녀는 다시금 악기의 줄을 뜯으며 작은 소리로 노래를 부르기 시작했다. 나 쪽은 눈길도 주지 않고, 지금까지의 상냥함이나 대화는 없었다는 듯한 태도였다.

나는 슬그머니 물러나지 않을 수 없었다.

내 가슴은 슬픔과 절망으로 찢어지는 듯했다. 아름답던 꽃들이 모조리 잿빛 한 색깔로만 칙칙해보였다. 왜 그토록 슬프고 절망스러운지 이상할 지경이었다. 아름다운 여자한테 물리침을 당했기 때문이지만, 꼭 그렇지만은 않은 것 같았다. 그것이 그녀의 슬픔, 그녀의 절망이 감기 옮듯 나한테 옮아왔기 때문임을 이해하게 된 것은 훨씬 훗날의 일이었다.

나는 다시금 터벅터벅 걷기 시작했다.

꽃과 여자의 세계는 어느덧 잿빛 안개 속에 묻혀버리고, 내 앞에는 우거진 나뭇가지와 발목을 거머잡는 잡초뿐이었다. 나는 마치 정해진 길을 무작정 따라가는 무슨 슬픈 짐승처럼 터벅터벅 걷고 있었다.


갑자기 시야가 트이면서, 저만치에 큼직한 상자 같은 네모 반듯한 건물이 보였다.

가까이 다가가보니 사방이 꽉 막혔는데, 한쪽 벽면에만 출입문과 통풍구 같은 창이 나 있었다.

"이리 들어오너라."

문득 안에서 남자의 목소리가 들렸다.

나는 흠칫 놀랐다. 별로 발소리도 내지 않았는데, 어떻게 안 보고도 알까. 머뭇거리지 말고 들어오라는 재촉의 명령이 또 들려오므로, 나는 할 수 없이 문을 열었다.

나는 발을 들여놓자마자 방 안에 꽉 찬 책들에 질려버렸다. 출입을 위해 터놓은 문쪽의 공간 말고는 온 벽이 높다랗게 쌓아올린 책들에 완전히 가려졌고, 그것만으로는 부족하다고 바닥까지 온통 책으로 덮여있었다. 비좁은 방 한가운데 놓인 책상 위도 펼치거나 적당히 쌓은 책들 때문에 손바닥 하나 짚을 빈틈도 없었다.

책상 너머에는 머리통이 유난히 크고 굵은 테안경을 쓴 늙수그레한 남자가 도포 같은 잿빛 옷을 걸치고 앉아있었다. 양쪽 귀 언저리와 뒤통수 아래쪽에만 엉성하게 머리털이 약간 붙었을 뿐, 이마에서 정수리 너머까지 잘 드는 면도칼로 완전히 밀어버린 것 같은 대머리였다. 이마에는 깊은 사색과 고뇌의 표징인 세 가닥 굵은 주름살이 있었다.

"요컨대, 넌 공부하긴 싫은데 우등생 소리는 듣고 싶은 게로구나. 그렇지?"

그가 짓궂게 웃으며 툭 던지는 바람에, 정곡을 찔린 나는 얼굴을 붉히고 말았다.

"세상에 거저 얻어지는 건 없다. 사실 죽는다 하고 공부한 뒤에 얻어지는 성취의 희열은 빛나고 값진 것이지. 그러나……."

그는 말하다 말고 의자에서 일어나, 세 걸음밖에 안 되는 좁은 공간을 오락가락하며 이상한 소리를 늘어놓기 시작했다.

"현실적 필요에 의해 창출된 지식이란 게 인간에게 얼마나 유용했는가 하는 문제는 인류역사의 제반 확장과 발전 프로세스를 조명해 판단할 때 거시적 또는 근원적 관점에서는 회의를 불러일으키기 족한 바이긴 하지만, 그래도 자기가 입지立地한 현실의 제반 상황에 능동적 효과적으로 대처하고…… 상대적 의미에서의 자기이익 확보를 위해서는 배격할 수 없는 네세서리 컨디션이라고 할 수 있기 때문에, 그런 측면에서……."

나는 어리둥절해지고 말았다. 그가 무슨 말을 하는지 도저히 이해가 안 됐기 때문이다.

처음에는 나를 상대로 하는 말인 줄 알았는데, 가만히 보니까 꼭 그런 것 같지 않았다. 감정을 담아 책을 읽거나, 뭔가 자기 혼자 지껄이는 듯한 분위기였다.

어쨌거나 약간 빠른 그의 언설은 어디부터 어디까지가 단락인지 알 수 없게 물이 흐르듯 유창하게 이어졌다. 턱을 약간 쳐들고 오른손 집게손가락으로 이따금 허공을 찍으며 확신에 찬 어조로 늘어놓는 그의 모습과 분위기는 너무나 인상적이었다. 매우 어려운 말이지만, 그가 굉장히 학식이 풍부한 사람임은 방 안의 책만 보더라도 의심의 여지가 없었다. 그래서 나는 저절로 감탄하고 존경하며 부러워하는 마음이 우러났다.

"현상의 각 분야에 걸쳐 통용되고 있는 학문과 지식이란 것은 단계적 파일업 프로세스의 소산이기 때문에 자기 것으로 소화하는 데는…… 그러나 그것이 얼마나 허약하고 무용하고 무가치한 것인가 하는 점은 사회 각 분야에서 노출되는 제반 부작용과 시행착오를 통해 충분히 입증할 수 있기 때문에, 그 오더리티에 의해서…… 학문적 타당성, 학자적 양식, 무엇보다도 과거의 역사검증으로 허구성이 명약관화한 그 셀프 콘트라딕션의 함정을 피해 가기 위해 그들이 보편적으로 사용하는 수법은 우매한 사회대중으로 하여금……."

나는 얼이 빠져버렸다.

'아, 어쩌면 저렇게 아는 게 많고 말을 잘할 수 있을까! 저런 뛰어난 머리를 닮을 수만 있다면 힘들이지 않고 공부를 잘할 수 있을 텐데. 시험성적도 높게 받아 애들한테 뽐내고, 선생님이랑 아버지 어머니한테 칭찬도 받고 할 텐데.'

별안간 그가 말을 뚝 끊는 바람에, 나는 조금 긴장해 그를 쳐다봤다.

"야, 인마! 너 이 머리통이 부럽냐?"

손가락으로 자기 머리를 가리키며 하는 말이었다.

여태까지와 달리 퉁명스럽고 상스럽기조차 한 말투에, 나는 내심 놀라지 않을 수 없었다. 그러면서도 엉겁결에 고개를 끄덕였다.

그는 조금 화난 듯싶기도 하고, 어찌 보면 슬픔 같기도 한 표정으로 말하기 시작했다.

"너, 세상에서 가장 슬프고 두려운 게 뭔지 알아? 많이 알고, 보다 더 많이 알아야 하는 일이야. 처음부터 모르면 간단한 것을, 알려고 했기 때문에, 알고 있기 때문에 파탄을 피할 수 없게 되는 거라고. 급기야는 사회에 대하여 자기 포지션을 확보하기 위해서라도 알아야 하고, 이미 확보한 걸 상실하지 않기 위해서도 더 알아야 해. 참으로 피곤하고 슬픈 노릇이야. 그러다 보니 서로 경쟁적 양상으로 발전하고, 그 경쟁은 단순한 의미를 벗어나서 '생존'이란 관형사를 덧붙이거나 투쟁이란 익스팬션 미닝으로 변질하기도 하지. 요컨대, 우리가 말하는 앎, 즉 지식의 확보와 유지행위는 말할 수 없는 희생과 자기소모를 필요로 해. 그 희생과 소모의 재료를 자신의 일부로 충당하든 타인의 몫을 갈취하든 간에 결과적으로 상실의 위험은 마찬가지야. 그 위험의 으스스한 전율을 벗어나기 위해 목소리가 커지고 거짓말이 간교해지지. 그 해독害毒과 리플렉스 에피커시를 어쩔 수 없이 예견하면서도…… 그 가장 극명한 본보기를 지금 너는 바라보고 있어. 알겠냐?"

그는 잠시 말을 끊고, 출입문 위의 작은 창문을 쳐다봤다. 아니, 뚫린 구멍으로 시선을 내보냈다.

그 눈빛의 그윽함 때문에, 나는 왠지 그가 그 창구멍을 통해 뭔가 소중한 것을 날려 보낸 것 같은 느낌을 받았다. 그러나 그 소중한 것이 무엇인지는 알 수 없었다.

그가 말을 이었다.

"난 어릴 때부터 천재란 소리를 들으며 자랐단다. 아니, 진짜 천재였지. 난 항상 남보다 먼저, 그리고 많이 알려했고, 원하는 바대로 됐어. 당대 최고의 석학으로 추앙 받고, 전문분야에서는 나의 학설이 이론의 마지막 극점이라며 나자빠져도 아무도 찍소리 못했지. 하지만 말이다, 그렇게 되기 위해 그동안 내가 감내해야 했던 희생과 소모가 어느 정도였는지 상상할 수 있겠냐? 또, 내가 뱉어내야 했던 허위와 독선과 표절의 말지껄임들이 얼마나 많았는지 알아? 난 그 모든 나의 몫을 지키기 위해, 한편으로는 그걸 지켜내기 위한 더 높은 앎을 획득하기 위해 저기 저 창구멍 하나만으로 외부와 통해 놓고 이렇게 자신을 감금하고 있단 말이다. 그런데도 넌 날 부러워할 거냐?"

나는 잠자코 있었지만, 마음속으로는 고개를 끄덕이고 있었다. 그의 교묘한 수사修辭와 장광설이 궁극적으로는 내 생각을 뒤집기 위한 수작처럼 느껴졌기 때문이다.

그는 내 심리를 꿰뚫어본 것 같았다. 차가운 눈빛으로 나를 노려보며 꾸짖었다.

"멍청한 놈 같으니! 인간의 두뇌란 그다지 크지도 않을 뿐더러 그 한정된 그릇에 담을 수 있는 양도 대단하지 않기 때문에, 바깥 것을 집어넣으려면 속엣 것을 들어내야 한다는 사실을 네녀석한테 어떻게 이해시키면 좋담. 어쩔 수 없구나. 정말 어쩔 수 없구나. 그만 가 보거라."

아무 대꾸도 못하고 물러난 나는 가슴을 펴고 심호흡을 했다. 사실은 그 상자 같은 갑갑한 곳에서 더 이상 견디는 것은 여간한 고역이 아니었기 때문이다.

그런데, 맑은 바깥공기를 들이마시는 쾌적한 기분도 잠시뿐, 나의 머릿속은 뭔지 모를 잡다하고 복잡한 상념들로 어지러웠다. 나 자신도 이해할 수 없는 어려운 말들이 줄줄이 엮여 나오고, 시험성적에 관해 아버지 어머니한테 둘러댈 그럴싸한 변명이 떠오르며, 담임선생이나 학급 친구들을 어리벙벙하게 만들 기발한 거짓말이 생각나기도 했다. 그러면서도 무엇에 쫓기는 듯이 초조하고 급해서 울고 싶은 기분이었다. 그것이 앞의 경우와 마찬가지로, 그 사람한테서 떠넘겨 받은 증상임을 깨달은 것은 나중의 일이었다.

다시금 잿빛 안개와 우거진 숲에 둘러싸인 나는 슬픔과 초조감에 싸여 쫓기듯 발걸음을 빨리 놀리기 시작했다.

얼마쯤 갔을까, 별안간 시야가 조금 트이면서 너럭바위 위에 앉아 있는 한 남자의 모습이 보였다. 헐렁한 잿빛 옷을 벗어부쳐 우람한 웃통을 드러낸 그는 왼손에 붕대를 감고 있었다. 여러 겹으로 두툼하게 감겼는데도 붕대 위로 피가 발갛게 배어났다. 곁에는 큼직한 돌멩이가 놓여 있는데, 그 돌에도 피가 묻어 있었다.

"꼬마야, 이리 와."

그가 말했다. 퉁명스런 명령조였다.

나는 괜히 주눅이 들어 주춤주춤 다가갔다.

"잘 묶어봐."

그러면서 왼손을 내미는데, 붕대 감기를 마무리하고 매듭을 지어달라는 요구였다.

그가 시키는 바에 따르면서, 피로 물든 투박한 주먹이 어느 순간 번쩍 쳐들렸다가 내 머리 위에 떨어지는 장면을 상상하고는 조마조마했다.

"인마, 네가 붙들고 있는 게 사람을 여럿 때려죽인 위대한 주먹이야. 알겠냐?"

그가 음산하게 낮은 웃음을 깔며 내가 묻지도 않은 말을 하는 바람에, 나는 간이 콩알 만해지고 말았다.

"그렇다고 떨 건 없어. 붕대나 잘 묶어. 너까짓 조무래기 잡아먹진 않을 테니까."

적어도 나를 해칠 의사가 없음은 알 수 있었지만, 그가 내 마음을 꿰뚫어본다는 사실 때문에 불안감은 여전했다.

내가 지어준 붕대 매듭이 마음에 드는지, 그는 나를 붙들어 앉혀놓고 주먹자랑을 늘어놓기 시작했다.

"너 만할 때부터 난 이 주먹 하나로 왕이었지. 공부 잘하는 놈도, 기운께나 쓰는 놈도 다 내 앞에 무릎을 꿇었어. 내가 어떤 잘못을 저질러도 선생한테든 누구한테든 감히 고자질을 못하고, 내 비위를 맞추느라 온갖 아첨을 다 떨었지. 어른이 돼서도 마찬가지야. 이 주먹 가지고 통하지 않는 데가 없었어. 권력이든 법이든 돈이든, 심지어 학문에까지 이 주먹을 쓰윽 들이밀면 그만이었으니까. 원하는 건 다 손에 넣었고, 누리고 싶은 거 다 누렸어. 그러니까 이게 얼마나 위대한 주먹이냐고. 부럽지?"

그는 붕대가 칭칭 둘러진 주먹을 내 코앞에 들이밀며 이리저리 돌려 보였다.

나는 불안한 가운데서도 고개를 끄덕였다.

'정말이지 내 주먹이 이 비슷한 주먹이기만 해도 얼마나 좋을까. 그러면 날 업신여겨 괴롭히는 자식을 간단히 때려눕힐 수 있겠는데.'

그가 별안간 크게 한숨을 쉬었다.

"그렇지만 꼬마야, 너 절대로 부러워할 거 없어. 알겠냐? 세상만사 인생살이가 주먹이 전부는 아니란 말이다. 그걸 언제 얼마나 빨리 깨닫느냐에 따라 나머지 삶이 달라지는 거라고. 내 경우는 너무 늦었어. 깨달음이 늦으면 늦은 만큼 실패한 인생이 되고 말아. 무쇠 같은 육체도 세월이 가고 나이를 먹으면 별 볼일 없어지는 거야. 오로지 주먹 하나 자랑하며 살다가, 그 주먹이 어느 날 아무짝에도 쓸모없는 솜방망이 꼴이 된 걸 깨달아 봐. 미치지 미쳐. 그러니까 꼬마야, 넌 아예 꿈도 꾸지 마. 알았어?"

나는 대꾸는 안 했지만, 그 말에 승복할 수 없었다. 그의 논리에 솔깃할 만큼 내가 당하고 있는 굴욕과 수모와 고통이 가볍지는 않기 때문이었다.

내 기색을 알아차린 그는 한심하다는 듯 말했다.

"넌 어째 말귀를 못 알아 듣냐. 남을 두들겨 패는 게 어떤지 아니? 때려서 상대가 아파하는 걸 보는 승리감이나 쾌감 못지않게 반대로 자신도 그만한 심적 부담을 안게 되는 거라고. 왜 그런지 말해 줄까? 남을 때린 만큼 자기도 남한테 맞을 조건을 만든 셈이거든. 그 조건을 아예 차단하려고 더욱 무자비한 폭력을 휘두르게 되는데, 그런다고 보복 당할 불안이 해소되느냐 하면, 천만의 말씀이야. 오히려 그 반대란다. 누군가로부터 뒤통수에 노림을 받는다는 거, 얼마나 불안하고 못할 노릇인지 알아? 그걸 숨기려고 더욱 배짱을 과시하며 큰소리치지만, 그래 봤자야. 달라지는 건 아무것도 없어. 알겠냐?"

그는 갑자기 한기寒氣라도 느낀 듯, 떡 벌어진 어깨에 어울리지 않게 몸을 옹송그렸다. 그 꼬락서니가 어쩐지 보잘것없고 추해 보였다.

"내가 그 한심하고 몹쓸 병에서 가까스로 벗어난 건 오래되지 않았단다. 너무 늦었지만, 그나마 다행은 다행이지. 그렇지만 사람의 습성이란 건 더럽기 짝이 없어서, 이놈의 주먹이 걸핏하면 움찔움찔한단 말이야. 그러니 어떡해. 할 수 없이 이 돌로 찍기라도 해서 제구실을 못하게 만들어야지. 으깨지는 순간의 아픔으로 지난날 지은 죄를 조금씩 탕감해 받으면서…… 그럭저럭 상처가 아물만하면 또 이놈의 물건 개버릇이 발동하고, 그러면 다시 내려치고…… 언제까지 계속해야 할지, 끝도 없는 되풀이란다, 그렇다는데도 너 인마, 여전히 강한 주먹을 갖고 싶냐?"

나는 또 대꾸하지 않았다. 그렇지만 그 침묵이 무엇을 뜻하는지를 나 자신은 알고 있었고, 그도 알았다.

그가 그예 내 머리통에다 꿀밤을 먹였다.

"어쩔 수 없는 놈이로군. 꺼져, 이 자식아!"

나는 막혔던 숨이 트이는 듯한 기분으로 얼른 그에게서 물러났다.

그러나 그런 해방감도 잠깐이었다. 다시금 잿빛 안개와 우거진 숲에 팽개쳐졌을 때, 이상하게도 누구에게 쫓기는 것처럼 뒤가 켕기면서 불안해졌다. 자신도 모르게 돌아봤으나, 쫓아오는 사람은커녕 그림자도 보이지 않왔다.

'그럼 그렇지, 내가 이거 왜 이런담, 병신같이.'

자신에게 화가 불끈 나면서, 불현듯 그 분노의 화살이 어딘가에 있는 정체불명의 적에게 겨누어졌다.

'덤벼, 이 새끼! 얼마든지 상대해주마. 죽여버릴 거야.'

정말이지 누가 덤벼들어도 한주먹에 때려눕힐 수 있을 것처럼 어깨에서 팔뚝까지 찌르르하게 힘이 뻗쳤다. 그처럼 알 수 없는 투지와 불안감이 반복해서 밀려왔다. 그것 역시 앞의 두 경우처럼 그 남자한테 받은 영향임을 깨달은 것은 나중이었다.

나는 원인 모를 슬픔과 조급함과 두려움으로 걸음을 재촉했다. 급기야는 달리기 시작했다. 왜 그래야 하는지도 모르면서 달렸다. 달리지 않을 수 없었다. 뜀박질에 따라 책보가 춤을 추며, 그 속의 필통이 요란하게 딸그락거렸다. 그 소리가 왠지 형벌처럼 느껴졌다. 입 안이 마르고 등에 땀이 흥건했다. 불현듯 눈시울이 뜨거워졌다. 눈물을 떨어뜨리지 않으려고 눈을 껌벅거리며 입을 꽉 다물었다.

그렇게 얼마나 달렸을까. 문득 저만치 앞에 옹달샘이 보였다.

불현듯 목이 탔다. 나는 물을 마시려고 샘에 다가갔다.

몸을 구부리고 맑은 샘물을 들여다본 순간, 나는 그만 소스라쳐 비명을 지르며 엉덩방아를 찧곤 허둥지둥 물러나고 말았다. 물에 비친 것이 내가 아니었기 때문이다. 그것은 꿈에도 떠올린 적 없는 괴상망측한 모습이었다.

놀란 가슴을 가까스로 진정시킨 다음, 조심스럽게 옹달샘에 다시 다가갔다. 이번에는 용기를 내어, 물에 비치는 모습을 좀 더 자세히 들여다봤다.

나는 비로소 상황을 파악했다. 어느 틈엔가 내가 아까 만난 세 사람을 조금씩 닮아 있었다. 아름다운 눈, 반들반들하고 커다란 대머리, 게의 앞발처럼 부풀어오른 팔뚝과 주먹. 본래의 나 자신이라고는 몸통뿐이었다. 그 불균형한 모습은 영락없는 괴물이었다.

'아, 이 무슨 변이람! 이건 싫어! 이런 모습은 아니었어. 내가 원했던 건 이런 게 아니었어.'

나는 울음을 터뜨렸다. 그 꼬락서니로 집에 들어가 식구들을 만날 일이 두려웠고, 내일 학교에 가서 친구들한테 당할 일이 난감했다.

비로소 나는 곰바위 앞에서 마을로 곧장 향하지 않고 샛길로 빠진 짓을 후회했다. 그야말로 뼈저린 후회였다. 그렇지만 이제 무슨 소용이란 말인가.

물을 마시려던 생각마저 쑥 들어가버려, 나는 엉엉 울면서 그곳을 떠났다. 너무나 슬프고 절망스러운 나머지 어느 쪽으로 가야하며 가고 있는지조차 챙길 마음의 여유조차 없었다.

그렇게 정신없이 울면서 걸어가던 중에 불현듯 이상한 느낌이 들었다. 자신도 모르게 걸음을 우뚝 멈추고 주위를 둘러보자, 내 앞에 뻗어 있는 길이 어딘지 모르게 눈에 익었다. 잡초에 덮였을망정 길의 꼬부라짐과 높낮이, 게다가 양쪽에 늘어선 나무와 그 휘어진 가지들마저 아주 생소하지 않은 것 같았다.

잰걸음으로 조금 더 나아가자, 웬 커다란 바윗덩이가 나타났다. 바로 곰바위였다! 틀림없는 곰바위였다. 그 믿기 어려운 사실을 미처 추스르고 정리할 겨를도 없이, 나는 어느새 샛길을 벗어나 마을로 통하는 고갯길에 서 있었다. 나는 망연자실했다.

'꿈을 꾼 건가? 아니야, 대낮에 꿈이라니, 그 생생한 일들이 꿈이라니, 무엇보다도……..'

나는 그만 울음을 터뜨리며, 그 엄청난 체험의 움직일 수 없는 증거인

내 신체상의 변화를 확인하려고 팔뚝과 주먹을 들여다봤다. 그러다가 다시 한 번 깜짝 놀라고 말았다. 이게 웬일인가! 마치 떼어다 붙인 남의 팔처럼 우람하던 그 팔이, 그리고 우악스럽던 주먹이 어느새 나의 가느다란 팔과 작은 주먹으로 돌아와 있지 않은가. 뒤미처 머리통과 얼굴을 만져 봤다. 그 역시 내 본래의 모습임이 분명했다.

'그렇다면, 내가 방금 저쪽에 들어가서 보고 듣고 피부로 느낀 건 정말 꿈이었단 말인가.'

나는 원상회복을 기뻐할 겨를도 없이 극도의 혼란에 빠지고 말았다. 온몸에서 기운이 쑥 빠져나가고, 머릿속이 어지러우면서 귓가에 귀울림이 들렸다.

나는 얼빠진 시선으로 그 샛길 쪽을 바라봤다. 여전히 짙은 잿빛 안개에 묻힌 채, 그 길은 입을 벌려 나에게 손짓하고 있었다.

―오려무나. 믿기 어려우면 믿어지도록 한 번 더 시도해보면 되잖아.

그러나 만일 또 그 샛길에 들어가는 경우, 다시는 영영 빠져나올 수 없으리라는 경고가 정수리를 때렸다.

불현듯 형언할 수 없는 공포가 갑자기 나를 엄습했다. 난생처음인, 그믐날 한밤중에 혼자 고샅길을 걸을 때보다도 더한 두려움이었다. 나는 이내 마을 쪽 길을 뛰어오르기 시작했다. 가파른 오르막이고 내 몸 상태가 그 고역을 못 견뎌낸다는 사실조차 거의 잊어버린 채 허겁지겁 달렸다.

그런 내 뒤에서, 마치 재촉하듯, 혼란한 정신을 깨우치려는 듯 딸그락딸그락 요란한 필통소리가 따라왔다.


그 이상한 일이 나한테 왜 일어났으며 무슨 의미가 있는지, 나는 굳이 알려하지 않았을 뿐더러 알고 싶지도 않았다. 아무한테도 털어놓지 않았고, 다시 한 번 확인하고자 그 샛길로 들어가는 무모한 용기는 꿈도 꾸지 않았다. 그런 짓을 하면 뭔가 결정적인 화를 입을 것 같은 막연한 두려움 때문이기도 했지만, 나만의 소중한 체험으로 은밀히 간직해야 할 것 같았기 때문이다.

나는 자신과의 약속을 충실히 지키면서 여전히 그 산길을 넘어 학교에 다녔다. 곰바위와 샛길 앞을 통과할 때마다 자연히 그날의 일을 떠올리며 긴장하곤 했으나, 그 긴장감도 시간이 지남에 따라 어느덧 아련한 추억으로 빛깔이 바뀌었다. 그러다가 얼마 후 집안사정으로 가족이 함께 고향마을을 떠나게 됨으로써, 그것은 완전무결한 유년의 환상으로 묻히고 말았다.

이제 삶에 경건해지고 남은 여정이 더욱 소중하게 느껴져 지난날을 숙연히 되돌아봄에 따라, 그 유년의 비밀도 새로운 선명한 그림으로 떠오르는 것은 나로서 어쩔 수 없다. 그 환상적 그림의 의미와 지속적 가치 여부를 새삼 생각하게 되는 것도 부득이한 노릇이다.

모르겠다. 돌이켜보건대 다만 분명한 것은, 그날의 사건 이후 내 학교생활이나 친구관계에 상당한 변화가 있었다는 사실이다. 그렇다고 학업성적이 쑥쑥 올라가고 아이들을 휘어잡았다는 뜻이 아니라, 적응과 조화의 요령을 가만가만히 조금씩 체득했다고 하는 설명이 적절할 것 같다.

꼭지점의 눈곱만한 편차偏差가 두 직선의 연장선상에 엄청난 간격을 만들어 놓을 수 있듯이, 그 운명적인 날의 시점에서부터 약간 방향이 수정된 연장선의 끝에 지금 내 인생은 도달해 있는 셈이다. 아니, 계속해서 나아간다고 해야겠지.

# 슬픈 인어

## -꿈, 그리고 환상 4

'인생'의 광활한 대지를 숨가쁘게 달려와 종착점을 넘어서는 사람의 가슴속에는 절대비밀이 몇 가지나 숨겨져 있을까. 내 경우, 수명이 다하는 날 죽음의 신 앞에 가져가야 할, 가져갈 수 있는 절대비밀은 과연 몇 가지일까. 그렇다면 순이누나에 관한 비밀은 거기에 포함되는 것인가, 아니면 털어버려도 무방한 것인가.

내가 청소년기를 거쳐 성년에 이르기까지―아니, 사실은 그 훨씬 이후까지도―이따금 그녀를 기억할라치면 달콤한 부끄러움과 함께 가슴을 적시는 감정의 또 한 가지 색깔은 푸른 애처로움이었다. 그렇다. 그녀는 처음부터 가련한 모습으로 내 어린 영혼 앞에 나타났고, 결국 그런 모습으로 내 앞에서 사라져버렸다.

그녀의 집은 조금 가파른 언덕바지에 올라앉은 우리 집의 바로 아래 있었다. 대문간에서 내려다보면 키 낮은 대나무울타리에 반쯤 둘러싸인 채 살짝 돌아앉은, 그야말로 초가삼간인 초라한 집이 한눈에 들어왔다. 그녀는 홀어머니와 단 둘이었고, 사는 형편은 마을에서도 가장 빈곤한 축에 들었다. 또래들은 대부분 중학교 여학생반 학생이었지만, 그녀는 언제나 집에 있었다. 초등학교만으로 학업을 마쳤거나, 어쩌면 그나마 중퇴했는지도 모른다.

나보다 너더댓 살 연상인 그녀에 관한 기억으로서 가장 첫 번째로 떠오르는 건 '그 봄날 오후의 사건'이었다. 그렇지만 그 전인지 후인지는 불분명한 채, 바다를 바라보려고 대문간에 다가섰다가 그 집 마당이나 손바닥만한 오래뜰에 얼찐거리는 그녀를 발견하고 제풀에 얼른 물러서는 나를, 기억의 갈피 속에 두어 컷 바랜 색깔로 살아 있다가 불쑥불쑥 튀어나오는 자신의 모습을 발견하기는 드문 일이었다.

　　그렇다. 당시의 나는 매우 사색적인 소년이었고, 그래서 마을 앞에 펼쳐진 광활한 바다와 그 수평선 너머 미지의 세계를 이따금 시간가는 줄 모르고 동경하곤 했다. 큰 배를 타고 그 바다를 건너가, 어느 크리스마스 저녁 읍내 우리 초등학교 교정에서 미군이 상영해준 영화 속의 다른 나라, 그 이국적인 풍경과 사람들 속에서 살아가는 내 모습을 꿈꾸는 가슴 설렘은 혼자만의 은밀한 즐거움이었다.

　　그런 꿈에 취하는 건 주로 학교에서 혼자 돌아오다가 가파른 산 고개턱에 막 올라서서 상쾌한 바닷바람을 가슴 가득 들이마실 때, 아니면 집에서 무료한 시간을 보내다가 불현듯 바다를 바라보고 싶어질 때였다. 그런데, 언제부터인지 모르지만 대문간에 설 때면 순이누나의 눈에 띌까 봐 공연히 신경을 쓰는 소심한 버릇이 들고 말았다. 왜 그런지는 나 자신도 알 수 없었다.

　　이제 어느 봄날의 사건 속으로 들어가야 할 것 같다.

　　그날 아침 우리 식구들이 조반상 주위에 둘러앉았을 때 어머니가 불쑥 꺼낸 말은 참으로 뜻밖이었다.

　　"저 아래 순이네, 어제부턴가 굴뚝에서 연기가 나지 않는 것 같네. 모녀가 굶고 있나 봐."

　　숟가락을 입에 가져가던 아버지의 동작이 잠깐 멈칫하는 것 같았다.

　　"확실해?"

"그런 거 같아. 하긴 이맘때면 끼니가 간들간들한 집이 어디 한둘이우?"

"보리쌀이라도 두어 되 넌지시 갖다 주지, 그래."

"이이 좀 봐. 우리 형편에 남 적선할 양식이 어딨어?"

어머니는 샐쭉해서 아버지한테 핀잔을 안겨줬다.

나는 못 들은 척 숟가락질만 했으나, 가슴속에서는 갑자기 매운바람이 일고 있었다.

'순이누나가 굶고 있다니!'

눈이 크고 피부가 하얀 그녀의 모습이 눈앞에 어른거리며, 갑자기 밥이 목구멍을 잘 넘어가지 않았다.

학교에 가려고 대문간을 나설 때 유심히 그 집을 살펴봤다. 어머니의 말대로 굴뚝에서 연기가 나지 않는 건 밥 지을 시간이 지나서 그렇다손 치고, 사람도 보이지 않고 조용한 게 꼭 빈집 같았다. 그 집의 그런 동정을 감지한 적이 처음이 아니건만, 이날따라 그 점이 유난히도 마음에 걸림을 어쩔 수 없었다.

학교에 가서도 도무지 공부가 제대로 되지 않았다. 눈이 퀭해서 방 안에 드러누워 있는 그녀의 모습이 시도 때도 없이 떠올랐기 때문이다. 그녀가 굶고 있는데 나는 밥을 먹었다는 사실이 어쩐지 죄스럽게 느껴지고, 매몰찬 소리를 한 어머니가 놀부의 아내처럼 정나미 떨어지기도 했다.

오전수업을 마치고 집에 돌아와 보니 식구들이 다 나가고 텅 비어있었다.

여느 때 같으면 책보를 풀어놓자마자 찬장에서 점심밥을 꺼내 먹었겠지만, 그날은 갑자기 생각난 어떤 음모 때문에 밥 생각은 천리만리 달아나버렸다. 나는 아래채의 광을 열고 들어가 키가 내 가슴에 닿는 쌀독의 뚜껑을 들어냈다. 구수한 쌀냄새가 얼굴에 확 풍겨왔다. 쌀은 반 조금 넘게 들어있었다.

나는 어머니가 그 쌀을 얼마나 아끼는지 알았다. 그것은 우리 식구들의 밥그릇을 봐도 증명이 됐다. 아버지와 어린 동생의 밥에는 쌀이 삼분의 일 정도 섞였고, 내 밥은 그보다 보리가 조금 더 많이 섞였으며, 어머니의 밥은 쌀알을 셀 수 있을 정도인 거의 보리밥이었다. 나는 그 밥그릇들 모양새의 차이에 담겨 있는 어머니의 애틋한 마음을 헤아릴 수 있을 정도는 철이 든 아이였다. 그렇지만 그날은 그런 지각知覺이 아무 소용도 없고, 오히려 양심을 건드리는 바람에 귀찮을 정도였다.

나는 어두컴컴한 구석에서 작은 자루를 하나 찾아, 쌀독 속의 바가지로 쌀을 퍼서 자루에 쏟았다. 대여섯 번을 계속했다. 덜어낸 양이 아마 석 되 정도는 됐으리라. 쌀독의 뚜껑을 제대로 덮은 다음, 쌀자루를 끌고 광을 나왔다. 그 일련의 과정에 아버지나 어머니가 불쑥 들이닥칠지 몰라 얼마나 조마조마했는지 모른다.

나는 그 쌀자루를 들고 곧장 집을 나섰다. 고샅으로 통하는 돌계단을 내려올 때는 혹시 지나가다가 쳐다보는 사람이라도 있는가 마음 졸이며 두리번거리기도 했다.

순이누나네 집에 들어서던 나는 우뚝 멈추고 말았다. 치마를 내리며 뒷간에서 나오던 그녀와 딱 맞닥뜨린 것이다. 미처 내리지 못한 치맛자락 밑으로 드러난 무릎이 내 눈을 아프게 찔렀다. 나는 왠지 숨이 탁 막히는 기분으로 얼른 시선을 거두었고, 그녀는 조금 당황한 듯 치맛자락을 내리면서도 아무렇지 않은 듯한 음성으로 물었다.

"어쩐 일이니?"

나는 대답 대신 자루를 내밀었다.

"이게 뭐야?"

그녀는 별 생각 없이 자루를 받아 속을 들여다보다 말고 눈이 뚱그래졌다.

"쌀이구나! 엄마가 주시던?"

나는 고개를 저었다.

"아니, 애 좀 봐. 너 그럼 몰래 가져온 거야?"

그녀가 다그쳐 물을수록 나는 죄지은 사람처럼 얼굴만 더욱 붉혔다.

그녀는 나를 얼른 안으로 끌어들였다. 자루를 받아 마루에 놓고도 몹시 난감해서 어찌할 바를 모르는 것 같았다. 그 시간은 겨우 몇 초에 불과했다. 그렇지만 그 짧은 순간 그녀의 가슴속을 질풍처럼 통과하는 갈등을, 수치심과 물욕과 계산이 뒤범벅된 그 복잡하고 미묘한 감정의 색깔을, 나는 어렸으면서도 똑똑히 헤아릴 수 있었다. 그리고 그런 그녀를 충분히 이해했다. 뿐만 아니라, 그날 아침 내가 학교에 간 후 어머니가 보리쌀 몇 되를 그 집에 이미 전달한 사실을 나중에 알고 나서도 그녀에 대한 내 감정은 마찬가지였다.

이내 갈등에서 벗어난 그녀는 몸을 조금 숙여, 머뭇머뭇하고 있는 나를 지그시 끌어안았다.

"마음씨가 기특하구나. 하지만 이런 짓 하면 못써."

정작 꾸중인지 칭찬인지 헷갈리게 하는 상냥한 속삭임이었다.

나는 갑자기 가슴이 벌렁거리고 숨이 탁 막히며, 귓가에는 매미소리 같은 귀울음이 들렸다. 난생 처음 '이성'으로부터 받은 포옹의 폭풍 같은 감동에 압도되고 만 것이다. 나보다 큰 여자의 몸이 그토록 부드러운 탄력과 상큼한 체취로 이루어져 있다는 사실은 어린 나에게는 황홀한 경이驚異 그 자체였다.

그녀가 포옹을 풀었을 때, 나는 해방감과 함께 묘한 아쉬움을 동시에 느꼈다. 그러면서도 상대방이 내 그런 마음을 읽을까봐 제풀에 두려웠고, 여름날 뙤약볕에 대었을 때처럼 얼굴이 달아올라 시선을 어디에 보내야 할지 몰랐다. 그녀가 쌀자루를 들고 부엌에 들어간 게 나에게는 구원이었다. 나는 팔딱팔딱 뛰는 가슴으로 비로소 심호흡을 했다.

잠시 후, 부엌에서 나온 그녀는 빈 자루를 내밀며 말했다.

"있던 자리에 얼른 갖다 놔."

나는 그녀의 시선을 피한 채 자루를 받았다.

"이번만이야. 알았지? 다음에 또 이러면 너희 엄마한테 이를 테야. 알았지?"

나는 고개를 끄덕였다. 시선을 마주치는 것은 여전히 불가능했지만, 내 마음은 훨씬 안정을 되찾았다. 비록 경고이기는 해도 그녀의 밝은 음색에서 공범자만이 통할 수 있는 어떤 달콤함과 끈끈함을 느꼈기 때문이다.

나는 그날 이후 꽤 오래도록 포옹의 황홀한 여운에서 헤어나지 못했다. 의식이 깨어 있는 동안은 항상 그 생각이 머리에서 떠나지 않았고, 밤이면 순이누나의 품에 안겨 있는 꿈을 꾸기 일쑤였다. 내 어린 영혼은 이미 그녀의 포로가 돼있었다.

그녀는 고샅이나 집 앞에서 어쩌다 만나도 평소처럼 해맑은 미소와 짧은 인사말만 던지고 지나칠 뿐, 나를 대하는 태도에서 전과 달라진 점이라곤 조금도 없었다.

'순이누나는 아무렇지도 않은데, 나 혼자 괜히 마음을 졸인 거야.'

그날의 사건 이후 얼굴 마주칠 일이 걱정이던 나는 다소 마음이 놓이는 한편, 배신감 비슷한 아쉬움을 떨쳐버릴 수 없었다. 그녀의 그윽한 포옹이, 그 부드러운 탄력과 상큼한 체취가 못내 그리웠다. 또 쌀을 훔쳐 가지고 찾아가 볼까. 그렇지만 차마 그럴 용기까지는 없었다. 행위 자체의 두려움도 두려움이지만, 그녀의 반응이 어떨지도 의문이었기 때문이다.

그러던 어느 초여름날, 청소당번이어서 조금 늦게 학교를 출발한 나는 혼자 집에 돌아오게 됐다. 평소 같으면 마을친구들과 어울려 재잘거리고 장난도 치며 산을 넘었겠지만, 그처럼 외따로 오는 경우도 전혀 싫지 않았다. 호젓한 산길을 걸으며 이것저것 공상하고 꿈의 날개를 펼치는 나만의 행복한 즐거움 때문이었다.

그날도 나는 요란한 매미소리 속에 혼자 터벅터벅 걸으며 습관적으로 온갖 생각을 떠올렸는데, 가장 집요하게 나를 붙들고 놔주지 않는 것은 역시 순이누나였다. 그 무렵 그녀의 존재는 내 의식을 거의 지배했고, 시시때때 사사건건 모든 상념의 끝자락은 어김없이 그녀한테 귀결되게 코드가 일정해져 있었다. 나는 도무지 그녀에게서 벗어날 수 없었을 뿐 아니라, 벗어나고 싶지도 않았다.

이윽고 고개턱에 다다른 나는 곧장 마을에 내려가지 않고 길에서 벗어나 가까운 숲 속에 들어갔다. 거기에는 작은 무덤 하나 조성할 만한 넓이의 풀밭이 있었다. 아는 사람이 또 있을지는 몰라도, 키 낮은 교목 숲에 둘러싸여 눈에 잘 띄지 않는 그 빈터의 주인은 나였다. 누가 뭐라고 하든 엄연히 내가 주인이었다.

책보를 맨 채 부드러운 풀밭에 드러누웠다. 마을 쪽으로 약간 기울어진 곳이어서 누운 채로 바다를 내려다볼 수 있었다. 바로 그렇기 때문에 내가 애착을 느끼는 장소이기도 했다.

점점이 떠 있는 섬들 너머의 수평선을 여느 때처럼 실눈으로 바라보며 그 저쪽 미지의 세계를 그려보려고 했으나, 그 희망은 금방 차단되고 말았다. 기다렸다는 듯, 순이누나가 내 의식의 공간을 점령해버렸기 때문이다. 나는 그녀의 횡포를 물리치기커녕 당연한 것으로 받아들였다. 눈꺼풀을 닫아 시각視覺의 영상을 차단하고 오로지 그녀에게 몰두하기로 작정하자, 어김없이 그 봄날의 포옹 장면이 되살아나면서 미세한 전율이 머리에서 발끝까지 내 전신을 훑고 지나갔다. 곧이어 뭔지 모를 달콤한 흥분에 휩싸이면서 내 의식은 점점 몽롱하게 탈색돼 갔다.

바로 이때, 누군가가 내 곁에 다가와 있는 것 같은 느낌이 들었다. 눈을 떠보니, 뜻밖에도 순이누나였다. 꾀죄죄하던 평소와 달리 감청빛 치마에 하얀 반소매 블라우스를 받쳐 입은 산뜻한 모습이었다. 영락없이 그것은 우리 학교와 이웃인 중학교 여학생들의 교복차림이었다. 그러나 그 돌연한 출현도, 신분에 맞지 않는 복장도 전혀 이상하다고 생각되지 않았다.

"여기서 뭐하니?"

질문을 툭 던지며 곁에 앉은 그녀는 내가 상체를 일으키려고 하자 손으로 눌러 제지했고, 나는 얼떨결에 시키는 대로 도로 드러누워 가만히 눈을 감고 있었다. 그녀는 곁에 나란히 드러누우면서 한쪽 팔을 팔베개로 제공해 마주보는 자세로 나를 끌어안았다. 블라우스와 러닝셔츠, 살과 살을 통해 전해져 오는 그녀의 촉감은 내가 그토록 그리워하던 탄력 그대로였다. 상큼한 체취는 풀냄새보다 진하고, 까까머리 정수리에 쏟아지는 숨결은 햇살보다 뜨거웠다.

나는 여전히 눈을 감은 채 그녀의 동작과 감정과 분위기에 얌전히 순응했다. 그럴 수밖에 없었다. 조금이라도 거북스러워하는 티를 보이는 순간 그녀가 떨쳐 일어나고, 모처럼의 행복은 그것으로 영원히 끝날까봐 두려웠기 때문이었다.

그럴 때, 그녀의 음성이 꿈결처럼 들려왔다.

"넌 내가 좋으니?"

나는 고개를 끄덕였다. 그렇게 긍정하면서도 전혀 부끄럽지 않았고, 가슴이 두근거리지도 않았다.

"나도 네가 좋아."

이 말은 자지러지는 듯한 매미소리와 혼합되면서 꿈결처럼 내 귓가에 울리고 내 육체와 영혼에 스며들었다.

'나도 누나가 좋아.'

나는 말로서가 아니라 전신으로, 영혼의 소리로 그녀에게 답했다. 그래도 그녀가 알아들었을 것 같았다. 그것은 의심의 여지가 없었다.

시간이 얼마나 흘렀을까. 마침내 그녀가 포옹을 풀고 내 머리 밑에서 팔을 빼며 말했다.

"그대로 눈감고 가만히 있어."

나는 무의식적으로 따라 움직이려다 말고 동작을 멈췄다. 그 명령을 절대 거역하고 싶지 않았고, 거역할 수도 없었다. 오히려 그녀의 중량감, 그녀의 체취를 상실하지 않으려고 온 말초신경과 의식의 촉수를 집요하게 자신의 내부로 끌어들이고 또 끌어들였다. 멀어져 가는 그녀의 발소리로 거리를 재면서 죽은 듯 그렇게 누워있었다.

이제 그 가을날의 사건 속으로 건너뛰어야 할 것 같다.

어느 일요일 아침, 계절상으로 조금 늦은 태풍이 남해안을 강타해 상당한 피해를 입히고 지나갔다. 그리고 그 다음날인 월요일, 우리 반 아이들은 신바람이 났다. 태풍에 집이 파손된 담임선생이 결근한 바람에 다른 선생이 짬짬이 들락거리는 자율학습을 2교시까지만 하는 둥 마는 둥하고 수업이 끝났기 때문이다. 담임선생의 불행 따위는 아랑곳없이 아이들은 예정에도 없던 단축수업에 희희낙락이었고, 나 역시 즐거운 기분이 돼서 마을의 다른 친구들보다 훨씬 먼저 집에 돌아올 수 있었다.

나는 책보를 풀자마자 대바구니를 하나 들고 바닷가에 내려갔다.

태풍이나 그에 버금가는 강풍으로 큰 파도가 한 차례 지나가고 나면, 바닷물이 뒤집히는 바람에 떠오른 각종 해산물과 인근 해상의 섬들에 설치된 정치망定置網 어장의 구조물 또는 그 파편들이 이삼 일에 걸쳐 차례로 떠밀려와 바닷가 자갈밭에 질펀하게 널리곤 했다. 그럴라치면 마을의 여자들이 나와서 미역·다시마·톳·청각 같은 식용 해조류뿐 아니라 드물게는 기진맥진한 물고기를 줍기도 했고, 사내아이들은 유리 부이의 파편이나 쇠붙이 조각 따위 엿과 바꿀 수 있는 잡동사니를 줍느라 온 바닷가를 헤집고 다녔다.

태풍이 지나간 지 하루가 됐는데도 잔풍殘風이 제법 쌀쌀하고 하늘마저 우중충한 탓인지 바닷가에는 사람의 그림자도 없었다. 덕분에 횡재한 기분이 든 나는 길게 펼쳐진 자갈밭의 중간쯤에서 한쪽 코숭이를 향해 물가를 따라 걸어가며 엿장수가 좋아할 교환거리를 열심히 줍기 시작했다.

경쟁자가 없는 덕분에 수확은 제법 쏠쏠했다. 내가 훑고 난 찌꺼기를 나중에 멋모르고 똥개처럼 열심히 뒤지고 다닐 친구들을 생각하니 저절로 코웃음이 나왔다.

그렇게 한참동안 잡동사니로 바구니를 채우고 있을 때, 문득 자갈 밟는 발소리가 가까운 뒤쪽에서 들려왔다. 물결소리 때문에 미처 알아차리지 못한 모양이었다.

무심코 돌아보니, 뜻밖에도 순이누나였다. 나처럼 대바구니를 든 그녀는 치마를 무릎까지 깡뚱하게 걷어 올려 묶은 차림새였다.

그녀를 본 순간, 갑자기 목덜미가 뻣뻣해지며 가슴이 두근거리기 시작했다. 어떤 막연한 기대감과 궁지에 몰린 듯한 두려움이 동시에 밀려왔기 때문이다.

"그게 뭐니?"

가까이 다가온 그녀가 턱짓으로 내 바구니를 가리키며 물었다. 대답 대신 바구니를 기울여 보이자, 잠깐 들여다보고는 짐짓 내 머리에 가벼운 꿀밤을 먹였다.

"겨우 이딴 거 주우러 나왔어?"

나는 바보처럼 씩 웃었다.

"그런데 어떻게 학교에서 이렇게 빨리 왔지? 너 오늘 학교 안 갔구나?"

나는 고개를 젓고, 담임선생네 집이 태풍에 피해를 본 사실을 이야기했다.

"응, 그랬구나. 늬네 선생님 참 안됐다."

눈살을 살짝 찌푸리기까지 하며 우리 담임선생을 동정한 그녀는 따라오라며 앞장서서 코숭이 쪽을 향해 걷기 시작했다. 내가 미처 마음을 얼른 못정하고 머뭇거리자, 걸음을 멈추고 돌아보며 재촉까지 했다.

"따라오라니까. 저쪽엔 주울 게 더 많아."

내가 뒤를 따르기로 한 것은 그녀가 말한 습득물에 대한 기대 때문이 아니었다. 그녀가 오라고 하는데 응하지 않을 도리가 없었다. 단순히 그것이 이유의 전부였고, 또한 그것으로 충분했다.

마을 어귀 코숭이의 울퉁불퉁한 바위너설에 이르자 그녀의 말대로 주울 것이 제법 많았다. 하지만, 나한테 소용되는 것은 찾아보기 어려웠고, 대체로 그녀의 바구니를 채우기에 적합한 것들이었다. 해조류뿐 아니라 거의내 팔뚝만한 해삼도 서너 마리는 됐다.

그런데 그 중에서도 가장 이색적인 습득물은 큼직한 귤 하나였다. 지금이야 사시사철 흔해빠진 과일이지만, 당시 빈한한 어촌의 어린 소년이던나는 귤이라는 과일이 있는지조차 몰랐다.

귤을 처음 보기는 그녀도 마찬가지인 것 같았다. 손바닥에 올려놓고 잠시 이리저리 살피던 그녀는 칼로 반쪽을 냈다. 두껍고 노란 껍질보다 좀더주황에 가까운 과육의 단면이 드러났다. 의도적이었던 것은 아니지만 수평으로 자른 탓에 선명하게 드러난 방사형放射型의 과육 구조는 나에게 어떤 기하학적 아름다움마저 느끼게 했다.

"먹어도 되는 걸 거야."

그녀는 껍질을 조금 벗기고 한 조각을 찢어 조심스럽게 맛보더니, 눈을반짝 치켜뜨며 나한테 반쪽을 내밀었다.

"먹어 봐. 아주 맛있어."

사실 나는 조금 불안했다. 아직 어린 나이였지만, 복어 알이나 광대버섯처럼 먹음직하거나 맛깔스럽게 생긴 것에 치명적인 독이 들어있다는 상식 정도는 있었으므로, 무슨 과실인지 확실히 모르면서 선뜻 먹기가 뭣했다. 그렇지만 나는 주저하지 않고 귤 조각을 찢어 입에 넣었다. 미지의 맛에 대한 기대감이나 호기심 때문은 아니었다. 거역함으로써 그녀의 심기를 상하게 하고 싶지 않아서였다. 다만 그것이 이유였다. 먹어도 죽지만 않는다면, 가령 그것이 배탈을 유발할 뿐 아니라 그 사실을 미리 알았더라도 나는 틀림없이 그것을 먹었으리라.

말랑말랑한 과육은 약간 찝찔하기는 해도 상큼한 단맛이 독특했다. 포장된 것처럼 먹기 좋게 한 조각씩 간단히 떨어지는 것도 색다른 재미였다. 나는 귤 반쪽을 금방 먹어치웠다.

"거 봐. 누나 따라오니까 이런 것도 먹게 되잖아."

그녀는 빈 껍질을 바다에 던지며 득의에 차서 말했다.

"내가 시키는 대로만 하면 절대 나쁘지 않아. 알겠니?"

나는 어린 나이에도 그만한 일에 그녀가 그처럼 자기 영향력을 강조하는 것이 조금 이상하다는 느낌이 들었다. 그러면서도 순순히 고개를 끄덕이자, 그녀는 재미있다는 듯 내 뺨을 살짝 꼬집었다. 나는 그녀가 그런 식으로 어린아이 취급을 하는 것이 내심 불만이었다. 그렇지만 싫은 내색을 보일 수는 없었다.

"이만 돌아가자."

그녀가 말했고, 나는 순순히 응했다.

언제부터인지도 모르게 먼지 같은 가랑비가 흩날리고 있었고, 시간이 지날수록 물알갱이가 아주 약간씩 굵어지는 것 같았다.

우리는 사이좋은 오누이처럼 나란히 집으로 돌아가기 시작했다. 걸을 때마다 발밑에서 자갈들이 왈강거리고, 바닷물은 자꾸 밀려왔다 빠져나갔다 하며 매끈한 자갈들을 부질없이 씻고 또 씻었다. 물기를 잔뜩 머금은 찬 바닷바람이 끊임없이 불어와, 이미 옷이 촉촉이 젖은 나를 부르르 진저리치게 만들었다.

"춥니?"

용케도 알아차린 그녀가 물었다. 내가 고개를 끄덕이자, 그녀는 한쪽 팔로 나를 감싸 안았다.

그녀의 갑작스러운 포옹은 내 진저리를 부들부들 떠는 오한으로 갑자기 발전시켰다. 나 자신도 모르게 그런 연극을 부리고 있었다. 그렇지만 그런 과잉반응은 의식적이기보다 본능적인 것에 가까웠다.

"너 이러다 감기 걸리겠구나."

그녀는 자못 걱정스러운 듯 말하며, 나를 안은 팔에 더욱 힘을 줬다. 그녀의 탄력, 그녀의 체취가 미흡한 대로 내 살갗과 코에 전해져왔다. 분명히 느낄 수 있었다. 나는 그 뜻밖의 소중한 행운이 금방 떠나가지 않기를 속으로 빌었다.

자드락에서 이어진 갯기슭이 끝나는 곳에 지붕과 벽을 온통 양철로 덮은 낡은 창고가 있었다. 마을부자가 경영하는 정치망어장의 그물을 비롯한 각종 어구들을 보관하는 창고였다. 열려 있을 때보다 닫혀 있을 때가 훨씬 많았지만, 언제 봐도 문에는 자물통이 달려있지 않았다.

그 근처에 다다랐을 때였다.

"안 되겠어, 애. 이리 와 봐."

그녀는 나를 껴안은 채 갑자기 방향을 틀어 창고로 향했다.

"저기서 몸 좀 녹여 가지고 가자. 응?"

집도 멀지 않고 비도 더 쏟아지지 않는데 천만뜻밖의 제의였다. 나는 그녀의 의도가 의아스러웠지만, 그래도 아무 군말 없이 순응했다.

미닫이식으로 된 창고 문은 간단히 열렸고, 나는 그녀에게 이끌려 들어갔다. 꽤 어두컴컴한 창고 안에는 가운데의 통로 양쪽으로 그물이 산더미처럼 높다랗게 쌓여 있고, 문 옆에는 닻과 밧줄과 빈 상자 같은 잡다한 어구들이 어지럽게 널려 있었다.

무엇보다 나를 질리게 한 것은 뭔가 썩는 듯한, 소금기 배인 찌든 냄새였다. 벽의 군데군데 못대가리에서 벗겨진 양철 귀퉁이가 너덜거리거나 부식으로 생긴 구멍이 숭숭해 통풍에 별 무리가 없을 듯한데도 창고 안의 공기는 탁하기 그지없어 숨쉬기가 거북할 지경이었다. 그런데도 그녀는 문을 닫았고, 컴컴한 어둠이 우리를 삼켜버렸다.

그녀는 자기 바구니는 물론 내 바구니까지 빼앗아 한쪽에 놓더니 그물 위에 기어올라가며 한손으로 나를 끌어당겼다.

나는 발밑의 그물이 흘러내리는 바람에 자꾸 미끄러지곤 하면서도 그녀의 도움을 받아 마침내 제법 편편한 장소까지 올라갈 수 있었다.

"춥지? 안 춥게 누나가 몸으로 덮어 줄게."

그녀는 나를 그물 위에 눕히며 말하고 내 위에 엎드렸다.

나는 그녀가 창고로 이끌 때부터 다음 상황이 뭔지 모르지만 예사롭지 않게 전개되리라고 예측했기에 놀라거나 당황하지 않았다. 오히려 그녀의 말대로 나를 덮은 몸에서 전달되는 체온과 그물의 쿠션 효과에서 안온한 행복감마저 느꼈다. 약간 갑갑하기는 할망정 그녀의 체중은 하나도 무겁지 않았다. 밀착된 촉감과 체취를 통해 너무나 가깝게, 너무나 생생히 다가온 그녀의 실체는 나를 참으로 황홀하게 했고, 어둠은 내 부끄러움을 거두어 가는 대신에 대담성을 선물해줬다.

갑자기 그녀의 손이 내 살 쪽에 뻗어왔을 때, 내가 속으로 깜짝 놀란 것은 그 행동의 의외성보다도 자신이 발기한 사실 때문이었다. 그것은 평상시 오줌이 마렵거나 아침에 잠이 깼을 때하고는 분명히 다른 신체변화였다. 말초신경과 연결된 그 미묘한 차이를 막연하나마 인식할 수 있었다. 그러나 그녀가 마치 뱀이 포획한 먹이를 죽이듯 팔과 다리로 내 몸을 조이며 뜨거운 숨결을 얼굴과 목덜미에 마구 쏟아 붓는 바람에, 하나의 충격을 미처 감당해 내기 전에 새로운 충격에 직면한 나는 그만 얼어버리고 말았다. 그녀가 흥분해서 거칠게 들볶을수록 더욱 당혹하고 위축될 뿐이었다. 그렇지만 밀치고 일어나거나 울거나 하지도 않고 수동적으로 몸을 맡기고 있었다. 그 분위기에서 그녀를 거스르는 것은 어쩐지 매우 잘못된 짓이고, 그러고 나면 그녀와의 관계는 끝장이라는 생각에 주눅이 들었기 때문이었다.

순이누나가 흥분해서 나한테 요구한 것이 무엇이었는지 제대로 납득하기까지 얼마나 긴 성숙의 세월이 필요했던가. 그러나 그 시간적 공간은 가늠하기도 어렵거니와 중요하지도 않다.

어쨌든 그날 나는 그녀에게 뭔가 불만을 안겨준 그 단순한 이유만으로 몹시 부끄럽고 미안한 나머지 창고에서 같이 나와 집에 올 때까지 시선을 마주치기커녕 얼굴을 들 수도 없었다. 상대가 화를 내거나 꾸짖지 않고, 언제 그런 일이 있었더냐 하는 듯 천연스럽게 평상시의 분위기로 돌아와 준 것만 고맙고 다행스러울 따름이었다.

그녀가 나더러 비밀을 강요한 기억은 없다. 그러나 그때 어린 마음에도 그 일에 관해서는 아무한테든 입도 벙긋하면 안 된다는 것을 스스로 알았다. 또한 남녀 간에는 뭔가 신비하면서도 은밀한 관계가 성립되게 돼있고, 그 관계에는 영혼의 아름다운 교감이 전제된 어떤 행위가 수반된다는 것도 어렴풋이 깨달았다.

그 사건이 있고 나서도 나와 그녀의 관계는, 적어도 대면하는 태도나 분위기에서 전과 조금도 달라지지 않았다. 고샅에서 마주치면 그녀는 미소를 지으며 간단한 인사말을 건넸고, 나는 대꾸를 하는 둥 마는 둥하고 얼굴이 붉어지기 전에 얼른 지나치기 일쑤였다. 그렇지만 나는 그 짧은 만남에서도 부득이 지난 그날의 사건을 어김없이 떠올리게 되고, 세상 아무도 모르지만 우리의 관계는 아주 특별하고 애틋하다는 자부심에 가슴 설레곤 했다.

그러던 어느 날—아마도 이듬해 봄이었을 것이다—그녀가 갑자기 마을에서 종적을 감췄다.

사람들 대부분은 단순한 가출로 결론짓고 그녀를 입길에 올려 쑥덕거렸으나, 일주일인지 열흘쯤 지나 변사체로 가까운 바다에서 발견됨으로써 온 마을이 발칵 뒤집히고 말았다. 발견자는 하필 한마을 어부였는데, 시신이 풍선처럼 부푼 데다 이미 상당히 훼손된 상태여서 꼭 그녀라고 단정할 수 없는 상황이었다. 그렇지만 딸을 누구보다 잘 아는 어머니가 우기는 바람에 모두 믿을 수밖에 없었고, 덕분에 경찰도 공연히 사건화해서 골치 썩을 필요 없이 투신자살로 간단히 종결해버렸다.

"그렇게 안 봤더니, 고것 아주 독한 데가 있었네. 하긴 끝도 없는 가난이 지겹기도 했을 거야. 불쌍한 것!"

옷소매로 눈물을 닦는 어머니의 푸념을 들으며, 나는 마음속으로 고개를 저었다. 꿀밤을 맞아가며 어른들 틈새로 잠깐 훔쳐본 그 흉측한 시신이 그녀라고는 도저히 믿을 수 없었고, 믿고 싶지도 않았다. 처음의 충격은 상당히 컸지만, 스스로 생각해도 의아할 정도로 나는 그 충격에서 쉽사리 벗어날 수 있었다.

'그게 어째서 순이누나야. 그건 딴사람의 시체야.' 나는 속으로 강하게 부정했다. '누난 어느 땐가 돌아올걸. 꼭 돌아올 거야.'

다른 사람은 몰라도 나만은 그녀를 다시 만날 기회가 있을 것 같았다. 어쩐지 막연히 그런 믿음이 생겼다. 그리고 그 기대는 틀린 것이 아니었다.

이듬해 여름―아, 어린 시절의 여름날은 회상만 해도 행복하고 가슴이 설렌다―이 찾아왔다.

여름은 뭐니뭐니해도 아이들의 계절이었다. 방학을 맞이한 어촌의 아이들에게 바다는 놀이터고 낙원이었다. 날마다 뙤약볕 아래 온몸이 발갛게 익도록 몇 시간이고 물놀이를 했고, 식물섬유로 꼰 가느다란 시울에 낚싯바늘과 작은 돌멩이를 낚싯봉으로 매단 원시적인 도구로 고기를 낚기도 했다.

물놀이는 낮에만 하는 것이 아니었다. 저녁이면 밝은 대낮에는 차마 옷 벗고 물에 들어갈 수 없었던 다 큰 여자아이들과 처녀들, 심지어 젊은 아낙들까지 바다에 들어가 깔깔대며 물장난하거나 헤엄을 쳤다.

밤바다는 주로 여자들의 차지가 되지만, 남자아이들이라고 해서 밤에 물놀이하지 말라는 법은 없었다. 수온이 미적지근한 낮하고는 다르게 차가운 물속의 밤헤엄은 색다른 재미였으며, 어쩌다 간혹 여자들의 옷가지 하나쯤 슬쩍해 약올리는 즐거움은 덤이라고 할 수 있었다.

그날 저녁에도 나는 호롱불 아래서 늦은 식사를 하고 숟가락을 놓자마자 바닷가에 내려갔다.

자갈해변에는 소위 열대야의 후터분한 더위를 식히려고 나온 사람들이 수런수런 이야기를 하고 있었고, 얕은 바다에서는 벌써부터 물놀이하는 사람들의 웃음소리와 장난스런 기성이 단속적으로 들려왔다. 저녁 물놀이에서 남자아이들이 옷을 벗어 모아두는 장소는 으레 정해져 있으므로, 나는 곧장 그곳을 향했다.

여느 날 같으면 물결이 일으키는 포말의 은빛 불꽃 같은 인광燐光이 하늘에 총총한 별보다도 더 현란하련만, 마침 상현달이 중천에 떠 있는 탓에 바다는 그저 고즈넉하게 여름밤을 맞이하고 있을 뿐이었다.

나는 아스라한 수면 위에 비치는 파란 달빛을 유독 좋아했다. 뭔지 모르게 신비스러운 느낌이 드는 그 분위기가 괜히 좋았고, 그런 감성적 기호嗜好는 조금은 부끄러운 나의 한 비밀이기도 했다. 밤바다의 시꺼먼 물빛깔이 항상 꺼림칙하던 내가 함께 헤엄치는 아이들의 바깥쪽으로 그날따라 조금 벗어난 것도 아마 그 탓이었을 것이다.

갑자기 누군가가 곁에 다가와 내 팔을 잡았을 때, 나는 상대방이 순이누나인 줄 금방 알아차렸다.

'그러면 그렇지!'

그녀가 죽었다고 생각하지 않았기 때문에 돌연한 출현에도 전혀 놀라지 않았고, 오히려 당연한 일처럼 예사롭게 받아들이고 있었다.

"그동안 잘 있었어?"

그녀는 반가운 듯 물으며, 물속에서 나를 부둥켜안았다. 밀착되는 맨살의 감촉이 그렇게 매끄럽고 황홀할 수 없었다. 몸의 자유를 상실함으로써 자칫하면 익사할지 모른다는 생각이 순간적으로 엄습했으나, 이내 그 불안감을 털어버렸다. 나 하나의 무게쯤 감당하는 것은 아무것도 아닐 정도로 그녀의 수영실력은 너무나 뛰어나고 유연했다. 나는 진심으로 감탄해 마지않았다. 그와 동시에 짜릿한 흥분이 온몸을 통과하며, 불안에서 해방됨에 따른 반작용으로 그 흥분의 밀도密度는 한결 더해 갔다. 이미 그 무렵의 나는 지난날 어장창고에서 그녀가 원한 것이 무엇이었는지 어렴풋이 알만큼 훨씬 철이 든 소년이었다.

그러나 내가 정작 깜짝 놀란 것은 그 다음 순간이었다. 그녀의 하체가 뭔가 딱딱한 껍질 같은 것으로 덮여 있지 않은가! 옷을 입은 것도 아니었다. 상체는 알몸 그대로이면서 하체만 거추장스럽게 옷을 입었을 리가 없었다.

"놀랄 것 없어. 네가 느낀 그대로야. 난 인어야."

나의 충격을 알아차린 그녀가 말했다.

'아하, 그랬구나!' 나는 비로소 깨닫는 동시에 상황을 이해했다. '누난 죽어서 인어가 된 거야. 인어가 돼 날 만나러 온 거야.'

그러나 무섭다는 생각은 전혀 없었다. 그녀가 몹시 측은하고, 그래서 슬플 뿐이었다.

"난 네가 무슨 생각을 하는지 알고 있었단다. 넌 내가 죽었다고 믿지 않았지? 그리고 언젠가는 만나게 되리라고 기대했지? 그래서 이렇게 널 만나러 온 거야. 나도 널 좋아하니까."

그녀는 이렇게 말하며 나를 껴안고 애무했다. 그 바람에 머리가 잠깐 물에 잠기고 짠물을 한 모금 삼키기도 했으나, 나는 그것이 고통스럽지도 싫지도 않았다. 그녀의 하체가 미끄러운 비늘로 싸여 있어서 전신을 통한 사랑의 교감이 불가능한 것이 아쉽고 안타까울 뿐이었다. 그렇지만 그런 대로 황홀하고 행복했다.

얼마나 시간이 흘렀을까. 그녀가 불현듯 내 몸을 떼어내며, 이만 헤어져야 한다고 말했다.

"이젠 더 이상 날 만날 생각 마. 응? 그럴 일은 없을 테니까. 이번 한 번인 거야. 무슨 말인지 알겠지?"

나는 동의하기를 단호히 거부했으나, 그녀의 태도는 차분하고 말에는 설득력이 있었다.

"이러면 안 돼. 모르겠니? 우린 서로 다른 세상에 떨어져 있고, 다시 만나서도 안 되는 거야. 넌 더 자라서 이다음에 어른이 되고, 예쁜 색시한테 장가를 가고, 그래서 아이도 낳아 기르게 될 거야. 사람은 다 그렇게 살아가게 돼 있단다. 그렇더라도 날 잊지는 마. 마음속에 묻어두고 생각만 해. 나도 그럴 테니까. 그렇게 하면 우린 서로 만나는 것이나 다름없단다. 무슨 뜻인지 알아듣겠지?"

나는 그 말뜻을 알 것도 같고 모를 것도 같았다. 그렇지만 그것은 아무래도 좋았다. 그녀와 헤어짐이, 그 한 번만으로 영영 다시 못 만나게 된다는 사실이 견딜 수 없이 안타깝고 슬펐다. 그래서 도로 그녀에게 다가가려고 허우적거렸으나, 이상하게도 보이지 않는 무엇에 걸린 듯 내 몸은 앞으로 나아가지 않았다.

그녀는 내가 잘 알아들을 수 없는 말들을 간절히 외치면서 수평선 쪽을 향해 점점 멀어져 갔다. 그러더니 아스라한 달빛 아래서 손을 흔들어 보이고는 물속으로 사라져버렸다.

나는 그제야 냉정을 되찾고 자신으로 돌아왔다. 자신이 울고 있음을 깨닫고 그 울음부터 멈췄다. 그런 다음 주위를 돌아보다가 소스라쳐 놀라고 말았다. 어둠 속의 가늠이기는 하지만, 바다 쪽으로 너무 멀리 나와 있다는 사실을 비로소 알았기 때문이다. 나는 그때까지 그처럼 멀리 헤엄쳐 나와 본 적이 없었다. 형언할 수 없는 공포가 불현듯 엄습해왔다.

'바보같이! 이러면 안돼.' 나는 자신을 꾸짖었다. '이 정도는 얼마든지 헤엄쳐 갈 수 있어. 충분히 해낼 수 있어.'

그러자 어느 정도 두려움이 가시고 마음이 진정됐다.

물에서는 서두르고 허둥댈수록 쉽게 지치고 위험하다는 상식을, 나는 경험에서 이미 터득하고 있었다. 그래서 일부러 천천히 힘찬 몸놀림으로 육지를 향해 헤어가기 시작했다. 태어나 자란 마을과 우리가족, 친구들과 동네사람들, 또한 그 모두를 포용하고 있는 현실세계와 내가 얼마나 절대적인 연결고리로 결합돼 있는지를, 뼈저리다기보다는 영혼의 울림으로 똑똑히 깨달을 수 있었다. 몇몇 집들에서 내비치는 반딧불 같은 희미한 불빛, 바닷가에서 꿈결처럼 아련히 들려오는 사람들의 기척, 심지어 어디선가 개가 짖는 소리까지 그토록 소중하고 애틋하고 다정하게 느껴질 수가 없었다.

어느덧 가슴이 끓어오르며 눈물이 다시 솟았다. 그러나 그것은 조금 전과 의미가 전혀 다른 새로운 눈물이었다.

# 미로에서

## -꿈, 그리고 환상 5

그대는 미로의 어느 지점에 홀로 서 있는 자신을 문득 발견한 적이 없었나요.

　지금의 장소가 어디인지, 어느 쪽으로 가야 할지, 도대체 막막해서 두려움과 외로움과 슬픔에 떨게 하는 미로. 그것은 벗어나려고 애쓴다해서 벗어날 수 있는 게 아닙니다. 미로의 끝은 우리가 찾으러 달려간다고 도달할 수 있는 것도 아닙니다. 오로지 우리에게 맞이할 준비가 되어 있을 때, 그것 스스로 찾아올 뿐이지요.

　미로의 끝, 거기는 과연 어디입니까.


　"타거라."

　노인은 기슭에 나룻배를 대며 나에게 말했다.

　키가 크고 허리가 꼿꼿한 노인이었다. 역사물 영상드라마에서나 흔히 볼 수 있는 흰 무명 바지저고리 차림이고, 성긴 머리카락과 긴 수염을 바람에 날리며 선 모습은 어딘지 모르게 범상치 않은 인상을 풍겼다.

　내가 약간의 두려움과 경계심으로 머뭇머뭇하자, 노인이 재촉했다.

　"뭘 해. 건너가지 않을 거냐?"

　"저…… 사실은 돈이 없는데요."

나는 목구멍에 끌어들이는 소리로 실토했다.

"뱃삯은 필요 없다. 타거라."

노인이 말했다. 메마르기는 해도 시원스러운 말투였다.

그제야 나는 앞뒤 더 생각하지 않고 나룻배에 훌쩍 뛰어올랐다. 작은 배는 내 몸무게를 감당하느라 좌우로 제법 흔들렸다.

상앗대의 한쪽 끝을 수면에 꽂고 버틴 노인은 몸의 중심을 잃지 않으려고 다리에 힘을 주며 단박 꾸짖었다.

"이놈! 조심성도 없이."

나는 얼굴을 붉히며 죄송하다고 말했다. 가슴이 조마조마했다. 도로 내리라는 호통이 날아오지 않는 것만 해도 다행이었다.

노인은 내 사과를 들은 둥 만 둥 상앗대로 강기슭을 밀어 배를 강물 가운데로 띄웠다. 그런 다음 상앗대를 뱃전에 걸쳐놓고 노를 내려 젓기 시작했다.

그곳은 어느 쪽에서 어느 쪽으로 흐르는지도 불분명한 세 개의 강줄기가 만나는 물목이고, 강물은 싯누런 흙탕이었다. 일대에는 갈대가 무성하게 군락을 이루어 물길을 찾기가 쉽지 않을 것 같았다. 그런데도 노인은 이리저리 방향을 바꾸며 미로와 같은 물길을 잘도 찾아 나갔다.

하늘에는 구름이 잔뜩 끼어 머잖아 비가 쏟아질 것 같고, 그런 탓에 사방 풍경은 우중충하고 스산하기 그지없었다.

"그래, 너는 어디로 가는 거냐?"

노인이 물었다.

"집에요."

"집에? 집이 어딘데?"

"……."

"집이 어디냐니까."

"잘 모르겠어요."

나는 주눅이 든 소리로 간신히 대답했다. 그것은 어떤 의도나 복선이 깔린 대답이 절대 아니었다. 정말이지 집이 어디며 어떻게 찾아가야 할지를, 나는 전혀 분간 못하고 있었다.

노인의 질타가 당장 정수리에 떨어졌다.

"데끼놈! 자기 집이 어딘지도 모르는 놈이 세상에 어디 있어."

"……."

"너 고아냐?"

"아뇨."

"부모님은 계시고?"

"네."

"그런데도 자기네 집이 어딘지를 몰라?"

나는 여전히 시원한 대답을 못했고, 할 수가 없었다. 불안감이 삭풍처럼 밀려왔다. 노인에 대한 두려움 때문이 아니었다.

'정말 우리 집이 어디 있을까. 어떻게 찾아가야 할까. 도대체 내가 왜 이럴까.'

그야말로 오리무중이었다. 뭔가 구체적으로 선명하게 잡히는 생각이 도무지 없었다. 분명한 것은 강을 건너야 하고, 그런 다음 버스를 타야 한다는 사실뿐이었다. 내 가슴속은 찌푸린 하늘만큼이나 우울하고 답답했다.

노인은 나의 그런 고충 따위는 아랑곳없이 심문을 계속했다.

"그래, 너희 부친은 함자를 어떻게 쓰시고, 직업은 무엇이냐?"

나는 처음 '함자'가 무슨 뜻인지 몰랐으나, 뒤이어 직업을 묻는 것을 보고 그것이 어른의 이름을 의미하는 고상한 단어인 줄 눈치로 감을 잡았다. 그런데, 암만 생각해도 아버지의 성함과 직업이 기억나지 않았다. 그뿐이 아니었다. 심지어는 아버지와 어머니의 얼굴이 떠오르지 않음은 물론, 가족이 또 있는지 없는지조차 아리송했다.

노인의 인정머리 없는 추궁이 단박 날아왔다.

"왜 대답이 없어?"

"모, 모르겠어요."

"뭐라고?"

"생각이 나지 않아요."

나는 마침내 실토하고 말았다. 만일 노인이 거기서 조금만 더 심한 소리를 했다면 울음을 터뜨렸으리라. 그러나 노인은 계속 추궁하고 꾸짖어 봐야 헛일이라고 판단한 듯, 노여움이 섞인 탄식조로 말투가 바뀌었다.

"고얀지고! 자기 껍질인 아비 이름 석 자도, 하시는 업이 뭔지도 모르다니. 하긴 꼭 네녀석을 탓할 일이 아닐지도 모르겠다. 부모한테 언감생심 손찌검하거나 무슨 폐기물처럼 갖다버릴 정도로 인륜이 땅에 떨어지고, 가족 간 유대가 허물어질 대로 허물어진 세상이니, 원. 이렇듯 모두들 오로지 자기 자신밖에 모르니, 그따위 인간 말종들이 우글대는 이놈의 세상이 말세가 아니면 어느 세상이 말세란 말인고. 으흠, 으흠!"

나는 노인이 그 정도로 그치고 나를 해방시켜 준 것이 그렇게 고마울 수 없었다. 그러면서도 상대방의 기분이 언제 어떻게 변할지 몰라 조마조마해서 숨을 죽이고 앉아 있었다.

다행히 노인은 나에게 더 말을 붙일 흥미를 잃어버린 듯, 묵묵히 노질만 계속했다. 그래도 못내 마음이 쓰여 조심스럽게 슬쩍 훔쳐보다가 가슴이 뜨끔했다. 내 정수리 위로 전방을 바라보는 눈빛이 이상야릇한 광채로 번득이고 있었기 때문이다. 어쩐지 사람이 달라진 것 같았고, 뭔가 음모를 숨기고 있는 것 같기도 했다.

내 가슴속에 어느덧 새로운 두려움이 연기처럼 무럭무럭 피어오르기 시작했다.

'이 할아버지, 갑자기 용이나 괴물로 변해 나를 잡아먹지 않을까. 아니면 강 한복판에 이르러 갑자기 달려들어 나를 강물에 집어던질지도 몰라.'

한편으론 말도 안 되는 걱정을 하는 바보 같은 자신을 꾸짖고 비웃으면서, 나도 모르게 뱃전을 두 손으로 꽉 잡았다.

이윽고 배가 갈대밭을 벗어나 방향을 조금 틀자, 중간부분이 끊어져 없어진 낡은 철교가 시야에 들어왔다. 녹이 시뻘겋게 슨 그 철제 구조물은 어떤 어둡고 우울한 역사사실의 증거나 상징처럼 반 허공에 높다랗게 걸쳐져 있었다. 그리고 절단부의 빈 공간 아래쪽 멀리, 도시라고 하기에는 뭣하고 그렇다고 시골이라고 할 수도 없는 어중간한 시가지의 전경이 아득하게 바라보였다.

철교 밑을 통과한 지 한참 만에 노인이 배를 댄 나루터는 강에서 바라보던 시가지를 훨씬 벗어난 교외에 있었다.

'왜 엉뚱하게 이런 불편한 외딴 곳에다 나루터를 냈담. 시가지 바로 앞에다 배를 대게 하면 어때서.'

나는 속으로 투덜거렸다. 어쨌든 무사히 강을 건넌 것만 해도 다행스러워, 나루터에 오르자마자 배 위의 노인에게 꾸뻑 절하고 감사인사를 했다.

상대방은 의외로 잠자코 빙그레 웃기만 했다. 어쩐지 호감이 발리지 않은, 비웃는 듯한 심술궂은 웃음 같았다. 영문을 알 수 없었다. 나는 조금 어이가 없었지만, 다시 상대할 필요가 없는 바에야 굳이 마음쓰지 않기로 했다.

나루터에서 시작되는 길은 두 갈래였다. 하나는 산길이고 하나는 강변로였다.

나는 잠시 궁리하다가 강변로를 택했다. 산길은 고생스러우리라는 선입감이 방해할 뿐 아니라, 꼭 시가지 쪽으로 이어져 있다는 보장이 없기 때문이었다. 반면에 성깃성깃한 플라타너스 숲을 배경으로 물가를 따라 빙 돌아가게 되어 있는 강변로는 조금 멀지는 몰라도 길 생긴 대로만 따라가면 자연히 시가지에 도달할 것이라는 확신을 가질 수 있었다.

그러나 한참 가지도 않아서 자신의 생각과 판단이 너무 안일했음을 깨달았다. 말하기 좋아 강변로지 울퉁불퉁 오르락내리락 험한 데다, 이용하는 발길이 뜸한 탓에 낙엽마저 수북하게 쌓여 걸어가기가 여간 힘들지 않았다. 차라리 산길이 낫지 않았을까. 산고개가 그리 높지도 않아 보이던데. 그러나 뒤늦게 후회한들 소용없는 일이었다. 겨우겨우 그 길을 벗어나 시가지 변두리에 도착했을 때, 나는 어지간히 지친 몸이었다.

그곳에는 노천카페처럼 차양이 넓은 파라솔이 여러 개 설치돼있고, 그 아래의 간이탁자 앞에 사람들이 앉아서 술이나 음료수를 홀짝거리고 있었다.

의외의 풍경에 내가 조금 어리둥절해서 머뭇거리자, 피곤한 듯 따분한 표정을 짓고 있던 고수머리 남자가 불쑥 던지듯 말을 걸었다.

"얘, 너 어디서 왔냐?"

"나루터에서요. 저어기 강 건너에서요."

"그래, 어디 가는데?"

"집에요."

"집?"

남자는 반문하고 픽 웃었다. 그러자 다른 사람들도 덩달아 낄낄 웃기 시작했다.

나는 그들이 웃는 이유를 모른 채, 다만 자신이 남의 웃음거리가 된 사실 자체만으로 당혹하고, 그러면서도 한편으로는 슬며시 부아가 돋았다.

"왜들 웃으세요?"

"너 지금 집에 간다고 했냐?"

남자는 여전히 히죽히죽 웃고 있었다.

"네."

"집엔 왜 가려고 하는데?"

"왜라뇨. 우리집이니까 가는 거죠."

"우리집이라…… 그건 너희 가족이 사는 집이라는 뜻인데, 그러나 세상에 너희 가족만을 위한 집은 없어. 알겠니?"

"무슨 말씀이세요? 우리가족이 살면 우리집이잖아요."

"이런 녀석! 무릇 집이란, 사람이 잘 때 그 주위를 둘러싸고 있는 네 벽 속의 공간을 의미하는 것에 지나지 않아. 집의 본질은 그토록 단순한데, 사람들이 그 개념을 너무 확대해석해서, 너무 큰 의미를 부여해서 문제인 거지. 그러니까 너 굳이 '우리집, 우리 집' 하지 마라. 너희 집은 어디에도 없고, 어디에도 있어. 무슨 뜻인지 알겠냐?"

알겠느냐고 물었지만, 당연히 모를 것이라는 모멸감이 그의 얼굴에 발려 있었다.

나는 그 궤변에 심한 반발심을 느꼈다. 그러나 어린아이의 얕은 소견으로는 뭐라고 반박해 줄 말이 생각나지 않았다. 그보다는 집에 돌아가는 일이 더 시급하고 걱정됐다. 그래서 무시한 채 그 자리를 떠나려는데, 이번에는 검은 제복을 입은 남자가 붙들었다.

"꼬마야, 어딜 가려고?"

"집에요. 그래서 차를 타려고요."

"차를 타려면 여기 있어야지. 여긴 정류장이고, 우린 모두 차를 탈 사람들이야. 그러니까 너도 여기서 기다려야 할걸."

그 말을 듣고서야 버스정류장임을 알리는 표지판이 눈에 띄었다. 왜 바보같이 그걸 진작 발견 못했나 싶었다. 햇살에 안개가 걷히듯, 가슴속이 환하게 밝아졌다.

"차가 언제 오는데요?"

"아직 시간이 남아 있어. 네가 조급을 떤다고 차가 빨리 오거나 하진 않아. 항상 정해진 시각이 되어야만 정확히 도착하게 되어 있거든. 그러니까 얌전히 우리랑 같이 기다리도록 해. 알겠니?"

사뭇 명령조였다.

그 말투가 귀에 거슬렸지만, 어쨌거나 옳기는 옳은 말이었다. 그래서 거기 머물러 차를 기다렸다가 타기로 마음을 정했으나, 곧 새로운 불안이 고개를 쳐들었다.

'이 사람들이 기다리는 차가 진짜로 나를 우리집에 데려다 줄 수 있을까? 노선이 엉뚱한 차는 아닐까?'

더구나 문제인 것은 나 자신 우리 집이 어디에 있고 어떻게 생긴 집인지 확실하게 알 수 없다는 점이었다. 아무리 생각해도 머릿속에 빙빙 돌기만 할 뿐 선명하게 잡히지 않는 것이었다. 왜 그런지 알 수 없었다. 그렇지만 어쨌든 제복의 남자가 일러주는 대로 거기서 차를 기다려 타는 수밖에 다른 도리가 없었다. 집의 방향이 어느 쪽이든 출발은 해야 하고, 출발하려면 차를 타야 했다. 타고 가다 보면 기억이 날지도 몰랐다는 그렇게 자신을 위안하며 불안감을 물리치려고 했다.

내가 머뭇머뭇하며 서 있자, 차양이 넓은 모자를 쓴 아름다운 여자가 상냥하게 말을 걸었다.

"얘, 이리 와서 이거 한잔하렴. 응?"

여자는 붉은 액체가 담긴 예쁜 유리잔을 들어 보였다.

나는 그 액체가 무엇인지 알 것 같았다. 그래서 고개를 저었다.

"괜찮으니까 이리 와. 앉아서 이거 좀 마셔 봐."

"그거 술이잖아요."

여자가 생글생글 웃으며 말했다.

"술이 어때서? 온갖 종류의 시름을 더는 덴 이게 최고란다. 사랑의 시름,

이별의 시름, 고단한 세상살이의 시름…… 우선 너는 지금 목이 마르잖아? 다리도 아프고. 그러니까 여기 와 앉아 쉬면서 한 잔만 마셔 봐."

그 말을 듣고 생각해 보니 목이 마르고 다리도 아픈 것이 사실이었다.

그러나 나는 선뜻 여자의 옆자리로 갈 수가 없었다. 다른 모든 사람들이 싱글싱글 히죽히죽 웃으며 나를 지켜보고 있었기 때문이다. 왠지 그들은 처음부터 그렇게 나의 일거수일투족에 관심을 집중하고 있었다. 이상한 일이었다. 나는 몹시 거북했지만, 그렇다고 항의할 수도 없었다.

내가 여전히 머뭇머뭇하고 있자, 여자가 다시 꼬드겼다.

"괜찮아. 아이들이라고 해서 술을 마시면 안 된다는 법은 없어. 안 된다는 건 어른들이 자기편의대로 괜히 하는 소리일 뿐이야. 그리고 이건 포도주란다. 일반 음료수처럼 순한 거니까 마셔도 아무렇지 않아. 뭣보다 피로 회복에 그저 그만이야. 이리 오라니깐."

나를 주시하는 사람들의 짓궂은 관심에 한 방 안겨주고 싶은 오기가 슬며시 고개를 쳐들었다. 그보다는 아름다운 여자의 상냥한 종용을 거부할 수가 없었다. 어쩐지 그래서는 안 될 것 같았다. 아니, 그 이전에 목이 마르고 다리가 아팠다.

나는 사람들의 시선을 가슴으로 밀어내며 여자의 옆으로 주춤주춤 다가 갔고, 여자는 반겨 옆자리를 내주었다. 그녀가 스스로 마시던 잔을 나한테 건넸고, 나는 일종의 반항심으로 그것을 받아 주저하지 않고 마셨다.

그 맛은 처음 입에 대보는 나로서는 제대로 설명할 수 없는 것이었다. 어떻든 새큼하고 짜릿한 그 액체가 목구멍으로 흘러 넘어가는 순간, 갑자기 어지러우면서 사방이 빙글빙글 돌아가기 시작했다. 그와 동시에 요란한 웃음소리가 귓가를 울렸다. 안 돼! 이러면 안 돼! 나는 놀라고 당황해서 부르짖었지만, 목을 졸린 것처럼 소리가 나오지 않았다. 그러다가 깜빡 정신을 놓고 말았다.

의식이 돌아온 것은 누군가가 내 어깨를 흔들었기 때문이었다. 그 바람에 벌떡 상체를 일으켰고, 다음 순간 자신이 간이탁자 위에 코를 박고 잠들어 있었다는 사실을 깨달았다.

"꼬마야, 언제까지 그렇게 자고 있을 작정이니?"

나를 깨운 사람이 말했다. 나무람인지 조롱인지 분간하기 어려운 말투였다. 고개를 들어 보니, 옷차림이 근사한 신사가 싱글싱글 웃으며 나를 내려다보고 있었다.

나는 비로소 정신이 완전히 돌아와 주위를 둘러보다가 눈이 뚱그래지고 말았다. 어수선한 대로 활기가 제법 느껴지던 거리가 텅 빈 유령의 거리처럼 적막하고 썰렁했기 때문이다. 더군다나 아까 주변에 있던 사람들이 자취를 싹 감추었고, 오로지 나와 그 신사 둘뿐이었다. 잠든 사이 얼마나 시간이 흘렀는지도 전혀 가늠이 되지 않았다.

"아니, 다들 어디 갔어요?"

내가 놀라서 부르짖자, 신사가 간단히 대답했다.

"떠났어."

"언제요?"

"한참 지났지. 네가 엎드려 잘 때 버스가 지나갔거든."

"그, 그럼 다음 차는 언제 와요?"

"이제 차는 없다. 그게 오늘 마지막 버스였으니까."

나는 너무나 후회막급인 나머지 주먹으로 가슴을 쳤다.

'아, 그걸 절대 마시지 않는 건데!'

술을 억지로 권한 여자가 그렇게 원망스러울 수 없었다. 아니, 분별없이 그녀의 유혹에 넘어가고 만 자신이 쥐어뜯고 싶도록 미웠다.

내 꼬락서니를 재미있다는 듯 지켜보던 신사가 호기심을 채운 얌통머리

없는 공짜 구경꾼처럼 자리를 뜨려고 하므로, 나는 간절하게 매달리며 도움을 청했다.

그는 일언지하에 거절하고 성큼성큼 어디론가 가버렸다.

나는 감히 따라붙지도 못하고 머뭇거리며 바라보기만 하다가 금방 신사의 모습을 놓치고 말았다.

'아, 이제 어쩐담!'

나는 소슬바람처럼 밀려오는 절망감과 슬픔과 두려움 속에서 골똘히 타개책을 모색해봤다. 그렇지만 뾰족한 수가 떠오를 리 만무했다. 분명한 것은 그곳에서 마냥 머뭇거리고 있어서는 안 된다는 사실이었다. 일단 그곳을 벗어나고 볼 일이었다. 그것밖에 다른 방안이 없었다. 그래서 길을 따라 시가지 안쪽에 들어가보기로 했다.

한참 걸어가자, 사람들이 하나 둘 눈에 띄기 시작하더니, 마침내 제법 활기찬 시장풍경이 나타났다. 무엇보다도 사람들을 만날 수 있어서 다행이었다. 사람이, 나 아닌 타인이 그처럼 절실히 반갑고 소중하게 여겨지기는 처음이었다. 그들이 존재함으로써 나의 존재 또한 의미가 있을 수 있다는 것은 신선한 깨달음이었다.

그러나 인간에 대한 그와 같은 긍정적 인식은 어느덧 쓸쓸한 실망과 아쉬움으로 변하고 말았다. 시장사람들 역시 버스정류장에서 만났던 사람들처럼 나한테 전혀 도움이 되지 않는다는 사실을 알았기 때문이다. 더군다나 그들은 나에게 필요 이상으로 관심을 보이던 앞사람들과 달리 곤혹스러울 정도로 무관심했다. 무뚝뚝할 뿐 아니라 묻는 말에 대답도 잘 해주지 않았다. 내가 가야 할 방향을 물어도 들은 척하지 않거나, 그나마 건성으로 대답하더라도 사람마다 말이 각각이었다. 요컨대 색깔은 다를망정 본질은 똑같은 부류의 인간들이었다.

솜사탕을 파는 남자는 그런 관점에서 다소 이질적인 존재 같았다. 뒤집은 깔때기 모양의 커다란 양철통 가운데 솟아오른 기계에서 폴폴 날리는 솜사탕을 나무젓가락으로 둥그렇게 말아 양철통 외벽의 고무줄 사이에 끼워놓곤 했는데, 그는 그 일련의 작업을 계속하면서도 내 하소연에 짐짓 귀를 기울여 주었다.

"차를 타겠다고?"

"네. 집에 돌아가야 하거든요."

이 대답에는 내 절실함이 묻어 있었고, 그래서 제풀에 감정이 북받쳐 자신도 모르게 눈물이 글썽해졌다.

"어디서 왔니?"

"저어기 강 건너편에서요."

"그렇다면 한참 잘못됐는걸."

나는 가슴이 철렁했다.

"어째서요?"

"강 저쪽에서 왔으면 나룻배를 타고 건너와 나루터에 내렸을 거 아냐. 그렇지?"

"네."

"거기서 시작되는 길이 두 갈래 아니던?"

"맞아요. 길이 두 개였어요."

"거 봐. 산을 넘어갔으면 어렵지 않게 큰길로 나아가 차를 탈 수 있었으련만, 선택을 잘못해 강변로로 들어섰구나. 쯧쯧!"

내 가슴은 갈가리 찢어지고, 그예 눈물이 쏟아졌다. 창피한 줄도 몰랐다. 아니, 솔직히 말하면 그 눈물에는 상대방의 동정심을 유발하기 위한 잔꾀가 어느 정도 발려있었다. 그 기대와 작전은 적중한 것 같았다.

솜사탕장수는 측은한 듯, 작업을 중단하고 말했다.

"인마, 울긴. 그런다고 문제가 해결돼? 방법을 모색해야지."

나는 귀가 솔깃했으나, 겉으로는 여전히 낙심천만인 슬픈 기색을 짓고 물었다.

"어느 쪽으로 가면 차를 탈 수 있나요?"

"가장 쉬운 길은, 시간이 좀 걸리더라도 온 길로 해서 도로 나루터까지 되돌아가 산을 넘는 것이야. 어떠냐?"

"그건 좀……."

"곤란하단 말이지? 그럼 다른 길을 가르쳐 주마. 하지만 잘 찾아갈 수 있을지 모르겠다. 이거 먹을래?"

그는 솜사탕 한 개를 뽑아 나한테 내밀었다.

"저 돈이 없는데요."

"녀석, 누가 돈 달래? 그냥 주는 거니까 시식해 봐."

나는 그것을 맛볼 생각이 전혀 없었다. 솜사탕이 싫어서가 아니라 한가롭게 그따위 것을 핥고 있을 마음의 여유가 없었기 때문이다. 그러나 호의를 거절하면 상대방의 기분을 상하게 해서 죽도 밥도 되지 않을 것 같아 받았다.

입술에 쩍쩍 들러붙는 솜사탕 맛은 예상한 기대치에서 더도 덜도 아니었다.

"얘, 맛이 어떠니?"

솜사탕장수가 물었다.

"좋아요."

"인마, 그런 시시한 대답이 어디 있어."

"아주 맛있어요."

"진작 그렇게 대답했어야지. 솜사탕이라고 다 똑같은 솜사탕 아니다. 이것도 공정에 상당한 노하우가 필요한 엄연한 과자야. 제조하는 기술력에 따라, 그 사람의 혼이 얼마나 들어갔느냐에 따라 맛에 차이가 난다고. 아저씨 이래뵈도 경력이 자그마치 칠 년이야. 알아? 내가 만드는 솜사탕의 특징은……."

"어느 쪽으로 가야 차를 탈 수 있나요?"

솜사탕장수가 갑자기 경직됐다. 득의에 차서 으스대다가 호되게 면박을 당한 사람 같은 분위기였다.

"잘 모르겠는데."

돌아온 대답은 이처럼 냉랭했다. 백팔십도 표변한 그 태도를 보고서야 아차 싶었다. 나도 모르게 상대방의 말을 끊은 꼴이었는데, 솜사탕장수는 내 질문을 성급한 재촉으로 들었거나 버릇없이 자기 말을 막았다고 못마땅해진 것이 틀림없었다.

"죄송해요, 아저씨. 방금 저는……."

"죄송하다니, 뭐가? 얘가 이상한 소리를 하는구나. 아무튼 난 바쁘니까 가봐."

솜사탕장수는 손사래를 치고 다시 솜사탕을 만들기 시작했다. 더 말도 붙이지 못하게 완강한 분위기였다.

나는 낙심천만이 되어 물러날 수밖에 없었다. 눈물이 핑 돌았다.

'아, 어째서 나를 진정으로 도와주려는 사람이 한 명도 없을까? 모두의 수작이 하나같이 건성이거나 엉터리 같은 소리만 지껄일까?'

대상이 분명하지도 않으면서 야속하다는 생각이 가슴속을 저몄다.


지향도 없이 터벅터벅 걷다가, 평상에 앉아 장기를 두거나 옆에서 구경하는 노인 서너 명을 발견했다. 옳다구나 싶었다. 나는 주춤주춤 다가가 사정을 이야기하고 길을 물었다.

그러나 노인들은 장기에 정신이 팔려 내 사정 따위에는 아랑곳도 없었다. 무춤해진 내가 난감해 우두커니 서 있자 딱해 보였는지, 아니면 귀찮아서인지, 구경꾼인 한 노인이 물었다.

"차 타는 데 가는 길을 묻는 거냐?"

"네, 할아버지. 어디로 어떻게 가면 되나요?"

나는 절실한 기대감으로 바짝 매달렸다.

"이쪽 길로 가다가 두 번째 네거리에서 오른쪽으로 꺾어져 올라가면 길 모퉁이에 정자나무가 있을 게다. 거기서 왼쪽 길로 접어들어. 그래가지고 한참 더 가다가 다리를 건너 오른쪽으로…… 다시 왼쪽으로…….."

노인은 설명하면서도 장기판에 연신 눈길을 주고 훈수까지 하느라 자신이 무슨 말을 지껄이고 있는지도 잘 모르는 것 같았다. 그러니 건성으로 하는 그 부실한 설명을 내가 제대로 알아들을 리가 없었다.

결국 나는 '정자나무' 한 단어만 머릿속에 또렷이 담은 채 그 자리를 떠나야 했다. 정자나무가 있는 길모퉁이까지 찾아가서 다시 누군가를 붙들고 다음 코스를 자세히 물어보리라. 그러나 노인이 일러준 방향으로 암만 가도, 아무리 눈 씻고 두리번거려도 그럴싸한 나무는 나타나지 않았다.

속상하고 맥이 풀린 나는 마침내 여자 행인 한 사람을 붙들고 하소연하 듯 물었다. 싸구려 옷으로 멋을 부렸다는 느낌이 드는 차림새에 화장이 짙은 여자였다.

"정자나무? 방향이 틀려도 한참 틀렸어, 애."

여자가 어이없다는 듯 호들갑을 떠는 바람에, 나는 비명이라도 지르고 싶은 참담한 기분이었다.

"제가 잘못 온 거예요?"

"그렇다마다. 정자나무가 있는 곳은 저어쪽이야. 완전히 엉뚱한 방향을 온 거라고."

"어떤 할아버지가 분명히 이쪽 길을 이야기해 주셨는데요."

"노망 든 노친네였나보다. 길 잃은 어린애를 헷갈리도록 만들다니. 어쨌든 잘못 온 건 틀림없어, 애."

"그럼 여기서 차 탈 수 있는 데까지는 어떻게 가면 돼요?"

"저 앞에 우체통이 보이지? 저기서 왼쪽으로 가다 보면 '하늘궁전'이라는 술집 간판이 보일 거야. 이름만 그럴싸하지 보잘것없는 술집이야. 어쨌든 거기서 대여섯 집 지나서 '머리하는 날'이라는 미장원이 있고, 미장원 뒤편에 굴다리가 보일 거다. 그 굴다리를 통과하자마자 오른쪽으로 꺾어져 올라가는 계단이 있어. 굴다리 지나 곧장 가지 말고 계단을 올라가란 말이야. 알았니? 그 다음에는……."

여자는 손짓과 표정으로 풍부한 제스처까지 써가며 열심히 길을 가르쳐 줬다. 내가 만난 사람들 가운데 가장 친절하고 적극적인 사람이었다. 하지만, 그녀의 설명이 장기판 구경꾼 노인보다 더 자상하고 구체적이기는 해도 나로서 요령부득인 데다 의심쩍기는 마찬가지였다.

어쨌든 고맙다고 절을 꾸뻑한 다음, 가르쳐 준 방향으로 터벅터벅 걸어가기 시작했다. 이번에는 제발 제대로 찾아갈 수 있었으면. 그렇지만 왠지 소망대로 되지 않고 헛수고로 끝날 것 같은 불길한 예감이 앞서는 것을 어쩔 수 없었다. 그리고 그 예감은 결국 빗나가지 않았다.

내가 우체통이 있는 지점에 다다랐을 때였다. 그동안 미약하게 불던 바람이 갑자기 거센 회오리로 변하면서 흙먼지를 자욱하게 일으켰다. 눈을 뜰 수가 없어 허리를 오그리고 양손으로 얼굴을 가리자, 심술궂은 모래 알갱이가 손등과 귀를 사정없이 때렸다. 그렇게 아플 수가 없었다.

이윽고 바람이 잦아진 듯해서 손을 떼고 눈을 떠 본 나는 깜짝 놀라고 말았다. 마치 연극의 무대장치가 삽시간에 바뀌듯, 주변풍경이 전혀 다른 거리로 바뀌어 있지 않은가! 마치 눈을 감고 있는 사이 바람이 나도 모르게 나를 다른 거리에다 살짝 옮겨다 놓은 것 같았다.

'아하, 어찌 이런 일이 있을 수 있을까!' 세상과 사람들로부터 철저하게 우롱당한 기분, 울고 싶도록 참담했다. '이런 바보! 지금까지 일이 자꾸 틀어진 건 순전히 내 탓이야. 남의 말만 좇았지, 스스로 길을 찾으려고 노력하지 않았기 때문인 거야.' 그렇게 자신을 돌아보게 되자, 가슴속에 잠자고 있던 오기가 고개를 꼿꼿이 쳐들었다. '좋아! 이제부턴 나 스스로 길을 찾아야지. 아무도 진정으로 나를 도와주지 않아. 난 지금 오로지 혼자야.'

나는 지대가 높은 쪽을 향해 무작정 올라가기 시작했다. 시가지를 벗어나 구릉이든 산이든 높은 곳에서 사방을 바라보면 내가 가야 할 방향을 제대로 파악할 수 있을 것 같았다.

그런데, 이상한 일이었다. 내가 그렇게 마음을 독하게 먹자, 만나는 사람마다 나를 붙들고 어디로 가느냐, 길을 잃었느냐 하고 유난히 친절을 떨었기 때문이다. 그렇지만 나는 일절 상대하지 않았다.

생소한 곳에서 길을 제대로 찾기란 역시 쉬운 일이 아니었다. 하필이면 막다른 골목이어서 되돌아 나오기도 했고, 꼬불꼬불한 길을 한참 가다 보면 이미 지나간 장소가 나타나 자신의 이마를 쥐어박기도 했다. 그런 시행착오를 겪으면서 겨우 시가지를 벗어나 낮은 산등성이에 올라섰을 때는 몸이 거의 파김치처럼 되어서였다. 드디어 해냈다는 성취감에 앞서 목부터 메었다.

나는 우중충한 하늘 아래 스산한 바람을 맞고 서서 사방을 둘러봤다.

시가지 반대편 산자락 아래 또 다른 강줄기가 길게 누워 있고, 그 건너편에 도로와 철로가 있었다. 강기슭을 수평으로 긋고 나간 도로 위에는 버스·승용차·화물차들이 쉴새없이 왕래하고, 그 뒤편 구릉을 따라 가설된 철로 위에는 검은 기차가 연기를 뭉클뭉클 내뿜으며 힘차게 달리고 있었다. 흐린 날씨임에도 불구하고 그 풍경이 이상할 정도로 선명한 그림으로 시야에 들어왔다. 내가 그토록 찾으려고 애쓴 세상이 거기에, 알고 보니 별로 멀지도 않은 곳에 펼쳐져 있었다. 그 세상이, 자동차들과 기차가 나를 불렀다.

─어서 오너라, 너희 집에, 가족들한테 데려다 주마.

식초를 마신 듯 속이 쓰리고 코가 시큰해지며, 내 의지와 상관없이 눈물이 흘러나왔다.

나는 그쪽 산자락을 내려가기 시작했다. 강을 건너갈 방법에 대해서는 생각도 하지 않았고, 할 필요성을 느끼지도 않았다. 오로지 그쪽에 내가 그토록 절실히 찾던 세상이 있다는 사실만이 중요할 뿐이었다.

오솔길이 나 있는 것도 아니어서 내려가기가 여간 고역스럽지 않았다. 가시에 긁히고, 침엽수 잎에 찔리고, 발을 헛디뎌 데굴데굴 구르기도 했다. 그래서 느끼는 아픔 정도는 아무것도 아니었다.

마침내 숲을 벗어나 탁 트인 강가로 나온 순간, 나는 흠칫해서 자신도 모르게 우뚝 멈춰서고 말았다. 그 외진 곳에 뜻밖에도 나루터가 있고, 아까 나를 태워다 준 바로 그 나룻배와 노인이 기다리고 있었기 때문이다. 상앗대를 든 노인은 예의 그 비웃는 듯한 심술궂은 웃음을 띤 채 나를 쳐다봤다.

불현듯 오스스한 전율이 내 전신을 통과하고 지나갔다.

'저 나룻배를 타야 하나 말아야 하나.'

배를 타는 순간, 어떤 돌변적 운명의 소용돌이에 휘말려 강 건너편에 도착하지도 못하고 십중팔구 죽게 되리라는 불안한 예감이 뒤통수를 쳤다. 설령 강을 건너가더라도 아까 우체통 앞에서 당한 상황처럼 도로와 차들, 철도와 기차가 거짓말처럼 사라짐으로써 전혀 생경하고 상관없는 풍경 속에 던져지고 말 것이다. 그리하여 다시금 차를, 길을, 가야 할 목적지를 찾아 몽롱하게 헤매게 될 것이다.

내가 그런 극도의 의혹과 혼란 속에 우두커니 서있자, 노인은 찌르는 듯한 눈빛으로 쏘아보며, 그러면서도 어딘지 모르게 이래도 그만 저래도 그만이라는 여유를 뉘앙스로 풍기며 재촉했다.

"타거라. 뭘 그러고 섰느냐?"

# 용굴

## −꿈, 그리고 환상 6

멀리 사는 사촌아우가 고향마을을 둘러싼 뜻밖의 소식을 전화로 처음 알려줬을 때, 내가 은근히 놀란 것은 그 소식 자체 때문이 아니었다. 그것을 받아들이는 나 자신의 즉각적인 심리반응의 미묘함과 의외성에 스스로 놀란 것이다.

　　사건의 개요 자체는 단순했다. 인근의 초대형 조선소가 '산업입지 및 개발에 관한 법률'이란 것을 들이밀며 마을을 업무용지로 수용하려고 했다. 이럴 경우, 보상 방법과 금액을 책정하는 줄다리기만 남을 뿐, 해당 주민들은 이 조치에 대해 거부하거나 항거할 수 있는 실질적 방안이 없는 모양이다. 재벌기업이 법과 관청을 앞세워 적극 밀어붙이는데, 무지몽매한 촌사람들이 무슨 머리와 힘으로 감당하겠는가.

　　대대로 이어온 삶의 터전을 내주고 울며겨자먹기로 쫓겨나게 된 사람들의 딱한 처지가 가련하다든지, 내 정서의 어머니인 고향마을이 머잖아 송두리째 헐린다는 슬픔 정도는 이럴 경우의 당연한 감정반응이다. 그러나 보다 더 강하게 내 마음을 뒤흔든 생각은 다른 것이었다.

　　'아하, 그 용굴이 마침내 세상에서 영영 사라지게 되는 건가!'

　　그렇다고 지금까지 내가 그것이 없어지기를 염원해 온 바는 결코 아니며, 그런 희망 자체가 부질없고 비현실적이었다. 고향이 존재하는 한 용굴 역시 그 일부로서 거기 당연히 존재하기 마련이기 때문이었다.

하지만, 내가 희망했거나 않았거나 상관없이 이제는 사정이 달라졌다. 조선소가 한정된 땅의 활용도와 생산성을 높이기 위해 마구 파헤치고 깎아내는 정지작업을 전개할 게 뻔하니, 용굴도 발파와 굴착 과정에 무참히 파괴될 개연성이 매우 높아졌다.

오랜 객지생활을 하며 지금까지 무심결이든 어떤 계기에든 고향을 생각할 때마다 항상 사념의 표면에 맨 먼저 불쑥 떠오르는 존재가 바로 용굴이었다. 곧이어 유년의 그 비극적 사건이 기억의 낡은 포댓자루에서 주르르 쏟아져 나옴은, 해가 지면 어둠이 오는 것만큼이나 당연하고 어김없었다. 그런 심리현상은 내 기분이나 의지와 무관하게 어느덧 정형화가 돼있었고, 나는 죽을 때까지 그 운명적인 질곡과 형벌로부터 해방되지 못할 게 확실했다. 그런데, 바로 그 용굴이 이제 어쩌면 영원히 사라질지도 모르는 상황이 벌어지고 있었다.

'마을이 헐리기 전에 한 번 다녀와야겠구나.'

나는 착잡한 기분에 젖어 속으로 중얼거렸지만, 그 실행의 확률에 대해서는 자신도 회의적이었다.

다만, 한 가지 분명한 것이 있었다. 만일 내가 이번 일을 빌미로 고향나들이를 하는 경우, 그것은 '없어질 고향' 만큼이나 '없어질 용굴'을 마지막으로 인식의 필름에 담아두겠다는 것이 크고 확실한 이유라는 사실이었다.


나를 포함한 마을아이들 모두에게 그 용굴은 동화 속의 신비한 전설인 동시에 엄연한 현실이기도 했다.

마을의 왼쪽 어귀 바닷가 돌비알 아랫부분에 대체로 수평으로 뚫려 있는 그 굴은 아득한 세월에 바닷물의 침식으로 생긴 자연동굴로서, 입구가 어른 두 사람이 허리를 굽히지 않고도 나란히 설 수 있을 정도로 꽤 높고 넓었다. 그렇지만 깊이는 겨우 오륙 미터 정도로 보잘것없어, 밖에서 들여 다보면 번들번들한 물때가 낀 가장 안쪽 벽면이 희미하게 보일 정도였다. 밀물 때면 굴의 공동空洞 아랫부분 3분의 1 정도는 바닷물에 잠기지만, 물이 다 빠지고 나면 미끌미끌한 해초들이 들러붙은 바닥이 완전히 드러났다. 다만, 썰물 때도 가장 안쪽만은 약간의 물이 작은 웅덩이를 이루며 고여 있는데, 바로 그 웅덩이야말로 동굴의 신비성을 확대하고 영속시켜 온 요체였다.

─웅덩이 밑에 진짜 굴이 있고, 그 속에 커다란 용이 살고 있단다. 용은 굴에 물이 차면 몰래 나와서 바닷속을 헤엄치며 고기들을 잡아먹고, 그러다가 물이 빠질 때쯤이면 얼른 도로 들어간단다.

어려서부터 이런 이야기를 들으며 자란 아이들은 여름철에 헤엄치거나 낚시질하느라 그 근처에 가는 경우에도 용굴에 들어간다든지 들여다보는 짓은 가급적 삼갔다. 뭔지 모를 야릇한 두려움 때문이었다. 그렇다 보니 그 놀랍고 신비한 전설은 동심을 살찌우며 펄떡펄떡한 생명력으로 항상 살아 있었고, 아이들은 성인이 돼서도 결코 그 전설을 부정하거나 폐기하기커녕 자기자식에게 들려줌으로써 전래되는 데 충실히 몫을 했다. 요컨대 마을 사람들에게는 그 전설에 관한 한 사실과 허구의 규명 자체가 무의미할 뿐 아니라, 어떤 측면에서는 그것이 그네들 삶의 일부이기도 했던 셈이다.

그렇다고 그 전설이 누구한테나 무조건 먹혀들지는 않았다.

─다 거짓말이야. 세상에 용이 어디 있어. 옛날사람들이 꾸며낸 이야기지.

이렇게 부정하며 코웃음을 치는 사람도 있었다.

아이들 중에서는 상도가 대표적인 경우로서, 그는 아이들에게 상대적 우월성과 용감성을 과시하는 하나의 잣대로써 그런 주장에 열을 올리곤 했다.

　상도는 나이에 비해 체구가 커서 힘이 세고 싸움을 잘해 또래 중에서는 왕초였다. 더구나 성격이 조금 거칠고 과격한 편이기 때문에, 아이들은 가능한 한 마찰을 피하거나 아첨함으로써 그의 비위를 거스르지 않으려고 신경을 썼다.

　요컨대 상도는 마을의 고만고만한 아이들 모두에게 위협적이고 성가신 존재임에 틀림없었는데, 그로 말미암은 가장 큰 피해자는 나와 윤조와 재철이었다. 그와 동갑이어서 입학을 함께 했고, 교실은 다를망정 학교생활을 거의 똑같이 했기 때문이었다. 그를 포함한 우리 네 명은 그가 정한 규칙에 따라서 결석이나 청소당번 같은 특별한 경우를 제외하고는 등하교 때 항상 동행하곤 했다. 제삼자가 보기에는 개구쟁이들의 다정하고 즐거운 모습 같을지 몰라도 실상은 군림하는 강자와 굴종하는 약자의 계급관계에 지나지 않았다. 그는 자기 책보를 직접 메는 적이 없었고, 으레 우리 세 명이 하루씩 번갈아 가며 대신 메어주기로 정해져 있었다. 산을 넘을 때도 자기가 항상 앞장이어야지, 어쩌다 누가 무심결에 앞으로 걸어나가면 다짜고짜 주먹을 안겼다.

　오솔길 옆 숲속에는 우리만 아는 딸기나무 한 그루가 자생하고 있었는데, 여름이 돼 딸기가 빨갛게 익어도 아무나 함부로 못 따먹었다. 상도가 날을 잡아 하교길에 먼저 시식하는 동안 우리는 뒤에서 군침을 삼키며 바라봐야 했고, 크고 잘 익은 것만 골라 그가 반쯤 따먹고는 비켜난 다음에야 달려들어 나머지를 먹어치우곤 했다.

　시험 때가 다가오면 우리 셋은 미리부터 은근히 걱정이었다. 시험점수가 상도보다 너무 높게 나오는 경우 시달릴 각오를 해야 하기 때문이었다.

　처음에 별생각 없이 바른 점수를 곧이곧대로 밝혔다가 봉변을 당하자, 다음부터는 일부러 점수를 실제보다 낮추어 말하게 됐다. 그렇지만 그 방법도 능사는 아니었다. 상도의 점수가, 특히 산수시험의 경우는 그보다도 훨씬 떨어지는 경우가 있었기 때문이다. 더구나 어쩌다 우리의 수법을 알아차린 그는 기분이 틀어지면 점수가 매겨진 시험지를 내보이라고 하굣길에 강요하기도 했는데, 가장 빈번하게 낭하는 사람이 나였다. 도대체 말도 되지 않는 그 억지와 심통에는 도무지 대책이 없었다. 참으로 기가 찰 노릇이었다. 급기야 아는 문제도 일부러 틀린 답을 적어내는 지경에 이르렀고, 그렇게 해서 상도의 행패는 모면할망정, 이번에는 갑작스런 성적 추락 때문에 담임선생이나 아버지한테 호된 처벌을 받아야 했다.

또 한 가지 고약한 노릇은 우리가 다른 사람들, 특히 다른 아이들에게 어느덧 상도의 졸개로 공인되고 있다는 사실이었다. 상도에게는 으쓱하고 신나는 일일지 몰라도 우리로서는 여간 불쾌하고 자존심 상하는 노릇이 아니었다.

그 지긋지긋한 굴욕을 더 이상 참을 수 없다는 데 세 사람의 뜻이 그럭저럭 합쳐진 것은 5학년에 올라와서였다.

"셋이 같이 덤벼들면 그 자식 하나 못 당하겠어? 우린 지금까지 너무 바보짓을 한 거라고."

이렇게 새삼스런 결기를 보인 것은 최근 들어 갑자기 쑥쑥 웃자라 체구가 상도와 거의 비슷해진 윤조였다. 여름 어느 날 학교에서 돌아올 때였다.

마침 그날은 상도가 결석을 했다. 전날 나무하러 산에 갔다가 발목을 삐었다는 것이다. 덕분에 우리 셋의 등하굣길은 그렇게 홀가분하고 즐거울 수 없었다. 우리는 모처럼의 해방감을 만끽하면서, 그 행운을 단 하루의 기쁨으로 만족해서는 안 된다는 의지 쪽에 자연스레 공감대가 형성됐다.

"그건 그래. 하지만 우리가 정말 이길 수 있을까?"

내가 조금은 회의적인 쪽에 서자, 재철이가 대뜸 핀잔했다.

"삼대 일인데 못 이기긴 왜 못 이겨. 정 뭣하면 몰래 뒤에서 돌멩이로 뒤통수를 까버리지, 뭐."

"야, 그러다 정말 뻗으면 어쩌려고."

"뻗은들 대수야? 우리가 여태 당한 걸 생각해 봐. 그런 새낀 죽어도 싸."

내 우려를 간단히 깔아뭉갠 것은 윤조였다. 그의 눈빛은 그날따라 유난히 번득였다.

나는 그 결연한 태도를 보며 까닭없이 오스스한 전율을 느꼈다.

"그렇게 하는 거 말고도 뭔가 방법이 있을 거야. 우리가 더 이상 당하지만 않으면 되는 거 아니니?"

"무슨 방법?"

윤조가 나를 흘겨보며 물었고, 나는 그 시선을 피했다.

"글쎄, 그건…… 생각해 보면……."

"인마, 너 겁나는구나. 그렇지?"

윤조가 다그치는 데 이어, 재철이 한술 더 떴다.

"너 우리끼리 말한 거 상도한테 이를 거지? 비겁한 자식!"

"야, 누가 일러바치겠대? 사람을 뭘로 알고 그딴 소리야!"

나는 버마재비처럼 어깨를 치켜올리며 자신도 모르게 벌컥 고함을 질렀다.

두 친구의 눈이 뚱그래졌다. 어이가 없다는 투였다. 그처럼 격정적인 내 모습은 그들이 아는 평소의 온순한 나와 완전히 딴판이었기 때문이다.

나는 이내 쑥스러웠다. 그와 동시에, 어쩌면 굴욕 단절과 자존심 회복의 단초가 될 수 있는 이 중요한 결의의 기회를 무색하게 만든다면, 그런 나 자신을 용서할 수 없다는 기분이 들었다. 그 결연한 기분은 나를 서서히 흥분으로 몰아갔고, 몸속에는 이상한 용기가 꿈틀거렸다. 그 순간, 갑자기 내 머리를 강타한 생각이 바로 용굴이었다.

"좋은 방법이 있어. 우리가 손대지 않고도 성도를 해치울 수 있을 거야."

내 입에서 나온 소리면서도 어쩐지 딴 사람의 음성처럼 느껴졌다.

내가 마을의 초입인 고갯마루의 큰 소나무 밑에서 쉬어 가자고 하자, 두 친구는 호기심에 끌린 나머지 군말 없이 내 제안에 따랐다. 우리는 책보를 어깨에 비스듬히 멘 그대로 풀밭에 퍼질러 앉았다. 나무그늘이 뙤약볕을 차단하는 데다 탁 트인 바다에서 바람이 불어와 그렇게 시원할 수 없었다.

"뭔데? 이야기해 봐."

앉자마자 윤조가 나를 재촉했다.

"상도를 낚시하자고 살살 꾀어내 용굴에 들어가도록 만드는 거야. 그럼 용이 걔를 잡아먹거나, 물에 빠져죽거나, 둘 중 하나 아니겠어?"

잔뜩 기대하고 따라왔던 그들은 내 이야기를 듣고 기가 차는 모양이었다.

"난 또…… 인마, 세상에 용이 어디 있어."

재철은 실망한 나머지 화를 내고, 윤조는 내 머리에 꿀밤을 먹였다.

나는 두 친구를 설득하기 시작했다. 물론 나도 이 세상에 용이 있다고는 믿지 않는다. 그것은 사람들이 상상으로 지어낸 동물이니까. 그렇지만 바다 속에 용과 비슷한 괴물이 존재하지 않는다고 어떻게 장담할 수 있는가. 용굴 속의 웅덩이는 또 어떤가. 그 웅덩이 밑이 얼마나 깊은지, 그 속에 과연 무엇이 있는지 우리는 모르고 있지 않은가. 전설처럼 뭔가 용 비슷한 괴물이 사람들 눈에 띄지 않게 들락날락하며 정말 살고 있는지도 모르는 일이다. 아니, 설령 그런 설정과 기대 모두가 비현실적이고 황당무계하다 할지라도 상도를 그 용굴에 집어넣는 일 자체만으로 시도할 가치는 충분하다. 비겁한 꼴을 보이기 싫어 만용을 부리다가 익사하지 않는다는 보장이 없으니까. 물이 차기도 전에 십중팔구 헤엄쳐 나오겠지만, 자기도 겁쟁이라는 사실을 광고했으니 이후부터는 그렇게 잘난 척하지 못할 것이다. 또한, 그런 모험행위를 하고 나면 정신적 이상변화가 일어날 가능성도 없지 않다. 어쩌면 무엇인가에 충격을 받거나 놀라서 정신이상을 일으킬지도 모른다. 결과가 어떻게 나타나든지 간에 그가 더 이상 우리를 괴롭히지 못하게 만들면 성공 아닌가.

처음에는 코웃음을 치며 한 귀로 듣고 한 귀로 흘리던 두 친구도 어느덧 내 말에 차츰 끌려오기 시작했다. 무엇보다도 상도가 빠져죽거나 미쳐버릴 수도 있다는 가능성에 솔깃해진 것이다.

"그렇지만 무슨 수로 그 자식을 용굴에 들어가도록 만들지?"

윤조가 고개를 갸웃했다.

"잘 부추기면 될 거야. 걘 자기가 세상에서 제일 씩씩하고 용감한 줄 알잖아?"

"하긴 그 새끼, 우리한테 비겁하게 보이긴 싫을걸. 밑져야 본전이지, 뭐."

재철의 말이었다.

의기투합한 우리는 구체적 계획을 짜기 시작했다.

무엇보다 중요한 것은 타이밍이었다. 상도가 용굴에 들어갈 때는 밀물이 거의 만조가 돼 갈 즈음이어야 하고, 시간대는 바닷가에 아이들이 일쑤 몰리는 한낮이어야 했다. 그래서 평소에는 신경 쓸 필요도 없던 간만干滿의 물때를 유념해 챙기기로 했으며, 때맞게 차질 없도록 상도를 어김없이 바닷가로 유인할 방법과 역할분담까지 의논했다. 제안자 입장에서 내가 가장 말을 많이 했고, 두 사람은 코멘트하고 동의하는 식이었다.

어쨌든 우리는 이야기에 열중하느라 시간 가는 줄도 몰랐으며, 마침내 모의를 끝내 완전 합의에 도달했을 때는 비밀을 철석같이 지키기로 손가락을 걸어 맹세했다. 그런 다음 자리에서 일어서는 우리 얼굴에는 비장한 결의와 희망이 넘쳐났다.


내가 독자적으로 면밀히 알아보고 검토한 결과, 디데이에 적합하면서도 가장 가까운 날은 방학이 시작되고 나서 닷새 후쯤으로 잡혔다. 그래서 윤조와 재철에게 날짜를 알려주고 준비하도록 했다.

이제는 그날 상도를 용굴로 유인하는 일만 남았다. 그래서 상도를 살살 충동질하고 꾀어, 우리 넷이 같은 시간 같은 장소에서 갯바위낚시로 누가 고기를 가장 많이 낚는지 내기하기로 약속했다. 물론 장소는 각본대로 용굴 언저리 바위너설로 결정했고, 내기 방식은 마릿수나 씨알의 굵기에서 실적이 가장 좋은 사람한테 자기가 잡은 고기 절반을 몰아준다는 것이었다.

그 내기와 장소 제시에 음흉한 의도가 숨어 있으리라고는 꿈에도 알 턱이 없는 상도는 대번 싱글벙글하며 찬성했다. 그런 재미있는 내기는 해본 적이 없었기 때문이다.

드디어 디데이가 왔다.

우리 넷은 점심때가 막 지나서 각자 간단한 낚시도구를 챙겨 가지고 바닷가 재철네 집에 모였다. 미끼에 쓸 갯지렁이는 아침에 재철이 충분히 잡아다 놨으므로 공평하게 나눴다. 그런 다음 집을 나섰다.

이미 바닷가에는 여느 날과 마찬가지로 하동夏童들의 놀이판이 한창이었다. 몽돌을 왈강왈강 밟으며 뛰어다니는 아이, 헤엄을 치거나 물싸움하는 아이, 뙤약볕에 달구어진 돌멩이들을 깔고 엎드려 몸을 태우는 아이, 그런가 하면 선창가의 어장배에 올라가서 낚싯줄을 드리운 아이들 모습도 보였다.

우리는 그런 아이들을 외면한 채 용굴이 있는 돌비알 쪽을 향했다. 그 일대의 바위너설 주위는 각종 해조류가 무성해서 물고기가 많이 서식해 낚시질하기에 더없이 좋은 입지조건이었다.

목적지에 거의 다다랐을 때, 약속에 따라 각본의 첫 대목을 넌지시 펼친 것은 재철이었다.

"저기 있는 용굴 말이야, 그 속에 정말 용이 있을까?"

그러자, 앞서 가던 상도가 돌아보며 비웃었다.

"인마, 세상에 용이 어딨어. 그건 말짱 거짓말이야."

"그렇지만 꼭 없다고 할 수만은 없잖아. 아무도 본 사람이 없으니까."

"이런 병신! 본 사람이 하나도 없으니까 없는 거지."

이번에는 내가 끼어들 차례였다.

"상도 말이 맞아. 용이 없는 건 확실한 것 같아. 있다면 지금까지 사람들의 눈에 한 번도 나타나지 않았을 리가 없어."

"그런데, 그 웅덩이는 어떻게 된 걸까?"

짐짓 조심스러운 투로 말한 사람은 윤조였다.

"어떻게 되긴 뭐가 어떻게 돼?"

"그게 얼마나 깊은지, 난 항상 궁금해서 그래."

"야, 깊어 봤자 얼마나 깊겠어?"

이렇게 타박한 상도는 잠깐 사이를 두었다가 말했다.

"웅덩이 깊이가 얼마나 되는지 한 번 재볼래?"

"어떻게?"

"낚싯줄을 풀어 담가 보면 되잖아."

"글쎄."

선뜻 찬성하는 사람이 없었다. 깊이를 알아보는 것은 우리 각본에 없기도 하지만, 용굴이 풍기는 어떤 신비한 두려움으로부터 아직까지도 자유로울 수 없었기 때문이다. 만약 낚싯줄을 드리웠을 때, 웅덩이 속에 잠자고 있던 용이 버릇없는 짓이라고 성이 나서 불끈 일어선다면! 말은 안 해도 우리 가슴속에는 그런 서늘한 두려움이 똑같이 일었다. 그러면서도 한편으로는 개구쟁이다운 짜릿한 호기심의 발동을 어쩔 수 없었다.

그 미묘한 국면을 이용하는 머리가 재빠르게 돌아간 것은 나였다.

"그래. 상도 말이 맞아. 낚싯줄을 넣어보면 알 수가 있지."

"누가 할 건데?"

윤조가 물었다.

"가위 바위 보를 해서 정해."

상도가 제안했으나, 내가 얼른 비틀었다.

"아냐. 그건 상도 네가 해. 넌 우리 대장이잖아?"

"그래그래."

"우린 그런 용기가 없어. 할 수 있는 사람은 너뿐이야."

윤조와 재철도 이구동성으로 찬성이었다.

"병신새끼들!"

상도는 자못 화난 투로 욕설을 씹고는 다시 앞장을 섰다. 제안자로서의 낭패와 자존심, 그러면서도 마음 한쪽에 흙탕처럼 일어나는 억제할 수 없는 짓궂은 호기심을 그 뒷모습에서 읽을 수 있었다. 우리는 몰래 서로 눈을 맞추며 히쭉 웃었다.

마침내 용굴 앞에 도달해 보니, 상도는 물론 우리한테도 다행인 동시에 위안이 되는 일이 기다리고 있었다. 밀짚모자를 쓴 마을 아저씨 한 분이 바로 근처에 있는, 우리 같은 아이들로서는 도저히 건너뛸 수 없는 물 가운데의 바위 위에 서서 고기를 낚고 있었기 때문이다.

"너희들, 고기 낚으러 왔어?"

"네, 많이 잡으셨어요?"

"별로야."

아저씨는 시큰둥하게 대답하고 낚싯대를 크게 휘둘러 낚싯바늘을 멀리 던졌다.

그 아저씨의 존재 때문에 용기가 부쩍 생긴 상도는 보란 듯 낚싯대를 들고 조금 어두컴컴한 용굴 안에 들어갔다.

"낚시하러 왔다면서 거긴 왜 들어가?"

아저씨가 물었다.

"웅덩이 깊이를 재려고요."

윤조가 대답했다.

"뭐라고?"

"얼마나 깊은지 알아보기로 했거든요."

아저씨가 픽 웃었다.

"원, 녀석들! 안에 용이 자고 있을까 해서? 용 없어. 그리고 그 웅덩이 깊지 않아. 한 길도 안 돼."

"정말요? 재보셨어요?"

"그럼."

자신에 찬 간단한 대답이었다. 우리만한 아잇적에 똑같은 호기심으로 친구들과 함께 똑같은 짓을 해봤으리라.

그런데, 이상한 일이었다. 상도의 행위에 아무런 위험이 따르지 않는다는 사실이 확실해지자, 나는 아쉬움과 함께 묘한 안도감을 느꼈다. 그 상충하고 이율배반적인 기분이 어째서 동시에 떠오르는지 자신도 이해할 수 없었다.

상도는 미끄러지지 않으려고 조심하며 웅덩이에 다가가 낚싯줄을 담갔고, 결과에 대한 기대와 흥미가 반감된 가운데서도 우리는 눈을 떼지 못하고 지켜봤다. 4미터 정도밖에 안 되는 낚싯줄은 낚싯대가 수평을 이루기도 전에 수직선을 유지하지 못하고 흐느적거렸다. 아저씨의 말이 사실이었다.

"봤지? 이건 이름만 그렇지, 진짜 용굴도 아냐."

낚싯줄을 거두어 의기양양한 표정으로 용굴에서 나오며 상도가 우리보고 한 소리였다.

윤조와 재철이 약속이나 한 듯 나를 돌아봤다. 실망한 표정들이었다.

나는 두 친구의 시선을 무시한 채 상도를 보고 말했다.

"네 말이 맞는 것 같구나. 이제 낚시나 하자."

그런 다음, 상도가 눈치 채지 못하게 두 친구를 쿡 찌르며 눈빛으로 말해줬다.

―낙심할 것 없어. 아직 끝난 거 아니잖아.

우리가 각자 적당한 위치에 자리를 잡고 고기를 낚기 시작하는 것과 반대로, 아저씨는 낚시도구를 챙겨 이쪽으로 펄쩍 건너왔다. 집에 돌아갈 모양이었다.

"벌써 가시게요?"

내가 물었다.

"늬들 물때를 잘못 맞췄구나."

아저씨가 말했다. 갯바위낚시를 하겠다면서 왜 썰물 때를 두고 밀물 때 나왔느냐는 지적이었다.

"물이 들어오고 있어. 조심들 해."

아저씨는 가벼운 주의를 주고 마을 쪽을 향해 사라져버렸다.

우리는 그대로 낚시질을 계속했다. 그렇지만 내 머릿속은 상도를 해치워야 한다는 생각으로 꽉 차서 평소와 같은 재미가 있을 리 없었다. 윤조와 재철도 마찬가지였으리라. 그래도 시간이 지남에 따라 낚시의 짜릿한 손맛에 자신도 모르게 차츰 끌려들었고, 고기도 어느덧 제법 여러 마리씩 낚았다.

"이제 그만하지 않을래?"

내가 이렇게 주의를 환기시키며 먼저 낚싯줄을 거둔 것은 두 시간 가까이 지나서였다. 이때쯤은 바닷물이 상당히 차올라 있었고, 용굴 바닥도 잠길락말락할 정도였다. 낚시질을 굳이 더 하려면 못할 것도 없으나, 그러려면 조금 높은 위치로 자리를 옮겨야 할 판이었다.

"아냐. 더 해. 그냥 있어."

상도가 고압적으로 말했다. 그는 재철이가 자기보다 몇 마리 더 잡았고, 씨알도 탐스럽게 굵다는 사실에 불만이었다. 그로서는 자존심 상하는 노릇이 아닐 수 없었다.

"물이 이렇게 차올랐는데?"

재철이 은근히 불안한 듯 이의를 제기했으나, 상도는 막무가내로 눈을 부라렸다.

"짜식, 쫄기는. 겁쟁이 같으니! 낚시 한두 번 하냐?"

"그래도……."

"내가 안 된다면 안 돼! 내기니까 끝장을 봐야지."

"그럼 언제까지?"

"저녁때까지야. 미리 시간을 정하지도 않았잖아."

말도 안 되는 억지였다. 그는 우리와의 관계에서 늘 그런 식이었다.

윤조의 표정이 험악해짐을 보고, 내가 얼른 끼어들었다.

"야, 상도야. 재철이도 싫다 하고 물도 들어오는데, 빨리 끝내도록 내기 방식을 바꾸는 게 어때?"

"어떻게?"

"네가 용굴에 들어가 물이 다 찰 때까지 있다가 나오는 걸로 말이야."

"뭐라고?"

상도의 눈이 뚱그레졌다. 그로서는 너무나 뜻밖의 제안이었기 때문이다.

"우리는 그럴 용기가 없지만, 넌 다르잖아. 헤엄도 잘 치고. 그렇게만 하면 우리가 잡은 고기 다 줄께. 재철아, 너도 그 고기 상도한테 줄 거지?"

"그래. 줄 수 있어."

재철이 얼른 내 뜻을 알아차리고 크게 고개를 끄덕이자, 상도는 밉살스럽다는 듯 나를 흘겨봤다.

"인마, 넌 그런 말 할 자격이나 있어? 겨우 그까짓 걸 가지고."

가장 빈약한 낚시 실적을 꼬집는 소리였다. 마음이 엉뚱한 데 가 있어서인지, 내가 잡은 것은 새끼를 겨우 면한 용치와 볼락 네 마리가 전부였다.

"난 그럼 다른 거 걸께."

"다른 거 뭘?"

"만화세계."

불쑥 제의하고 나서 조금 후회가 됐다. 아버지가 출장길에 도시의 서점에서 선물로 사다주신 그 만화잡지는 과월호이긴 해도 내가 보물처럼 아끼는 물건이기 때문이었다. 친구들도 몹시 보고 싶어 내 환심을 사려고 애썼지만, 잠깐씩 읽게는 해줬을망정 아무한테도 빌려준 적이 없었다. 상도도 예외자는 아니었다.

"진짜?"

상도가 눈을 빛내며 물었다.

"그렇다니까."

이 밉살스럽고 징그러운 녀석을 처치해버릴 수만 있다면, 아깝지만 만화책 한 권쯤은 투자해도 괜찮다고 생각을 고쳐먹었다.

"좋아. 나중에 딴소리 마. 늬들도 들었지?"

내가 꺼림칙하고 고약한 내기조건을 들고 나오는 바람에 기분이 상했으나, 그토록 탐내던 만화잡지가 내걸리자 생각이 달라진 모양이었다.

나는 계획대로 상도가 걸려들어 가슴이 몹시 뛰었다. 그러면서도 스스로 놀라울 정도로 태연해질 수 있었다.

"우린 저 옆에서 기다릴게. 겁나거든 중간에 그냥 나와."

나 속의 악마는 그 정도로까지 상도의 자존심을 자극했다.

"새끼!"

상도는 짐짓 이를 갈더니, 낚싯대와 바구니를 우리한테 맡기고 용굴에 들어갔다. 그래서 발목에 찰랑찰랑 차오르는 물속에 엉거주춤 섰다. 자긍심이 걸린 억지용기, 포기할 수 없는 욕심에도 불구하고 자기 행위의 무모성을 끝내 용서 못하는 그 복잡한 표정을, 나는 평생 잊을 수 없을 것이다.

우리는 용굴에서 십여 미터 남짓 떨어진 조금 높은 너럭바위 위에서 기다리기로 했다. 만조滿潮가 됐을 때 고생하지 않고 마을로 돌아갈 수 있는 마지막 안전위치라고 할 수 있는 곳이었다.

"괜찮을까?"

윤조가 중얼거렸다.

"괜찮을 거야. 걘 헤엄 잘 치잖아."

내가 말했다. 진정으로 원해서 그를 위험 속에 몰아넣고도 우리 입에서는 그의 안전을 걱정하는 소리가 나왔다.

"용은 정말 없겠지?"

재철이 미심쩍은 듯 말하자, 윤조가 퉁바리를 안겼다.

"야, 그렇게 얕은 물속에 사는 용이 어딨어. 아까 아저씨도 없다고 했잖아."

"그래도……."

'용은 아닐지라도 그 비슷한 괴물은 살고 있을지도 몰라. 썰물에 바다로 나갔다가 밀물과 함께 자기 집으로 돌아오는 건 아닐까? 만약 그렇다면!'

나는 잠자코 있었지만, 불현듯 잔등이 써늘한 전율을 느꼈다. 그 전율이 다음 순간 공포심으로 발전하며, 내가 대단히 무섭고 엄청난 짓을 하고 있다는 자성의 준엄한 꾸짖음이 비로소 나의 내부에서 들려왔다.

나는 앉았다 말고 벌떡 일어섰다.

"왜 그래?"

윤조가 쳐다보며 물었다. 조금 겁에 질린 듯한 음성이었다. 음성으로 봐그의 심리상태 역시 나와 똑같다는 사실을 알 수 있었다.

"상도야!"

나는 큰 소리로 불렀다. 그런 다음 잠깐 귀를 기울였으나, 대답은 들려오지 않았다.

"내기고 뭐고 그냥 나와. 위험해! 내 말 안 들려?"

여전히 대답이 없었다. 우리가 있는 곳과 굴의 각도를 감안할 때 웬만해서는 잘 들리지 않을 수도 있지만, 그래도 불안감을 떨쳐버릴 수 없었다.

어느덧 윤조와 재철도 나를 따라서 일어났고, 우리는 약속이라도 한 듯목소리를 맞춰 상도를 불렀다. 그렇지만 상도의 대답이 없기는 마찬가지였다. 우리 셋이 함께 지른 소리는 그의 귀에 전달됐어도 답하는 목소리는 상대적으로 작아 이쪽에 들리지 않는지도 모른다는 생각이 들었다.

"어떡하지? 같이 가볼까?"

재철의 겁에 질린 제안이었다.

그러나 이미 그때쯤은 아까 우리가 고기 낚느라 서 있던 바위너설 위에이미 바닷물이 넘실거리고 있었다. 굳이 작정한다면 못 가볼 것도 없지만, 그렇게까지 하며 바닷물에 새삼 발을 적시기는 싫었다. 아니, 좀 더 솔직하고 정확히 고백한다면 용굴의 전설로부터 여전히 자유로울 수 없었다. 그래서 우리는 상도의 안위를 직접 확인하는 대신에 뭔가 이상한 물체가 바다로부터 용굴로 헤엄쳐 들어가지 않나 하고, 눈을 크게 뜨고 그쪽 물빛을 살폈다.

우리가 그처럼 안절부절못하는 동안 바닷물은 계속해서 수위를 높였고, 어림짐작으로도 상도의 허벅지 정도는 잠겼을 것 같았다. 어느덧 우리는 공연한 짓을 벌였다는 후회와 두려움에 붙들려 꼼짝도 할 수 없었다. 상도에 대한 미움과 복수심, 그가 변을 당함으로써 획득하게 될 해방의 기쁨 따위는 어느 틈에 머릿속에서 사라져버린 대신에 뭔지 모를 슬픔이 왈칵 밀려왔다.

헤엄쳐 나오려면 충분히 그럴 수 있었고 우리도 간절히 희망했지만, 상도는 끝내 용굴 밖에 모습을 나타내지 않았다.

'저 속에는 확실히 뭔가 있다!'

이제는 그렇게 믿을 수밖에 없는 정황이었다. 한여름 대낮인데도 몸이 부들부들 떨렸다.

"이제 어떡하지?"

더 이상 기다려 봤자 헛일이라는 생각이 들자, 재철이 울상이 돼서 나를 보고 떨리는 음성으로 물었다. 그 표정은 네 탓 네 책임이라고 강조하고 있었다.

재철이의 그런 표정이 나 속의 잔인한 악마를 자극했다.

"어떡하긴. 우리가 바란 대로 된 거 아냐?"

"그, 그건 그렇지만……."

"이젠 어쩔 수 없잖아. 다 우리 셋이 같이 한 일이니까, 나한테만 덮어씌우지 마."

"그러나저러나, 정말 어쩌면 좋지?"

윤조도 얼굴이 하얘져서 나에게 물었다. 심약해진 그들은 덩치가 제일 작은 나의 지모智謀에만 매달리고 있었다.

"일단 집으로 가야지."

"상도를 저렇게 놔두고?"

"놔두지 않으면 별 수 있어? 저 자식한테도 책임이 없나, 뭐. 싫다고 했으면 그만이지, 들어가라고 누가 억지로 떼밀었냐고. 하여튼 이미 이렇게 됐으니까, 나중에 누가 물으면 모른다고 딱 잡아떼기야. 알았어?"

"상도 낚싯대하고 바구니는 어쩌지?"

재철이 마치 그 물건에 주인의 일부가 묻어있기라도 한 듯이 불안한 눈길로 상도의 낚시도구를 보며 묻자, 윤조가 대뜸 대답했다.

"어쩌긴, 아무 데나 버리고 가야지."

"그건 안 돼."

내가 반대했다.

"왜?"

"상도가 없어진 줄 알면 사람들이 찾아 나설 텐데, 이 근처에서 낚싯대가 발견돼 봐. 당장 우리한테 캐묻지 않겠어?"

"바다에 내버리면 안 될까?"

"병신, 낚싯대랑 바구니가 가라앉는 물건이니? 그보다 좋은 수가 생각났어."

"뭔데?"

"우리 여기 좀 더 있다가, 헤엄치는 애들이 거의 다 들어가고 없을 때 슬슬 움직이는 거야. 그래서 그쪽 어딘가에 낚싯대랑 바구니를 슬쩍 내버리고 가자고. 그러면 상도가 고기 낚아 집에 가다가 헤엄친 게 되잖아?"

윤조와 재철이 자기들끼리 마주봤다. 내 아이디어가 놀랍다는 뜻 같았다. 곧이어 윤조가 미심쩍은 투로 말했다.

"하지만 우리가 낚시하는 거 본 아저씨가 있잖아."

"상도가 괜히 성질내고 먼저 간 걸로 하면 돼. 누구 본 사람 있어? 남의 일에 누가 신경이나 쓴대? 문제는 늬들이야. 혹시 누가 물어도 그렇게만 대답해야 돼. 우물쭈물하거나 쓸데없는 말을 하다간 경찰서에 진짜 끌려가는 줄 알아. 알았지?"

둘은 나의 단호한 다짐에 찍소리도 못했고, 나는 자신이 무슨 대단한 책략가처럼 느껴져 그 경황에도 으쓱한 자부심마저 느꼈다.

우리는 은신장소를 그곳에서 제법 떨어진 위치로 옮겼다. 상도가 비명이라도 지르면 들릴 그곳에 더 이상 버티고 있을 용기와 배짱이 없었기 때문이다. 그러면서도 용굴 언저리가 한눈에 들어오는 장소를 택하는 것을 잊지 않았다. 우리는 기습을 노리는 공비들처럼 땀을 찔찔 흘리며 그곳에서 시간을 죽이고 있었다.

이윽고 오후 너더댓 시가 되자, 마을 앞 바닷가가 거짓말처럼 텅 비었다. 아이들이 모두 집에 돌아간 것이다.

비로소 우리는 슬슬 움직이기 시작했다. 그리하여 아이들이 몰려 있던 부근에 이르자마자 상도의 낚싯대와 바구니를 슬그머니 버리고는 재빨리 그곳을 벗어나 헤어져 각자 집으로 향했다.

다행히도 그때까지 우리 모습을 본 사람은 아무도 없는 것 같았다.


상도의 실종사실이 마을에 쫙 퍼져 사람들이 모두 놀란 것은 만 하루가 지나서였다.

소식을 전해들은 낚시꾼 아저씨의 발설 때문에 나하고 두 친구가 당연히 추궁의 대상이 됐으나, 우리가 극구 잡아떼는 바람에 다소 호된 꾸중만으로 별 문제없이 넘어갈 수 있었다. 게다가 바닷가 자갈밭에 버려진 낚싯대와 바구니는 우리 일당의 알리바이를 멋들어지게 입증해줬다.

그렇다고 해서 우리 일당이 회심의 미소를 지었던 것은 아니다. 시치미 떼는 것도 정도문제지, 한 인간을, 그것도 코흘리갯적부터 한 몸처럼 붙어지낸 친구를 그 지경으로 만들어놓고 아주 태연할 수 있을 정도로 대담한 악당이 될 수는 없었다. 어쨌든 우리의 시무룩한 태도와 침묵을 우정의 표징으로 가볍게 생각해주는 어른들의 무신경이 얼마나 다행인지 몰랐다.

상도는 정말 어떻게 된 것인가. 나는 그것이 궁금해서 견딜 수 없었다. 행여나 시신이라도 눈에 띨까 해서 마을사람들이 용굴 훨씬 저쪽까지 온 바닷가를 이잡듯이 뒤졌는데도 허탕으로 끝난 모양이었다. 수색자들이 용굴 속을 안 들여다봤을 리가 없었다. 그렇다면 상도의 익사체나, 하다못해 그가 신었던 고무신짝이라도 발견돼야 정상인 것이다. 그런 흔적조차 없다는 것은 무엇을 의미하는가. 썰물에 휩쓸려 아주 먼 바다로 흘러나갔을까. 아니면 용이나 다른 어떤 괴물이 깡그리 먹어치운 것일까.

나는 그 이후 전보다 훨씬 말이 적고 사색적인 아이로 변해버렸다. 멋모르는 가족들은 친구가 변을 당한 데 따른 충격과 슬픔으로 확대해석해서 걱정이 대단했다. 나는 영악하게도 가족들의 애정어린 관심을 적절히 이용하고, 어떤 면에서는 즐기기까지 했다. 그러면서 조금씩 마음의 안정을 회복해 나갔다. 그렇지만 윤조나 재철하고는 의식적으로 잘 어울리지 않게 됐다.

나는 어쨌든 그 정도로 상도의 실종사건이 유야무야 끝난 것만도 다행이라고 가슴을 몰래 내리쓸었다. 그러나 그것은 끝난 것이 아니었다. 그 정도로 내가 상도라고 하는 굴레로부터 해방된 것은 결코 아니었다. 어느 날, 그가 평상시나 다름없는 생생한 모습으로 나를 불쑥 찾아왔기 때문이다.

초가을에 막 접어든 무렵의 어느 날 저녁이었다.

마침 집에는 나 혼자밖에 없었다. 어장주인 아버지는 거래하는 객주와 월말정산을 하기 위해 B시로 출장을 가셨고, 어머니는 어린 동생을 데리고 마을을 가셨기 때문이다.

나는 마루의 남폿불 밑에 책상반冊床盤을 놓고 숙제를 하고 있었는데, 불현듯 누가 우리 마당에 들어서고 있는 듯한 느낌이 들었다.

무심코 고개를 돌린 순간, 자신도 모르게 낮은 탄성을 지르고 말았다. 어둑어둑한 가운데 희끄무레한 모습으로 나타난 것은 뜻밖에도 상도가 아닌가!

"사, 상도구나! 너 대체 어디 가 있은 거냐?"

내가 다급하게 던진 첫마디였다.

"어디 가 있었느냐고? 몰라서 물어?"

상도는 별로 화난 것 같지 않은 투로 반문하며 다가와 마루에 걸터앉았다.

나는 책상반을 밀치고 어색한 자세로 앉아 그를 대각으로 바라봤다. 옥양목 반바지와 러닝셔츠의 께저분한 차림새는 마지막 본 날의 모습 그대로였다. 그런데, 이상하게도 그가 별로 두렵지 않았다. 오히려 반가움이랄까, 슬픔 같은 촉촉한 감정이 물안개처럼 밀려오는 것을 느꼈다. 그에게 그런 온유한 감정을 가져보기는 난생 처음이었다. 그러면서도 그것이 의외라는 느낌이 전혀 들지 않을 뿐더러, 어쩌면 가슴속에 항상 흐르고 있었음에도 불구하고 스스로 인정하기를 굳이 거부해왔지 않았나 하는 생각마저 들었다.

"난 이제 용이야."

상도가 말했다. 농담으로 받아들이기에는 너무나 차분한 말씨였다. 말씨뿐 아니라 태도도 그답지 않게 의젓하고 한결 어른스러워진 것 같았다.

"그게 무슨 소리니?"

"용굴의 주인이 됐으니까 용인 거지. 다 늬들 덕택이지 뭐야."

"미안해. 그렇게까지 할 생각은 아니었어. 정말 미안해."

나는 얼른 사과했다. 상도가 불같이 화를 내며 달려들지 않는 것이 천만다행이면서도, 한편으로는 그런 그가 이상했다.

"미안하다고? 그럴 생각이 아니었다고? 거짓말하지 마. 날 용굴에 들어가게 하려고 계획을 짠 게 너잖아."

"내가 그런 게 아니었어."

"그럼 누가?"

나는 대답이 막혔고, 상도는 그런 나를 추궁했다.

"누가 그랬는데?"

"맨 처음 말을 꺼낸 건 윤조야."

마음이 급하다 보니 엉겁결에 뱉은 소리였다.

"윤조가?"

"그래. 셋이 덤벼 널 해치우자고 했어. 그리고 재철이는 돌멩이로 뒤통수를 갈기자고 했어. 내가, 그러다 죽으면 어떡하냐고 했더니, 죽은들 대수냐고 윤조가 그랬단 말야."

이렇게 말하고 나자, 윤조와 재철이 원망스러웠다.

'새끼들, 그날 그런 소리만 하지 않았어도 일이 이토록 커지진 않았을 거 아냐.'

상도는 탐색하는 듯한 눈빛으로 나를 바라봤다.

"그래서 어떻게 됐지?"

"걔들이 너무 엄청난 소리를 해서 난 솔직히 겁이 났다고. 그래서 그건 안 된다며 반대하니까, 나보고 배신자라고, 너한테 일러바칠 거냐고, 둘이서 때릴 듯이 다그치잖아."

"그래서 할 수 없이 끌려들었구나, 너는 싫었는데도. 그러니?"

"응."

이렇게 대답하고 나자, 왠지 자신이 비굴한 거짓말쟁이가 된 것 같아 마음이 울적해졌고, 차마 상도를 쳐다볼 용기도 없었다.

"그렇지만 나를 용굴에 들어가게 하자고 꾀를 낸 건 너잖아? 윤조와 재철이가 그러더라."

"그 자식들이 그렇게 말했어?"

나는 자신도 모르게 발끈해서 외쳤다.

"그렇다니까."

"걔들도 만나본 거야?"

"만났고말고. 걔들 말이, 용이 잡아먹지 않아도 미치고 말 거라고, 네가
그랬다던데."

"나쁜 새끼들!"

배신감에 치가 떨렸다. 그러나 이내 생각을 바꿔야 했다. 윤조와 재철이
그런 말을 함으로써 배신자라면, 나 역시도 배신자이기는 마찬가지 아닌
가. 나는 그들보다 무엇이 얼마나 떳떳하고 나은가.

갑자기 할 말을 잃고 시무룩한 나를, 상도는 탐색하는 눈빛으로 바라보
며 물었다.

"솔직히 대답해 봐. 너 내가 그렇게도 미웠니, 죽이고 싶을 만큼?"

"그렇진 않아."

"그럼?"

나는 대답이 막히고 말았다. 그러자, 그에 대한 해묵은 감정의 비늘이
비로소 바르르 떨리는 것을 느꼈다. 일종의 반사작용이었다.

"어쨌든 늬가 우리한테 못되게 굴었던 건 사실이잖아."

"내가 좀 짓궂게 굴었던 건 사실이야. 그건 미안해. 하지만 내가 너희들
한테 잘해준 건 왜 하나도 생각 안 하지?"

이 심술통이 우리한테 잘해준 것이라니. 그것은 꿈에서조차 생각해본
적도, 생각할 수도 없는 일이었다.

"우리한테 뭘 잘해줬는데?"

"잊었나 보구나. 언젠가 너 늬네 반 애한테 얻어맞고 있을 때, 내가 그
새끼 때려주고 구해준 거 잊어버렸어?"

순간, 내 몸 깊은 어디에선가 비명 같은 탄성이 울려왔다. 그러고 보니
사실이었다. 3학년 땐가 그런 일이 분명히 있었다.

"그뿐이니? 비온 날 학교 가다가 늬가 진흙탕에 발이 빠져 신발 한 짝 잃
어버린 걸 내가 찾아주기도 했잖아. 그것도 기억 안 나?"

나는 아무 대꾸도 할 수 없었다. 가슴속에는 뭔지 모를 뜨거운 폭풍만이 몰아칠 뿐이었다.

'아, 나는 어째서 그 일을 까맣게 잊고 있었을까! 여태까지 얘 때문에 받은 마음고생에 비하면 아무것도 아니지만. 아니, 그 마음고생이란 것도 어쩌면 내가 실제보다 부풀리지 않았을까. 얘한테 응당 느껴야 할 고마움을 당연한 것처럼 잊어버렸듯이.'

불현듯 눈물이 내 볼을 타내렸다.

"왜 우니?"

상도가 물끄러미 바라보며 물었다.

"미안해. 난······."

"그런 말 듣자는 거 아냐. 내가 이 꼴이 된 게 분하고 억울해서도 아냐. 이미 난 그런 거 상관없게 된 사람이라고. 다만 늬들 자신이 어떤 인간인가 하는 걸 일깨워주고 싶었어. 그래서 널 찾아온 거라고. 늬들 꼴을 봐. 하나같이 비겁하게 다른 친구 탓이라며 자신은 잘못한 게 없는 것처럼 발뺌하잖아? 그게 늬들이야. 그러고도 남자라 할 수 있어?"

나는 아무런 변명도 항변도 할 수 없었다. 할 것이 없었다. 오로지 할 수 있는 일이라곤 비참한 자신을 눈물로써 자책하는 일뿐이었다. 나 자신이 그토록 초라하고 작은 인간으로 여겨지기는 처음이었다. 눈물이 하염없이 흘러나왔다.

그런 나를 물끄러미 바라보던 상도는 이윽고 자리에서 일어났다. 내가 젖은 눈으로 쳐다보자, 그가 말했다.

"나 이만 간다. 잘 있어."

그런 다음, 올 때와 마찬가지로 조용히 문밖으로 사라져버렸다.


사람은 누구나 인생의 전기가 되는 어떤 특별한 경험을 하기 마련이라면, 내 경우는 상도의 그 느닷없는 방문보다 더한 것이 없었다. 그 덕분에 나는 자신의 자만심과 이기심을 돌아볼 줄 아는 눈을 얻었고, 누구를 탓하거나 비난하기 전에 내가 과연 정당한지, 그에게 빚진 것이 없는지 일단 헤아리게 됐다. 나는 상도를 개인감정의 제물로 삼았지만, 그는 나한테 참으로 큰 선물을 준 셈이었다.

재철은 그 사건이 있고 얼마 지나지 않아 무슨 까닭인지 시름시름 앓다가 죽었다. 윤조와 나의 충격과 상심은 이만저만이 아니었다. 터놓고 말은 안 해도 상도가 재철을 데려갔다고, 우리는 확신해 마지않았다.

윤조 역시 나처럼 아무렇지 않은 듯 일상으로 돌아갔지만, 그도 많이 달라진 것이 사실이었다. 그의 한 특성인 불뚝성깔이 현저히 누그러졌으며, 전보다 훨씬 생각이 깊은 성숙한 모습을 보여줬다. 우리는 여전히 학교에 다녔지만, 그전처럼은 어울리지 않고 어느 정도 거리를 두었다. 누가 원한 것이 아니라, 자연히 그렇게 됐다. 어쩌다 단둘이 있을 때도 상도나 재철 이야기는 의식적으로 입에 올리지 않았다.

그러나 그렇다고 해서 내가 그 사건과 상도로부터 완전히 해방될 수 있었던 것은 결코 아니다. 무슨 저주에 걸린 것처럼 내 의식 속에는 항상 그 생각이 부유했고, 그쪽 바위너설에 두 번 다시 얼씬하지 않는다고 해서 떨쳐버릴 수 있는 성질도 아니었다. 그것은 그 마을에 살고 있는 한 평생 동안 짊어지고 괴로워해야 할 형벌임이 분명했다.

그런 측면에서, 우리가족이 아버지의 어장사업 실패 때문에 고향을 떠나 멀리 도회지로 이사한 것이 나에게는 참으로 구원이고 축복이었던 셈이다.


고향마을이 헐리게 된 상황을 계기로 그곳에 한 번 다녀올까 했지만, 그 어정쩡한 계획은 결국 불발로 끝나고 말았다. 직장에서 명예퇴직이란 것을 해 시간이 없는 것도 아니고 당장 먹고사는 문제에 급급할 처지도 아니지만, 어쩐지 선뜻 나서게 되지 않았다.

그러던 중에 보상문제가 타결돼 주민들은 읍내의 신축 아파트에 한꺼번에 이주하고 마을 해체공사가 시작됐다는 소식이 전해졌다. 마침내 나의 고향마을이 지상에서 영영 사라지는 상황이 도래한 것이다. 슬프다기보다는 착잡하기 그지없었다. 고향을 잃는다는 상실감과 같은 무게로, 아니, 그보다 더한 무게로 내 가슴을 짓누르는 것은 역시 용굴이었다.

'아하, 마침내 그 숙명의 족쇄로부터 해방되는 것인가. 그렇다면 이제야말로 그 용굴을, 아직 성하면 성한 채로, 파괴됐으면 파괴된 채로 내 눈으로 한 번 봐두는 것이 의미가 있지 않을까?'

그러나 그 호기심마저도 나의 자제력이 용납하지 않았다. 용굴은 그 자체로 고향의 일부인 것이다. 싫든 좋든 그것은 온전한 모양 그대로 내 가슴 속에 남아 있어야 한다. 무릇 고향이란, 궁극적으로 실체가 아닌 하나의 허상이요 꿈이 아니던가. 우리의 삶이 그렇지 아니한가.

나는 마당에 나와 서서 먼 남쪽하늘을 망연히 바라봤다.

어느덧 시야가 눈물에 흐려졌다.

# 환상여행

## -꿈, 그리고 환상 7

책을 읽음은 얼마나 즐거운 일인가. 더구나 많은 책을 읽을 수 있다는 사실은 우리에게 얼마나 큰 행복인가.

내가 초등학교 6학년일 때 가족과 함께 고향을 떠나 항구인 M시로 이사한 일은, 그런 의미에서 나에게 행운이며 축복이었음에 틀림없다.

우리가족의 출향은 한마디로 말해 아버지의 사업실패 때문이었다.

친지 한 사람과 정치망定置網 어장을 동업으로 경영하시던 아버지는 어느 해 겨울 돌이킬 수 없는 실수를 하셨다. 어장에는 잡은 고기를 가까운 도회지로 반출하기 위한 중형 발동선이 한 척 있었는데, 어느 해 겨울 어장이 비교적 한가한 시기에 그 발동선을 다른 마을의 누군가에게 잠시 대여했다가 그만 아주 잃어버리고 말았다. 일본 밀항자들을 태워다 나르겠다는 것이 배를 빌려간 사람의 이유와 목적이었는데, 마음씨가 여리고 기질이 낭만적인 아버지는 이런저런 인간관계를 대며 감언이설로 몇 차례에 걸쳐 집요하게 선편 제공을 사정사정하는 것을 단호히 거절하지 못한 나머지 '딱 한 항차航次만'이라는 조건을 붙여 들어준 때문이었다.

그러나 그렇게 떠나간 후 배도 사람도 영영 돌아오지 않았다. 현해탄을 건너가다가 난파해 바다에서 송두리째 사라졌는지, 일본에 도착은 했으나 적발돼 사람은 구금되고 배는 몰수됐는지, 도대체 영문을 알 수가 없었다.

아니면 배를 빌려간 작자가 출발 전에 이미 나름의 엉큼한 속셈이 있었거나, 도착 직후 마음이 변해 섬나라에 주저앉아버렸는지도 모른다.

세상에, 어촌에서는 부의 상징일 정도로 재산가치가 막대한 발동선을, 아이들이 친구한테 자전거 잠깐 빌려주듯 통째 남의 손에 덜컥 넘기다니! 어쨌거나 그 어처구니없는 실수의 결과는 참담했다. 아버지는 어장의 경영권을 동업자에게 그냥 밀어주고 무일푼으로 물러나야 했다. 농사일은 농투성이나 하지 자신에게 어울리는 생업은 아니라는 자부심으로 땅에 대한 욕심이 전혀 없었던 아버지였기에, 막상 어장에서 손을 털고 나자 당연히 앞날의 생계가 막막해졌다. 겨우 가족들 식생활 정도 해결할 수 있는 최소한의 땅뙈기는 있었지만, 거기에다 온 가족의 장래를 거는 것은 암담하고 기가 막힐 노릇이었다.

아버지는 설령 많은 농토를 소유하고 있었더라도 어장주에서 농사꾼으로 변신하는 자신을 용납하기 어려웠으리라. 더구나 그 자존심과 얼굴 엷은 성향으로서는 주위의 시선과 수군거림을 참아내기 어려웠으리라고 이해된다.

어쨌든 돌변한 현실상황을 감내할 수 없게 된 아버지는 결국 고향을 떠나기로 결심하셨다. M시에서 여객선회사를 경영하던 친척이 아버지의 처지를 딱하게 여겨 기관장으로 채용하는 호의를 베풀어준 것이 결정적 계기가 됐다.

"대처大處에 나가면 좋은 학교에서 좋은 공부를 할 수 있어. 그래야 큰 사람이 될 수 있다. 여기서야 커서 농사를 짓거나 고기 잡는 일밖에 더 하겠냐."

아버지께서 마주앉은 내 두 손을 꼭 잡고 조용히 말씀하시던 날 저녁, 나는 아버지 얼굴에서 미소와 눈물 두 상반된 감정의 징표를 발견했다. 그렇지만 당시 아버지 가슴속을 후볐을 절절한 회한, 그 미소와 눈물의 값어치를 제대로 이해하고 그 아픔만큼 내 가슴도 똑같이 무너진 것은 훨씬 훗날 일이었다. 아버지의 분위기에 압도돼 제풀로 숙연해지긴 했지만, 어린 가슴속에서는 상쾌한 바람이 일고 심장이 두근거림을 어쩔 수 없었다. 막연한 동경의 대상일 뿐이던 도회지가 현실로 내 앞에 갑자기 등장했으니. 새로운 학교와 새로운 친구들에 대한 약간의 두려움이 없지는 않았으나, 그 정도는 도시생활을 하게 된다는 기대와 흥분에 비기면 아무것도 아니었다.

어쨌든 우리가족은 졸지에 촌뜨기에서 도시인으로 변신했다.

나는 아버지 손을 잡고 관할 초등학교에 찾아가 간단한 전입수속을 밟은 뒤, 6학년 3반에 편입돼 소개인사를 하고 낯선 친구들 사이에 끼어 앉았다. 그때부터 목조건물인 시골 모교하고는 비교할 수 없는 현대식 다층 콘크리트 교사校舍와, 번화하고 자동차들이 무시로 왕래하는 시가지 풍경의 문화충격에 나름대로 신기해하고 적응하기도 하면서, 차츰 촌티를 벗고 어엿한 도시학생으로 변모해 갔다. 빠르게 걷는다면 이십여 분이 걸릴까 말까한 통학거리를, 마치 구경에 허기진 아이처럼 이리 힐끔 저리 기웃 마냥 시간을 허비하며 날마다 지나다녔다. 여건이 좋은 도시학교를 다니는 것이 좋은지, 시가지구경을 하는 것이 좋은지 모를 정도였다.

그처럼 신기하고 호기심을 자극하는 도시문물 중에서도 가장 내 마음을 사로잡는 것 중의 하나가 서점이었다.

나는 '문화서점'이란 간판이 붙은 그 앞을 지나갈 적마다 습관적으로 잠깐 발걸음을 늦추며, 벽면의 서가와 가게 가운데의 평면진열대 위를 촘촘하게 채운 각종 도서를 탐하고 부러워하는 눈길로 바라보곤 했다. 저 많은 책들을 마음대로 골라서 읽을 수만 있다면! 값을 치르고 한 권이라도 사서 읽는다는 것은 내 용돈사정은 물론이고 우리 집 경제형편으로도 거의 불가능한 일이었다. 만약 서점주인이 나더러 책을 마음껏 읽는 대신에 학교를 결석하라고 했다면 두말없이 응했으리라. 서점주인이란 신분은 내가 난생 처음으로 꿈꾸어 본 직업이기도 했다.

그러던 어느 초여름날 오후였다.

학교에서 돌아오던 길에 예의 서점 앞에 다다랐을 때, 내 눈길은 빨려들 듯 여부없이 그쪽으로 향했다. 미닫이 유리문은 여느 때와 다름없이 활짝 열려 있었고, 서점 안에는 손님이라곤 한 사람도 없었다. 언제 봐도 서점 분위기는 대개 그렇게 한산해서, 저러고도 가게 운영이 될까 신기하게 여겨질 정도였다.

주인남자는 안쪽의 책상 너머에 앉아서 한낮의 나른한 졸음에 취해 있었다. 그리고 그 많은 책들은 그날따라 유난히 반색하며 나를 유혹했다.

─얘, 안녕. 어서 들어와 봐. 구경만 하는데 주인아저씨가 뭐라고 하진 않을 거야.

잠깐 머뭇거린 나는 다음 순간, 자신의 것이 아닌 어떤 다른 의지에 이끌린 것처럼 서점 안에 발을 들여놓고 있었다. 소심한 소년이던 나로서는 스스로도 놀라울 정도로 담대한 용기의 발현이었다.

그때까지도 주인남자는 내가 들어온 줄 모른 채 눈을 감고 있었으므로, 나는 조용조용히 진열대로 다가가서 책을 구경하기 시작했다. 그러다가 한 권을 집었다. 『걸리버 여행기』였다.

그때 왜 하필이면 그 책을 집었을까. 표지그림에 호기심 많은 어린아이의 눈을 홀리거나 상상력을 자극하는 어떤 것이 있었는지, 아니면 '여행'이라는 의미 자체에 마음이 끌렸는지도 모를 일이다.

어쨌든 나는 책가방을 맨 채 서서 묵독으로 빠르게 읽어나가기 시작했고, 몇 장 넘기지도 않아서 그 책에 그만 홀딱 빠져, 그야말로 독서삼매경이 되고 말았다. 기껏해야 딱딱한 교과서 외에는 다른 책을 그때까지 거의본 적이 없으므로, 주인공이 배를 타고 망망대해에 나갔다가 조난을 당해

기상천외의 모험을 한다는 허구성 스토리 구조는 내 상상력을 온통 뒤흔들며 나를 환상의 세계로 마구 끌고 달아났기 때문이었다. 그것은 난생 처음이자 가장 강렬한 문화충격이었다.

어느덧 나는 스스로 배를 타고 멀리 모험여행에 나섰다가 미지의 세계에 표착漂着해 있었다. 처음에는 주인공과 함께였으나, 나중에는 혼자만의 다른 모험과 활약을 즐기고 있었다.

소인국 릴리펏 나라의 왕이 어느 날 나에게 말했다.

"거인이여! 미안한 말이지만, 당신이 여기 찾아온 이후로 우리의 가장 큰 걱정은 당신을 먹이는 일이라오. 당신 한 끼 식사는 우리 릴리펏 사람들 수백 명이 먹을 수 있는 양 만큼이나 되니, 그 엄청난 식량소비를 감당하기가 어렵구려. 그렇다고 당장 이곳을 떠나라고 박절하게 요구하는 것도 예의가 아니거니와 당신 형편이 그럴 수도 없으니, 이 노릇을 어찌하면 좋겠소?"

나는 허리를 쭉 펴고 어른처럼 의젓하게 말했다.

"임금님, 제가 먹는 것만큼 생산량을 크게 늘리면 되지 않겠습니까?"

"어떻게 말이오?"

"제가 보기에 이곳은 땅이 기름지고 기후가 따뜻해 농사가 잘 되겠습니다. 그런데도 백성들은 먹고사는 데 필요한 양만큼만 농사를 지을 뿐, 더 지을 생각을 못하는 것 같습니다. 그러니 제가 곡식 심을 농토를 훨씬 넓혀드리면 되지 않겠습니까? 게다가 바다에는 고기가 무진장 많으니, 제가 얼마든지 잡아다 드릴 자신이 있습니다."

"그렇게만 된다면야 무슨 걱정이겠소."

왕의 얼굴이 활짝 펴졌다.

허락을 받은 나는 널따란 평지의 나무들을 모조리 뽑아냈다. 소인들에게는 큰 나무로 보일지 몰라도 내 눈에는 작은 묘목에 불과했다. 그렇기 때문에 나무를 뽑는다기보다 잡초를 뜯어내는 것이나 다름없었다.

그처럼 너른 땅을 장만한 다음, 마침 가지고 있던 머리빗을 쇠스랑이나 써레처럼 사용해 땅을 파헤쳐 뒤집고 펀펀하게 골라 당장 씨를 뿌려도 될 농토를 완성했다. 소인국 백성들이 모두 달려들어 몇 달에 걸쳐 땀을 흘려도 해낼까 말까한 작업을 한나절 만에 해치운 것이다.

이번에는 왕궁 앞의 광장만큼이나 큰 그물을 만들어 달라고 왕에게 부탁했다. 그런 다음, 그 나라에서 가장 굵고 긴 통나무 두 개로 손잡이를 장만하고, 그물의 양쪽 끝을 거기에 각각 말아 가죽끈으로 고정해서 뜰채를 완성했다. 그런 다음, 그것을 가지고 바다에 들어갔다. 소인들한테는 꽤 깊은 바다일지 몰라도 나한테는 물높이가 겨우 가슴께밖에 닿지 않았다.

나는 뜰채를 바다 밑바닥까지 비스듬히 집어넣었다가 단번에 들어올렸다. 그물 속에는 많은 고기들이 담겨 있었다. 내가 보기엔 어린새끼에 지나지 않지만, 소인들에게는 무척 큰 고기였다. 불과 몇 번의 뜰채질로 바닷가에는 고기가 무더기로 쌓였다. 소인들의 눈에는 산더미처럼 보일 엄청난 양이었다.

나의 놀라운 능력에 릴리펏 사람들은 벌어진 입을 다물지 못하고, 경탄과 칭찬의 말이 쏟아졌다. 덕분에 나는 먹는 문제를 거뜬히 해결했을 뿐 아니라 그들로부터 영웅대접을 받게 됐다.

그러던 어느 날, 왕이 다시 나에게 말했다.

"거인이여! 당신은 지혜로운 사람이니까, 우리의 매우 어려운 문제를 해결할 방법을 일러줄 수 있을 것입니다. 제발 도와주시오."

"대체 어떤 문제입니까? 말씀해 보십시오."

"당신 눈에는 이 나라가 평화로운 것 같지만, 사실은 시끄러운 일이 무척 많답니다. 왕으로서 가장 골치 아픈 게 트래맥샌 당과 슬래맥샌 당의 당파싸움입니다. 과인의 신하들을 잘 관찰해보면 굽이 높은 신을 신고 있는 사람과 굽이 낮은 신을 신고 있는 사람을 구분할 수 있을 것이오. 굽이 높은 신을 신고 있는 사람들은 트래맥샌 당원, 굽이 낮은 신을 신고 있는 사람은 슬래맥샌 당원이지요. 어디 벼슬아치들뿐입니까. 일반 백성들도 굽이 높은 신을 신고 있거나 굽이 낮은 신을 신고 있는데, 굽이 높은 신을 신고 있는 자들은 트래맥샌 당원 아니면 지지자들, 굽이 낮은 신을 신고 있는 자들은 슬래맥샌 당원 아니면 지지자들이랍니다. 이처럼 벼슬아치뿐 아니라 백성들까지 패를 갈라 사사건건 다른 쪽 의견에 무조건 반대하고 티격태격 싸우니, 이래가지고서야 나라 꼬락서니가 무엇이 되겠으며, 장래에 무슨 희망이 있겠소?"

"지당하신 말씀입니다. 허나, 그것을 해결할 수 있는 방법이 있습니다."

"어떤 방법이오? 제발 이야기해주시오."

왕은 매우 기뻐하며 물었다.

"임금님께서 엄한 명령을 내리십시오. 앞으로는 당파에 상관없이 키가 큰 사람은 무조건 굽이 낮은 신을 신고, 키가 작은 사람은 굽이 높은 신을 신으라고요. 그렇게 하면 서로 바라볼 때 키가 비슷해져, 큰 사람이 작은 사람을 업신여기지 않을 거고, 반대로 작은 사람도 큰 사람을 부러워하거나 창피하게 여기지 않을 겁니다. 뿐만 아니라, 신고 있는 신만 봐서는 상대방이 어느 당파인지 모르기 때문에 말을 조심하지 않겠습니까? 그러다 보면 자연히 상대방을 따뜻한 눈길로 바라보게 되고, 이해하는 마음도 생길 테지요."

이 아이디어를 들은 왕은 손뼉을 치며 나를 칭찬하고, 전국에 다음과 같은 포고령을 내렸다.

―앞으로는 귀족과 평민, 윗사람과 아랫사람 구분이 없이 누구나 자기 키와 반대되는 굽의 신을 신도록 하라. 명령에 따르지 않거나 불평하는 자

는 잡아다 가차없이 처벌하겠다!

느닷없는 왕명에 놀란 릴리펏 백성들은 따르지 않을 도리가 없었다. 그러다 보니 자연히 다툼이 없어지고 백성들의 의견이 차츰 하나로 모아져, 마침내 나라 안에는 진정한 평화가 찾아왔다. 덕택에 나는 왕의 두터운 신임과 더욱 좋은 대우를 받을 수 있었다.

어느 날, 왕이 심각한 얼굴로 나한테 하소연했다.

"거인이여! 이번에는 나라가 위태로울 진짜 큰일이 벌어졌으니, 부디 도와주셔야겠소."

내가 물었다.

"임금님, 나라가 위태롭다니, 대체 무슨 일입니까?"

"이웃 섬나라 블레푸스쿠의 왕이 전쟁을 일으켜 곧 우리나라로 쳐들어온다고 하는구려. 원래부터 그들과는 사이가 나쁜데, 문제는 그들의 군사력이 이쪽보다 훨씬 세다는 것이오. 막상 전투가 벌어지면 승부는 불을 보듯 뻔합니다. 그러니 당신이 도와주지 않으면 과인이 목숨을 부지하지 못할 뿐 아니라, 저 불쌍한 백성들은 모두 적국의 노예 신세가 되고 말 것이오. 그렇게 돼서야 쓰겠소?"

"두 나라의 사이가 나쁘다고 하셨는데, 그 까닭이 무엇이지요?"

"그건 달걀 깨는 방법이 서로 다르기 때문이라오."

"아니, 달걀 깨는 방법이 다르다니, 그게 대체 무슨 말씀입니까?"

"이곳에서는 옛날부터 달걀을 먹을 때, 깨는 방법이 엄한 규칙으로 정해져 있다오. 반드시 달걀의 아래쪽, 다시 말하면 뾰족한 쪽과 동그란 쪽 중에서 동그란 쪽을 깨뜨리게 돼있거든. 그 점에 관해서는 우리나라는 물론이고 이웃나라 블레푸스쿠도 마찬가지랍니다. 그런데, 몇 해 전에 우리 왕자가 달걀을 먹으려고 규칙대로 동그란 쪽을 깨뜨리다가 그만 손을 다쳤지 뭐요. 다쳤다고는 하나 달걀껍질에 의한 것이니 피가 날 것도 없고, 별로 대단치는 않았소. 그렇지만 과인은 대를 이을 왕자가 손을 다친 사실에 가슴이 아픈 나머지 이렇게 포고령을 내렸지요. '이후부터는 누구나 달걀을 깰 때, 지금과는 달리 반드시 뾰족한 쪽을 깨뜨리도록 하라. 만일 이 명령을 어기면 엄벌에 처하리라!' 그러자 과인의 어질고 현명한 백성들은 이해하고 순순히 따라줬는데, 이전부터 우리 릴리펏에 쳐들어올 욕심으로 기회를 노리던 블레푸스쿠 왕은 좋은 구실을 얻었다고 판단한 모양이오. 그래서 달걀 깨는 방법을 과인이 바꾼 처사에 대해 부질없는 간섭을 계속하더니, 마침내 많은 군함을 동원해 쳐들어온다고 하는군. 사정이 이렇게 됐으니, 거인은 지난 동안의 정리를 생각해서라도 부디 과인을 도와주기 바라오."

나는 어처구니없었다. 기껏 달걀의 어느 쪽을 깨뜨려 먹느냐 하는 말 같잖은 이유로 나라끼리 전쟁을 하다니. 너무나 한심한 생각이 들어 왕에게 말했다.

"전쟁에 대한 임금님의 걱정은 해결해 드리겠습니다. 그 대신 조건이 있습니다."

"어떤 조건이오? 전쟁만 막을 수 있다면야 들어주다 뿐이겠소."

"앞으로는 달걀을 어떻게 깨뜨려 먹든지 각자의 자유라고 발표하십시오."

왕은 눈이 뚱그래져 고개를 설레설레 저었다.

"아니, 명색 왕으로서 한번 입 밖에 낸 말을 뒤집으란 말이오, 체면을 구기고?"

"죄송하지만, 달걀의 위쪽을 깨뜨려 먹든 아래쪽을 깨뜨려 먹든, 아니면 중간을 깨뜨려 먹든 그게 왜 시빗거리가 된다는 말씀입니까? 제가 듣기에는 아주 하찮은 문제에 지나지 않다고 생각합니다. 그렇기 때문에 애초부터 규칙이니 뭐니 할 것도 없었고, 더더욱 그렇기 때문에 임금님의 진정한 체면하고도 상관이 없는 것입니다. 릴리펏이 앞으로 더욱 부강하고 백성들이 잘 사는 행복한 나라가 되기 위해서는 보다 마음과 생활에 와 닿고 절실한 여러 가지 문제들을 해결하려고 노력해야 할 것입니다. 그런 걸 놔두고 쓸데없는 일에 매달리고 걱정하고 힘을 빼서야 되겠습니까? 다시 말씀드리지만, 달걀을 어떻게 깨뜨려 먹느냐 뿐만 아니라, 아무 가치도 없고 백성들을 불편하게만 하는 여러 가지 규칙들을 없애거나 고치십시오. 그러시면 임금님은 백성들이 진정으로 감복해 마지않는 훌륭한 성군이 되시는 것입니다."

깊은 생각에 잠겨 듣고 있던 왕은 내 말이 끝나자 한숨을 내쉬고 조용히 말했다.

"잘 알겠소. 그러나 내가 원래의 규칙을 바꿨다고 발끈해서 저 야단들인데, 규칙 자체를 아예 없애버린다면 그쪽에서 더더욱 미쳐 날뛰지 않을까?"

"그 점은 제가 해결하겠습니다."

"어떻게 말이오?"

"제가 직접 블레푸스쿠 왕을 찾아가 전쟁을 그만두라고 타이르겠습니다. 그래서 앞으로는 두 나라가 사이좋게 지내도록 약속을 받아 내겠습니다."

"그가 과연 들을까? 욕심 많고 음흉한 작자인데."

"만일 듣지 않으면 그 나라 군함들을 모조리 못 쓰게 만들어버리지요. 그러면 싸움을 하고 싶어도 할 수 없게 되지 않습니까?"

왕은 손뼉을 치며 뛸 듯이 기뻐했다.

"오, 거인이여! 정말 그렇게만 해준다면 은혜는 평생 잊지 않으리다. 부디 다녀와 주시오. 그리고 기왕이면 블레푸스쿠 왕이 거인의 말을 들어주든지 안 들어주든지 상관없이 군함들을 해치워버린다면 더더욱 좋겠데.”

나는 왕의 그런 미련한 욕심에 마음속으로 코웃음을 쳤다.

릴리펏을 출발한 나는 단 몇 분만에 블레푸스쿠에 도달했다. 소인들한테는 무척 먼 거리겠지만, 내가 헤엄쳐 가기에는 아주 짧은 거리에 불과했기 때문이다. 게다가 두 나라 사이의 바다 중간의 가장 깊은 곳도 내가 바닥에 발을 딛고 서면 물이 목밖에 차지 않았다.

블레푸스쿠 왕은 나를 보고 처음에는 매우 놀랐으나, 이내 무척 반가워하며 환영해 줬다. 내가 행패를 부릴까봐 은근히 걱정하면서도 나를 설득해 자기편으로 만들고 싶어하는 눈치가 역력했다.

나는 릴리펏 왕에게 한 것과 마찬가지로 전쟁의 이유가 터무니없고 유치함을 한참 간곡히 역설했다.

블레푸스쿠 왕은 처음에는 별로 달갑지 않게 여기는 기색이었으나, 차츰 내 이야기에 귀를 기울이며 쏠려오더니, 마침내 감동에 찬 소리로 외쳤다.

“거인이여! 참으로 좋은 말씀을 들었소. 과인은 어두웠던 눈이 이제야 뜨인 것 같구려. 거인의 요청대로 릴리펏과 전쟁도 하지 않고, 앞으로는 사이좋게 지내겠다고 약속하리다. 그리고 쓸데없는 규칙은 실생활에 맞게 모두 없애거나 바꾸겠소이다.”

그래서 나는 불행한 전쟁을 막았을 뿐 아니라, 두 나라의 왕과 백성들로부터 무한한 칭찬과 사랑을 받게 됐다.


문득 누가 어깨를 짚는 바람에 정신이 퍼뜩 들었다. 그렇지만 너무 오랜 시간 책읽기에 몰입해 있었던 탓에 눈이 아물아물하고 머리가 어질어질해서 현실감각을 미처 추스를 수가 없었다.

“그렇게 재미있냐?”

주인남자였다. 빙그레 웃는 얼굴이었다.

나는 몰래 물건을 훔치다가 들킨 것처럼 몹시 당혹했다.

'주인아저씨 깨어나기 전에 그만 읽는 건데.'

그렇지만 다음 순간, 그 사이에 손님이 두어 사람 서점에 들어왔다가 나갔고, 나는 그 사실을 인지하면서도 책 속에 너무 빠져들어 모르는 것처럼 보이려고 일부러 고개도 들지 않았다는 사실이 기억에서 희미하게 되살아났다. 나는 그런 위장 잔꾀를 부린 것 자체가 부끄러웠다.

주인남자는 서가의 위쪽에 꽂힌 책을 꺼내릴 때 딛고 올라서는, 일인용 의자처럼 투박하게 생긴 목제 디딤대를 얼른 끌어다 내 곁에 놓으며 말했다.

"기왕이면 앉아서 봐."

그제야 다리가 몹시 뻐근하다는 느낌이 왔다. 너무 오래 서 있은 탓이었다. 시간이 얼마나 지났을까. 적어도 두어 시간은 족히 흘러갔을 것을 것 같았다.

나는 자신이 참 염치없고 뻔뻔하다고 생각했다. 얼굴이 확확 달아올라 책을 진열대의 제자리에 슬며시 도로 놨다. 주인남자가 앉을 자리까지 권하며 읽으라고 하는 과잉친절은 내 반응을 떠보겠다는 심산이거나 일종의 장난기일지도 모른다는 의구심을 떨쳐버릴 수 없었다. 그러나 그런 것이 아니었다.

"너 책 읽는 거 좋아하는가 보구나. 훌륭한 일이지. 괜찮으니까 편히 앉아서 마저 읽어도 돼."

주인남자는 그렇게 말하고 제자리로 돌아가버렸다. 계속 붙들고 말을 붙일수록 나를 곤란하게 만들어 오히려 쫓아내는 결과가 된다고 판단했으리라.

나는 어린 소견에도 주인남자의 갸륵한 마음씨를 깊이 새기며 디딤대에 엉덩이를 슬그머니 내려놨다. 그리고 방금 내려놓은 책을 집어 들었다.

'아저씨가 나중에 무슨 말을 하실지 몰라. 어쩌면 붙들어 놓고 청소를 시키지 않을까? 시키라지, 뭐. 그 정도야 해주면 되지.'

오히려 그 편이 떳떳할 것 같은 생각이 들었다.

나는 조금 전에 읽던 페이지를, 책장에 구김살이 지지 않도록 조심하면서 찾아 펼쳤다. 그리하여 금방 책 속으로, 곧이어 책과는 거의 상관없는 자신만의 무한한 환상의 세계로 다시금 빠져 들어갔다.


거인국에 표착한 내가 놀란 것은 대체로 두 가지 이유 때문이었다.

하나는 사람은 물론이려니와 눈에 보이는 형상물 전부가 엄청나게 크다는 사실이었다. 사람은 키가 하늘을 찌를 듯한데다 입이 대형 가마솥만하고, 밭에서 다 자란 보리는 높이가 10미터도 훨씬 더 됐으며, 개는 우리 세상의 말이나 소만한 몸집이었다. 이럴 정도면 다른 모든 것의 크기가 어느 정도인가는 구태여 가늠해 볼 필요조차 없었다.

그런 거인국에서 왜소하기 짝이 없는 존재인 나는 살아남기 위해 갖은 고난을 겪지 않으면 안 됐다. 송아지만한 쥐에게 먹히지 않으려고 결사적으로 싸워야 했고, 참새만한 파리 떼의 습격을 받아 음식을 죄다 빼앗기기도 했으며, 과수원에 들어갔다가 커다란 바윗덩이만한 사과가 가지에서 갑자기 떨어지는 바람에 압사할 뻔한 위기를 간신히 모면하기도 했다.

또 하나 놀라운 사실은 거인국 사람들이 어이없을 정도로 순박하고 단순하다는 점이었다.

나는 갖은 고난과 모험의 연속 끝에 어느덧 거인국 왕궁에 들어가 주위의 관심과 사랑을 독차지하는 신분이 돼서 그들 앞에 춤도 추고, 노래도 부르고, 저수지만한 대야 속에서 헤엄도 치며 그들을 즐겁게 해 환심을 샀다. 덕분에 동화에나 등장할 법한 나만의 근사한 집에서 호의호식하며 지극한 보살핌 속에 아무런 불편이나 불만이 없는 호화판 생활을 만끽할 수 있었다.

차츰 긴밀히 접촉하고 사귀며 대화를 거듭하는 동안, 거인들이 하나같이 머리가 아둔하고 생각이 단순하다는 사실을 알게 됐다. 감히 싸잡아 폄하한다면 덩치만 클 뿐인 얼간이 바보 멍청이들이었다.

'이런 상대라면 내가 얼마든지 기를 펴고 휘두를 수 있어.'나는 속으로 의기양양했다. '내 몸은 작아도 생각과 지혜는 너희들보다 월등 낫다는 사실을 인정하게 만들고 말 테야.'

어쩌면 교만에 가까운 그런 자부심과 자신감이 굳어진 것은, 첫째로 거인들의 셈 능력이 형편없음을 알고서였다. 그들은 10 이상의 숫자에 관해서는 거의 무지였다. 단순히 '많다'는 인식으로만 관련사항의 판단을 내릴 뿐 구체적으로 따지려고 들지 않았다.

내가 왕더러 학교에서 아이들에게 구구단을 가르치도록 하라고 권했을 때의 반응이 그 단적인 예라고 할 수 있었다.

"구구단이라니, 그게 무엇인고?"

왕은 의아한 듯 물었다.

"셈을 간단하게 하는 계산법이지요."

"계산법? 그런 것이 어째서 필요한고?"

"가령, 이런 경우죠. 임금님은 자신의 부하병사들이 몇 명이나 되는지 아세요?"

"그야 모르지. 상당히 많다는 것밖에."

"그 병사의 수효를 알기 위해 한 명 한 명씩 세려고 하면 얼마나 오랜 시간이 걸리겠어요. 그럴 땐 병사들을 앞뒤와 옆 여러 줄로 나란히 똑바르게 쭈욱 세워 놓고 구구단을 이용하면 훨씬 빠르고 정확하게 계산할 수 있답니다. 그게 구구단의 편리함이죠."

"무슨 소린지 모르겠구나. 과인의 병사가 많다는 것만 알면 되지, 왜 구 태여 몇 명인지 정확히 알아야 하는고? 과인은 전혀 필요성을 느끼지 않 아."

나는 기가 꽉 막혔다. 이번에는 다른 예를 들었다.

"그렇다면 백성들이 생산한 곡식의 양이 얼마인지는 정확히 계산해야 되지 않을까요? 그래야 모두들 더 부자가 되기 위해 더 열심히 농사를 지으 려 할 것이고, 임금님도 세금을 넉넉히 거둘 수 있을 테니 말예요."

"부질없는 소리! 백성들은 저마다 알아서 농사를 짓고, 저마다 알아서 세금을 바치고 있어. 그러면서도 지금까지 아무 문제없이 평화롭게 잘 살 아왔는데, 이제 와서 정확한 계산이니 구구단이니 하는 게 왜 필요해?"

나는 더 이상 대꾸할 말을 잃어버렸다.

'엉터리 머저리 같으니! 이런 사람이 왕이라고.'

그러나 속으로만 중얼거렸을 뿐이었다.

왕뿐만이 아니었다. 내로라하는 귀족들과 대신들도 식견과 생각이 짧기 는 마찬가지였다. 그들의 관심은 왕의 측근으로서 어떻게 하면 보다 맛있 는 것 많이 먹고 즐겁게 하루하루를 보내나 하는 데 온통 쏠려 있는 것 같 았다. 그러고도 별다른 문제가 없이 정치가 잘 돌아가고 나라가 평안한 것 은 거인들 모두 낙천적이고 멍청하기 때문이었다. 자기 신분과 직분대로, 가진 것 그대로 만족하면서 막연히 삶이란 이런 것이거니 인식하고 살아가 니 심각한 문제가 발생할 리 없었다.

나를 기가 차게 만든 또 한 가지는 거인들이 '비밀'과 '허위'를 구사함은 물론이고 그 개념조차 모른다는 점이었다. 그렇기 때문에 내가 일부러 몰 래 고약한 장난을 치거나 턱없는 거짓말을 해도 전혀 문제될 것이 없었다. 참으로 입이 딱 벌어질 노릇이었다.

거인들보다 지적으로 우월하다는 내 자긍심이 더욱 확고해진 것은 그들의 책을 접하면서였다. 언필칭 '왕립도서관'이라는 거창한 현판이 붙은 방 서가에 꽂혀 있는 서적들은 호화로운 장식에다 크기만 엄청났지 통틀어 겨우 수백 권에 불과했고, 과목도 도덕·역사·음악·수학 정도였다.

내 시중꾼의 도움을 받아 어렵사리 들여다본 그 내용 또한 유치하기 이를 데 없었다. 가령, 도덕책을 예로 들더라도 '사람은 서로 도우며 살아야 한다'든지, '내 것은 내 것, 남의 것은 남의 것이다'든지 '맛있는 것이 있으면 부모는 자식들한테 먼저 먹이고, 그 부모가 늙어 일을 못하면 자식이 당연히 돌봐야 한다' 등등, 도대체 말하나마나한 초보상식 수준의 내용을 나열한 것에 불과했다.

나는 너무나 시시한 내용을 들여다보다가 하도 어안이 벙벙해, 거인국 최고의 학자로 알려진 도서관장에게 물어봤다.

"여기 말고 다른 데도 책이 많이 있나요?"

"여러 군데 조금씩 있기야 있지. 그렇지만 여기 있는 책들만큼 내용이 구체적이고 탁월한 전문학설을 담고 있는 책은 없단다. 물론 본관은 이 책들의 내용을 훤히 꿰뚫고 있고. 으흠!"

"탁월한 전문학설이라고 하시지만, 제가 보기엔 그렇지도 않은 것 같은데요."

내가 자신도 모르게 픽 웃고 말대꾸하자, 거드름을 피우던 노인의 눈이 뚱그래졌다.

"거 무슨 소리야! 이 책들에 적혀 있는 지식과 지혜만 다 터득하고 써먹으면 사람이 살아가는 데 아무런 문제가 없거늘."

"천만에요. 이 책들 속에 있는 내용쯤은 우리나라에선 저 같은 초등학생들도 다 알 정도인걸요. 중학교·고등학교·대학교에 올라가면서 더 어렵고 복잡한 걸 공부하게 되지만. 하여튼 이 책들은 내용이 너무 간단한 것 같아요."

"네가 하나만 알고 둘은 모르는구나. 모든 사물의 인식에서 간단함만큼 좋은 것은 없느니라. 그것은 만고불변의 진리다. 거기에다 괜히 가지 붙이고 토를 단다고 본래의 성질이나 정신이 달라질까? 그런다고 인간생활이 더 편하고 행복해질까? 오히려 그럴수록 네 표현대로 더 어렵고 복잡해서 골치만 아파질 뿐일걸. 어떠냐?"

"그건 그렇지만……."

"저 꽃을 봐라."

도서관장은 창틀에 타올라와 있는 이상한 덩굴식물의 꽃송이를 불현듯 가리켰다.

커다란 쟁반보다 더 큰 그 하얀 꽃은 우리의 논담을 엿듣기라도 하려는 것처럼, 환한 볕살 아래 눈부시게 빛나며 도서실 안을 기웃이 들여다보고 있었다.

"저 꽃 어때? 예쁘지 않느냐?"

"예쁜데요."

"그래. 그러면 '예쁜 꽃이다'라고 하는 한 마디로 저 꽃의 설명이 충분하지 않아?"

"글쎄요."

"원, 녀석! '예쁜 꽃이다'에 너절한 형용사나 수식어를 덧붙이는 건 저 꽃에 대한 모독이고 진실에 대한 왜곡이니라. 한참 더 공부해야겠구나. 난 바쁘니 이만 나가봐."

거의 쫓겨 나오다시피 밖으로 나온 나는 기분이 매우 나빴다.

'쥐뿔도 아는 게 없는 엉터리학자 같으니!'

그러나 도서관장의 엉터리에 정곡을 찌르거나 코를 납작하게 해 줄 논리가 얼른 떠오르지 않았다. 내가 훨씬 똑똑하고 아는 것이 많은데, 의식구조가 단순한 상대에게 면박을 당하고 쫓겨났다는 사실이 불쾌하고 약올랐다.

'어쩌면 저 영감태기 주장이 일리 있는 것은 아닐까?'

문득 이런 질문을 자신에게 던진 순간, 갑자기 찬물세례를 받은 것처럼 전율이 밀려오면서 머릿속이 환해지는 느낌이 들었다. 그와 동시에 나 자신이 돌아봐졌다. 아기자기한 새장 같은 집 안에서 혼자 뒹굴뒹굴 주인노릇하며, 하루 한 번씩 울긋불긋 괴상한 차림새로 왕과 귀족들과 벼슬아치들 앞에 불려나가 재주인지 재롱인지를 피우며 그들을 웃기는 것이 현재의 내 모습이었다. 그것은 달리 말할 나위 없는 어릿광대며 장난감이었다. 날마다 끼니마다 맛있는 음식을 배터지게 먹지만, 그 맛에 정신없이 자신의 전부를 팔아먹고 있다는 깨달음이 뒤통수를 강타했다.

'이곳을 떠나야 해! 다시 세상으로, 집으로 돌아가야 해!'

나는 속으로 부르짖고, 나만의 환상세계에서 책 속의 세계로 얼른 건너뛰었다. 그런 다음, 거인국 왕 앞에 나아가 아픈 듯 짐짓 얼굴을 찡그리고는, 이미 은연중에 준비돼 있은, 사차원적 이동의 키워드라고 할 수 있는 대사를 간곡히 외웠다.

"임금님, 제 몸이 이상해요. 병들었나 봐요. 신선한 공기를 좀 마실 수 있도록 바닷가에 한번 보내주시면 안 될까요?"


책의 마지막 장을 덮고 고개를 들자, 눈앞이 아물거려 서가에 꽂힌 책들의 제목이 망막에 잘 잡히지 않았다. 머릿속이 떵하게 울리며, 기운이 죄다 빠져나가고 찌꺼기만 남은 듯 온몸이 찌뿌드드했다.

서점 안에는 어느덧 전깃불이 들어와 있고, 바깥에도 초저녁 어둠이 내린 가운데 가로등과 가게들의 쇼윈도 불빛과 주행하는 차들의 헤드라이트가 거리를 환하게 밝히고 있었다.

주인남자가 슬리퍼를 끌고 다가와 친근하게 웃으며 물었다.

"다 읽었냐?"

"네."

나는 얼굴이 화끈거려 고개도 못 들고 기어들어가는 소리로 대답하며 슬며시 일어났다. 다리가 후들거렸다. 태어나서 그토록 남한테 미안한 경우는 처음이었다.

"신통한 녀석이구나. 몇 학년이니?"

"육 학년요."

"날마다는 곤란하지만, 이따금씩은 들러 읽고 싶은 책 잠깐씩 봐도 괜찮아. 알았어?"

너무나 뜻밖의 제안에 어리둥절한 나는 미처 대답을 못 했다.

"왜, 싫어?"

"아뇨."

"그럼 가 봐. 늦었다."

주인남자는 내 까까머리를 흔들듯 쓰다듬어주고 돌아섰다.

나는 머뭇머뭇 주인남자의 뒤통수를 쳐다봤다. 이 대단한 호의에는 청소든 심부름이든 뭔가 대가성 요구가 따라야 정상이 아닌가 싶었기 때문이다. 내 기미를 눈치 챈 주인남자가 고개를 돌렸으므로, 제풀로 찔끔해진 나는 얼른 꾸뻑 절하고 서점을 빠져나왔다.

나는 미적지근한 바람이 쓸고 지나가는 저녁거리를 터벅터벅 걷기 시작했다. 마치 무슨 약에 취한 것처럼 정신이 어질어질하고 다리가 후들거렸다.

집에 가서 당할 꾸중이 조금 걱정되기도 했지만, 내 의식을 온통 지배하는 것은 말할 나위 없이 『걸리버 여행기』였다. 다만, 이제 '재미있었다'는 의미는 감흥의 본질에서 저만치 비켜나고, 나 나름의 냉철과 객관으로 그 소설을 마구 반추하고 있었다. 그런 대단한 이야기를 지어낸 작가가 세상에 존재한다는 사실 자체가 나에게는 기적과 같은 신선한 발견이었다. 그 작품과 작가가 내 앞에 나타난 것은 갑작스러운 우연이기보다 어떤 운명적인 계시가 아닐까 싶기도 했다.

　바로 그 순간이었다. 불현듯 감전된 것처럼 온몸이 바르르 떨리며, 내면의 저 깊은 곳에서 영혼의 어떤 외침소리가 아득히, 그러면서도 똑똑히 들려왔다. 어쩌면 너도, 네가 원하고 열심히 노력만 하면, 지금은 아니라도 훨씬 이후에 그런 작품을 쓸 수 있는 사람이 될 수 있을 거야, 하는.

# 죽음에 관한 명상

## -꿈, 그리고 환상 8

－전세계가 고령화라는 유례없는 대재앙의 소용돌이에 빠져 있다. '생명연장의 꿈'은 '부양인구 부족'이라는 부작용을 초래하고 있고, 각국은 이 문제로 국가체제 자체를 재구축해야 할 정도의 대수술을 필요로 하고 있다. 한국도 예외가 아니다. 우리 사회의 고령화 속도는 지난 50년간의 경제성장 속도와 거의 맞먹는다.

　－서울대 황우석 교수팀의 '배아줄기세포 연구'가 정부의 공식승인을 받았다. 이에 따라 배아줄기세포를 통한 알츠하이머, 파킨슨병 등 희귀한 난치성 질환의 치료제 개발을 위한 연구가 본격화될 것으로 전망된다.


"이러다간 세상이 노인천국 되겠잖아. 늙은이들은 죽지를 않고, 젊은것들은 출산을 기피하고……."

아침식사 후 차를 마시는 시간이다.

나는 안락의자에 앉아 모과차의 진한 향기를 음미하며, 탁자 건너편에 마주앉아 있는 아내더러 들으라고 툭 던진다.

한손으로 찻잔을 들고 상체를 비스듬히 수그린 채 탁자 위에 펼쳐져 있는 신문을 들여다보던 아내는 자기가 관심 있게 주목하는 기사를 내가 대뜸 간파한 바람에 흥미가 달아난 듯, 지면에서 시선을 떼고 똑바로 앉으며 말을 받는다.

"출산을 기피하는 건가, 뭐. 낳지를 못하는 거지. 요새 젊은 애들은 전자파를 너무 쐰 데다 나쁜 식생활 탓으로 임신이 되지를 않는다고 하잖아요."

이 말에는 은근한 자부심이 묻어 있는 것 같다. 아내는 평소 화제가 그런 쪽으로 흘러가면, 자기는 씨암탉처럼 아이들을 쑥쑥 잘 낳아줬으니 황감하게 여기라는 투로 곧잘 나한테 으스대는 버릇이 있다.

"생명연장이 도대체 뭐야. 모든 생물은 수명이 다하면 소멸하게 되는 게 자연의 법칙이고 섭리인데, 인간들은 왜 그걸 멋대로 왜곡하지 못해 안달이냐고. 죽을 때가 되면 당연히 죽어야지."

"아까운 세상 하루라도 더 오래 살고 싶은 건 인지상정인데, 뭘 그래요."

"글쎄, 그게 틀렸다는 거야. 몇 년쯤 더 산다고, 일흔 살 걸 일흔다섯까지 산다고 그 인생의 그림이 뭐가 달라지기라도 한데? 그런다고 아쉬움 없이 웃으며 눈감을 것 같아? 누가 뭐래도 난 생명과학을 더 이상 발달시키는 데 반대야. 현단계에서 스톱시켜야 해."

"그렇게 말하는 당신 자신은 어쩔 건데? 더 늙고 병들어도 병원에 안 가고 버티다가 그냥 죽을 거야? 그럴 자신 있어요?"

"적어도 난 타고난 수명을 고무줄처럼 늘이려고 아등바등하진 않을 거야. 그런 면에서는 초탈한 사람이 바로 나라고."

아내는 픽 웃지만, 내 말은 결코 허세가 아니다. 대개 아침이면 가벼운 운동을 하지만, 그것은 글쓰기 위주의 일상생활 컨디션을 유지함과 동시에 내 수명을 다 소비할 때까지는 잔병치레로 주변 사람을 불편하고 힘들게 하지 않았으면 하는 소망 때문일 뿐, 그 이상의 이유나 목적은 없다. 같은 맥락으로, 아프지도 않고 멀쩡하면서 녹혈이나 웅담을 일삼아 먹는다든지, 희귀종 야생동물을 삼계탕이나 로스구이처럼 해먹지 못해 게걸을 떠는 사람들을 딱하게 여긴다.

이처럼 생사문제에 관한 한 어지간히 달관의 경지에 도달했다고 자부하는 나도 '죽음'이라는 명제를 놓고 매우 심각한 고뇌에 빠진 적이 있었다. 어려서 조모상祖母喪을 당했을 때였다. 할아버지는 내가 태어나기도 전에 고인이 되셨기 때문에 얼굴모습도 전혀 모르지만, 할머니는 내가 아홉 살 됐을 때 세상을 떠나셨다.

할머니는 자그마한 몸매에 항상 옷차림이 단정하고 행동거지가 흐트러지지 않았으며, 큰 소리로 웃는다든지 목소리를 높인다든지 하는 적이 없으셨다. 한마디로 말해서 반듯하고 깔끔한 개성의 소유자였다.

그런 성격 탓이었을까, 할머니는 그다지 자상하거나 잔정이 많은 분이 아니었다. 손자를 보면 무조건 팔을 벌리고 엎어지는 대개의 노인네와 달리 좀처럼 자신의 자리에서 우리 곁으로 내려오는 법이 없었다. 오남매의 중간으로서 다른 동기들보다 할머니한테 각별히 우대 받을 까닭이 없었기도 하지만, 어쨌거나 나는 조손祖孫 간의 푸근한 사랑을 증명할 수 있는 추억거리를 하나도 가지고 있지 않다. 할머니는 언제 어떤 경우에도 집안의 가장 어른이었고, 내가 어머니한테 하듯이 떼쓰거나 어리광이라도 부리며 덥석 안길 수 없도록, 눈에 보이지는 않지만 분명히 존재한 어떤 벽 저 편에 앉아 계신 분이었던 것은 분명한 사실이다.

그런 할머니께서 나에게 가장 강렬한 인상을 남기신 것은 자신의 주검으로써였다. 별로 크게 편찮거나 오랫동안 자리에 눕지도 않았는데 어느 해 가을날 덜컥 세상을 떠나심으로써 '죽음'이라고 하는 인간의 영원한 테마를, 그 바윗덩이처럼 무거운 숙제를 나한테 불쑥 떠안긴 것이다.

나는 그 전까지만 해도 죽음에 대해서 심각하게 생각해 본 적이 없었고, 생각할 필요를 느끼지도 않았다. 마을에 초상이 나서 상여가 나가는 광경을 볼 때도 그냥 그런가 하는 정도였고, 유족들의 슬픔보다는 어쩌면 나한테도 작은 기회가 올 푸짐한 상가음식에 더 관심이 쏠리곤 했다.

그랬는데, 한 지붕 밑에서 항상 숨소리와 체취를 느끼며 함께 살아오던 가족이 사망한 것이다. 종전까지의 초상에서는 구경꾼에 불과했으나, 이번에는 내가 바로 당사자였다.

　아버지나 어머니, 또는 동기간의 돌연사였다면 당장의 충격과 슬픔은 더 컸을지언정 그 형벌 같은 번뇌에 시달리지는 않았을지도 모른다. 어쨌거나 할머니의 별세는 나에게 '누구든지 늙으면 죽게 된다'는 생명의 자연법칙을 확연히 일깨워준 일대사건이었다. 철이 들기도 전에 갑자기, 태어나서 처음으로 부닥친 '인생'의 문제였다. 그 선명한 충격은 야외에서 아무 대비 없이 장대소나기를 맞았을 때와 같다고나 할까.

　인생의 그 본질문제로 내 심각한 가슴앓이가 시작된 것은 장례식을 치른 뒤 집 안이 도로 조용해지고 할머니의 체취도 서서히 가실 만해서였다.

　사실 장례기간 동안은 떠들썩하고 번잡한 것이 흡사 잔칫집 같았으므로, 어린애가 차분한 사색의 기회를 갖는다는 것 자체가 사실상 불가능했다. 온통 그런 분위기에 자신도 모르게 휩쓸리다 보니, 개구쟁이 재종형의 꾐에 넘어가 난생 처음 막걸리를 마시고 취해서 아버지한테 귀싸대기를 얻어맞는 해프닝을 벌이기도 했다.

　아무튼 그런 어수선한 며칠이 지나 비로소 일상의 평정으로 돌아오자, 그제야 할머니의 존재가 새로운 실감으로 되살아나면서 그 공허한 빈자리가 내 가슴을 울렸다. 그것은 평소에 어느 정도나 할머니께서 나를 사랑하셨고 나도 따랐던가 하는 사실관계하고는 상관없는 문제였다.

　'사람은 어째서 죽어야 하는 걸까? 죽지 않고 영원히 사는 길은 없을까?' 나는 홀로 곰곰이 생각했다. '나도 이다음에 어른이 되고, 다시 할머니처럼 늙은이가 돼, 결국에는 죽게 되겠지. 아, 죽는 건 싫다! 생각만 해도 소름이 돋을 일이다. 그걸 피할 방법이 도저히 없는 걸까?'

　그 '죽음의 문제'는 내 머릿속에서 한시도 떠나지 않고 맴돌았으며, 가끔

씩 대책 없는 깊은 사색思索의 늪에 나를 끌어들임으로써 주위 상황을 완전히 망각하도록 만들곤 했다.

한 번은 뒷간에서 쭈그리고 앉아 마냥 골똘한 생각에 잠겼다가, 마침 마당에 깔린 멍석 위의 알곡을 쪼아 먹던 닭이 어머니한테 혼나서 나 쪽으로 갑자기 쫓겨 오는 바람에 깜짝 놀라 나자빠져 하마터면 진짜 큰일 날 뻔하기도 했다. 나는 또래들보다 체구가 작았고, 우리 집 뒷간 똥통은 터무니없이 크고 깊었기 때문이다.

그와 같은 사색에의 침잠沈潛은 꼭 조용한 분위기 속에서만으로 국한된 것이 아니었다. 어느 땐가는 우리 집 마루에 앉아 떠들썩하게 담소하던 여러 어른들이 볕살 환한 토방에 쭈그리고 앉아 오랫동안 골똘한 생각에 잠긴 나를 문득 주목하고는 의아해서 모두 웃음소리가 뚝 그친 적도 있었다. 어머니가 물으셨다.

"애가 넋이 나갔나. 뭘 그렇게 생각하니?"

내 입에서는 아무런 가식 없는 대답이 대뜸 튀어나왔다.

"늙어 죽는 게 싫어서."

그런 이후 한동안 나는 마을에서 작은 화제의 주인공이 되기도 했다.

나로서 가장 괴롭고 지긋지긋한 시간은 깊고 적막한 밤이었다.

잠자리에 누워 캄캄한 천장을 쳐다보고 있노라면, 기다렸다는 듯이 '죽음'이란 두 글자가 떠올라 내 머릿속을 마구 휘저었다. 그렇게 시달리는 동안 의식이 서서히 몽롱해지면서 방 전체가 마치 무중력 공간에 뜬 것처럼 움직이기 시작해 전후좌우와 상하로 흔들리거나 빙그르르 돌고, 급기야는 놀이공원의 롤러코스터처럼 빠른 속도로 어디론가 흘러갔다. 나는 조마조마하고 아찔해서 견디다 못해 얼굴을 찌푸리고 고개를 젓거나 몸을 뒤채곤 했다. 그러다가 어찌어찌 겨우 잠이 들어 괴로움에서 해방되지만, 정 견디기 힘든 경우에는 억지로 일어나 앉음으로써 그 정신분열적 환각상태를 털어버렸다. 그런 다음 도로 잠자리에 들면 또 같은 일이 되풀이됐다.

사후세계 탐구에 몰두하는 호사가들의 학설, 또는 의학적 판단으로 사망했다가 기적적으로 소생한 사람들의 특이한 증언에 의하면, 죽음에 이르는 길은 대개 아주 밝은 환상적인 터널 속을 무중력 상태에서 초고속으로 통과하는 과정이라고 한다. 그렇다면 내 경우는 어린 철학자의 명상으로 그 신비로운 영적靈的 현상을 이미 경험한 셈이라고나 할까. 어쨌거나 몹시 피곤해서 눕자마자 금방 잠드는 날을 제외하고는 거의 날마다 밤이면 그런 지겹고 고통스러우며 두렵기도 한 시간을 보내야만 했다.

아버지와 어머니는 아들이 의식세계가 조금은 특이한 녀석이라는 생각은 했을지 몰라도 그 정도일 줄은 모르고 계셨으리라. 나는 혼자만의 비밀로 하고 양친에게는 한 번도 고충을 호소하지도 도움을 청하지도 않았는데, 왜냐 하면 어떤 설명으로 이해시킬 수 있을지 막연할 뿐 아니라 어쩐지 부끄러웠기 때문이다.

내가 그 난감한 정신고통의 되풀이에서 가까스로 해방된 것은 이듬해 여름이었다.

그날따라 오전부터 한나절 반 동안이나 많은 비가 내렸고, 오후에 비는 그쳤으나 두껍게 깔린 먹구름 아래 대기는 축축하고 시간은 정지된 듯한 지겨운 하루였던 것으로 선명하게 기억하고 있다.

나는 그날 늦은 저녁밥을 먹고 나서 집을 나섰다. 아버지 심부름으로 담뱃가게에 다녀와야 했기 때문이다. 담뱃가게는 마을 중앙의 작은 들판 건너편에 있는 외딴집으로서 잡화점을 겸하고 있었는데, 우리 집에서 그 집으로 가자면 마을의 주요 통행로인 위뜸 고샅길과 바닷가 방죽길 외에도 또 하나 길이 있었다. 들판을 가로지르는 논틀길로서, 평소에 이용하는 발걸음들이 뜸한 편이었다.

그날 내가 하필이면 그 논틀길을 택했던 것은 이유가 단순했다. 이미 자랄 대로 다 자란 벼들이 양쪽에서 잎사귀를 길게 늘이고 있어 노폭이 좁을 뿐 아니라 비가 왔다는 사실이 마음에 걸리긴 해도, 그쪽이 가장 짧고 빠른 지름길이기 때문이었다.

예상대로 빗물 머금은 축축한 볏잎사귀들이 반바지 차림인 내 다리를 심술궂게 집적거리고, 떼지어 논 위에 떠 있던 모기며 하루살이들이 기다렸다는 듯이 달려들었다. 그렇지만 이미 들어선 길을 되돌아나가기가 뭣해 어슴푸레한 길바닥을 반 어림짐작으로 짚으며 곧장 나아갔다. 가까운 쪽 벼포기에서 잠을 청하던 메뚜기들이 내 기척에 놀라 어둠 속에서 톡톡 튀는가 하면, 길섶에 나와서 개골대던 개구리들은 울음을 뚝 그치며 물속으로 첨벙첨벙 뛰어들었다.

어린아이로서 어둠 속 인기척 하나 없는 들판 한가운데를 통과한다는 것은 어느 정도 용기가 필요한 노릇이련만, 나는 주위로부터 '간이 제 키보다 크다'는 소리를 들어온 데다 평소 익숙한 길이기에 무섭다는 생각이 전혀 들지 않았다.

그처럼 볏잎사귀와 모기와 하루살이의 등쌀에 신경을 쓰면서 들판의 거의 중앙에 이르렀을 때, 나는 자신도 모르게 우뚝 멈추고 말았다. 이삼십 미터 전방에 떠 있는 이상한 불덩이를 문득 발견했기 때문이다.

아니, 사실은 꼭 불이라고 단정할 수도 없었다. 알갱이가 먼지처럼 작으면서도 촘촘하게 밀집해 광휘가 훨씬 뚜렷한 그 노르스름한 빛의 덩이는 대체로 공처럼 둥글었고, 내가 껴안으면 한 아름 남짓할 정도의 크기였으며, 윤곽이 수시로 변형되면서 조금씩 움직였다.

처음에는 약간 놀랐지만, 아이다운 강렬한 호기심이 발동함에 따라 그 두려움은 햇살 받은 눈처럼 금방 사라졌다. 저게 뭐야. 반딧불일까. 그러나 어쩐지 반딧불 같지는 않았다.

'혹시 도깨비불은 아닐까? 쳇! 무슨 도깨비불. 세상에 도깨비가 어디 있

어.'

어쨌거나 무엇인지 확인해봐야겠다는 의지가 내 등을 떠밀었다.

나는 조심조심 그 불 가까이 다가가기 시작했다. 그러나 이상하게도 그것과 나의 거리는 단축되지 않았다. 처음의 가늠대로라면 충분히 확인할 수 있는 지점에 도달했을 것 같은데, 불은 여전히 그만한 거리와 높이를 유지한 채 나를 비웃듯 굼실굼실 움직이고 있었다.

'저게 도대체!' 나는 오기가 발동했다. '그래, 어디 해보자.'

어느덧 담배심부름은 까맣게 잊어버리고, 그 불을 따라잡는 데만 온 정신이 몰두됐다. 처음에는 논틀길을 통해서만 따라갔으나, 그래서는 접근이 용이하지 않다고 판단되자 아예 논둑으로 올라갔다. 좁은 논둑에서 발이 미끄러져 곤죽 같은 뻘에 빠지고, 고무신이 벗겨져 나가도 개의하지 않았다. 다 자란 벼포기들이 억센 손아귀로 사방에서 아프게 쥐어뜯으며 진로를 방해했지만 개의치 않고 오로지 불만 바라보며 기를 쓰고 헤쳐 나아갔다.

그런 나를, 불은 여전히 같은 거리를 유지한 채 달아나며 우롱하고 충동질했다.

─어서 따라와. 날 잡아봐. 뭘 그렇게 꾸무럭거리니?

그처럼 한참동안 달아나고 쫓아가고 하다 보니, 어느덧 불하고 나는 들판을 벗어나 있었다. 거기부터는 밭들이 누더기처럼 이어 펼쳐진 완만한 경사지였고, 그 위에는 소나무 숲을 방풍림防風林처럼 두른 마을 공동묘지가 널따란 공간을 차지하고 있었다.

불은 그 공동묘지 쪽으로 나를 꾀어갔고, 나는 그 사실을 인지하면서도 이제는 멈출 수가 없었다. 결코 오기 때문만은 아니었다. 이 유인과 추적에는 막연하지만 뭔가 부득이하고 불가항력인 어떤 당위성이 작용하고 있는 것 같다는 생각이 들었기 때문이다.

작년에 돌아가신 할머니가 불현듯 머리에 떠올랐다.

'그래, 저 불이 날 할머니 있는 데로 데려가는 거야. 할머니가 시킨 거야.'

그렇게 속으로 뇌자 어쩐지 머릿속이 개운해지며, 공동묘지를 의식하면서 가슴속에 안개처럼 깔리던 약간의 무서움도 금새 가셔버렸다. 할머니가 손자인 나를 당연히 해롭게 하실 리가 없다는 아전인수의 판단에 기인한 안도감이었다. 그래서 주저하지 않고 불을 뒤따라 밭틀길을 올라가기 시작했다.

나는 한참동안 숨을 헐떡이기까지 하며 올라가다가, 어느 순간 시야에서 불이 사라졌음을 문득 깨달았다. 걸음을 멈추고 주위를 둘러봤다. 그곳은 공동묘지 바로 앞이었고, 불은 여전히 눈에 띄지 않았다.

바로 이때, 난데없는 웬 음성이 들려왔다.

"뭘 그렇게 두리번거리는 게냐. 할미 여기 있다."

나는 그만 '아!'하고 탄성을 지르고 말았다. 틀림없는 할머니 음성이기 때문이었다.

소리가 난 쪽을 눈을 크게 뜨고 바라보자, 과연 어둠 속에 희끄무레한 모습의 할머니가 보였다. 공동묘지 초입의 너럭바위에 가만히 걸터앉아 계셨는데, 소복차림인 데다 머리마저 희끗희끗하던 생전과 달리 완전 백발이어서 마치 색조를 흑백만으로 단순화한 초상화 같았다.

"할머니!"

나는 반가움이 왈칵 치올라 달려가려고 했다. 그러나 보이지 않는 어떤 힘이 나를 제지하는 바람에 가까이 다가갈 수가 없었다.

"예까지 뭣하러 왔냐."

평소와 다름없는 그 차분한 말씨에, 나는 조금 서먹해졌다.

"할머닌 죽었잖아. 근데, 어떻게 살아났어?"

"할미는 죽은 게 아니란다."

"거짓말! 작년에 죽었잖아. 장사까지 지냈는걸."

"너희들이 생각하기엔 분명히 죽었지. 그래서 여기 묻혔고. 하지만, 죽어서 이승과 저승을 넘나들게 되면 산 거나 죽은 거나 하등 다를 게 없단다."

"어째서?"

"말해줘도 넌 어려서 잘 몰라. 어른이 돼봐야 비로소 깨달을 수 있고, 할미처럼 죽어봐야 확실히 알게 돼."

"싫어! 난 죽기 싫단 말야."

나는 어깨를 흔들며 부르짖었다. 그러면서도 문득, 내가 할머니를 어째서 이처럼 만나게 됐는지 곡절을 어렴풋이 알 것 같았다. 왠지 그런 느낌이 들었다.

"이 녀석아, 사람은 누구나 죽지, 죽기 싫어한다고 안 죽을 수 있다든?"

"그래도 하여튼 싫어. 할머니, 사람은 왜 꼭 죽어야 해?"

"그렇게 돼 있으니까 그렇지. 사람이 태어날 때 이미 하느님이 그렇게 정해 놨으니까. 어디 사람뿐이냐? 개도, 소도, 닭도…… 목숨이 있는 짐승은 다 마찬가지지."

"난 그게 싫단 말야. 어쨌든 난 죽는 거 싫어."

"맹랑한 녀석! 너 감나무의 감을 봐라. 부실한 건 익기도 전에 떨어지고, 실한 건 가을에 발갛게 익어 떨어지고, 어떻든지 간에 결국엔 저절로 떨어지잖아? 그 해 열린 건 그 해에 다 떨어져야만 이듬해에 또 새 열매가 주렁주렁 열리게 되지. 사람의 경우도 마찬가지 이치란다. 다들 죽기 싫다고 죽지 않는다면 어떻게 되겠어. 결국엔 세상이 온통 사람으로 꽉 찰 게 아니냐. 그러면 어떻게 되겠니? 삼천갑자三千甲子 동방삭東方朔이도 끝내 가서는 죽었느니라."

"그게 누군데?"

"옛날에 아주 오래 살았다고 알려진 사람이다. 갑자甲子 육십 년을 삼천 곱이나 살았다더라. 하지만 말짱 지어낸 이야기지, 그게 어디 말이나 되냐?"

역시 할머니한테서도 별다른 도움을 받을 수 없다는 실망감에 내 가슴은 갑갑하기 서글프기 그지없었다. 그러면서도 한편으로는 '할머니 말이 옳다'는 소리가 내 속의 어딘가에서 들려왔다.

내가 시무룩해서 서 있자, 할머니가 다시 말씀하셨다.

"아무튼 세상에는 천하없어도 사람의 힘과 재주로 안 되는 일이 있는 거다. 그러니까 그딴 쓰잘데없는 생각은 한시라도 빨리 털어버리는 게 상수야. 오로지 밥 잘 먹어 튼튼하게 자라고, 공부 열심히 하고, 부모 말 고분고분 잘 들으면 네 앞길이 저절로 훤하게 트여. 알겠냐? 나중에 어른이 돼서는 예쁜 색시 얻어 오순도순 너 같은 자식 낳게 될 거고, 그 자식들을 낙으로 삼고 어쩌든지 잘 키워 앞길을 열어주고자 애쓰다 보면 어느새 귀밑머리가 희끗희끗해진 자기 얼굴을 거울 속에서 보게 돼. 사람 한 평생은 길고도 짧단다. 그러니까 어떡하든지 올바르게 열심히 살아야 하느니라. 다시 말하건대, 죽고 사는 건 하느님 몫이니까 잊어버리고, 네 몫, 사람의 몫이나 제대로 다할 궁리나 하란 말이다. 이제 할미 말뜻을 조금은 알겠냐?"

할머니와의 대화는 좀 더 이어졌지만, 나는 거기에서 어떤 흡족스러운 결론도 위안도 결코 건질 수 없었다. 그나마 소득이라고 한다면, 내가 안고 있는 번뇌는 한시라도 빨리 초월하거나 망각해버리는 것이 상책이며, 당연히 그렇게 하려고 노력해야 한다는 깨달음이었다.

"늦었다. 이젠 가보거라."

할머니께서 말씀하셨다. 그래도 내가 미적거리자, 조금 단호하게 언성을 높이셨다.

"어서 내려가라니까."

바로 그 순간, 형언할 수 없는 공포감이 와락 엄습해왔다. 방금까지 다정한 관계의 존재로만 여겨지던 할머니가 갑자기 정나미 떨어지고 소름이 끼쳤다. 마치 정수리에 찬물을 뒤집어쓴 것 같은 느낌이었고, 귀가 멍해지도록 가슴이 급박하게 쿵쾅거렸다.

나는 후닥닥 몸을 돌려 정신없이 뛰어내려가기 시작했다. 밭틀길이고 밭이고 구분할 겨를이 없었다. 엎어지고 구르고 하면서도 아픈 줄도 몰랐다. 짐승이 울부짖는 듯한 소리가 정작 내 입에서 나오는 것인지 다른 누구의 것인지조차 분명하지 않았다.

심부름 보낸 아이가 돌아올 시간이 지났는데도 나타나지 않자, 집에서는 비로소 걱정하기 시작했다. 가겟집에 알아본 결과 아예 가지도 않은 사실이 밝혀졌다. 그래서 중간에 들렀을 만한 친구네에 일일이 찾아가 봤으나 역시 마찬가지 결과가 나옴에 따라, 집에서는 급기야 소동이 벌어지고 말았다.

애를 태우던 가족들이 나를 본 것은 그리고도 거의 두 시간 가까이 지나서였다. 그렇지만, 걱정이 가신 대신 이번에는 비명을 질러야 했다. 온통다치고 깨져 피를 흘리는 데다 흙탕에서 뒹굴다가 나온 것 같은 처참한 몰골인 채 비틀거리며 유령처럼 대문간에 나타났기 때문이다. 더구나 얼이 빠지기라도 한 듯, 묻는 말에 제대로 대답도 못함으로써 가족들의 충격과 놀라움은 극에 달했다.

파김치처럼 된 나는 꼼짝도 못하고 자리에 누워 있어야 했다. 고열로 땀이 비 오듯 했고, 잠인지 의식불명인지 분간이 안 되는 상태로 신음과 헛소리를 반복해 가족들의 애간장을 태웠다.

내가 겨우 자리를 털고 일어난 것은 사나흘이 지나서였다.

아버지와 어머니께서 번갈아가며 어떻게 된 영문인지 물었지만, 나는 기억나지 않는다고 무조건 고개를 저었다. 같은 질문이 몇 번이나 반복돼도 내 대답은 시종일관 똑같았고, 종래에는 바락 소가지를 부림으로써 추궁을 차단하는 데 성공했다. 두 분이 마침내 손을 드신 것이다. 그 대신 무당을 집에 초빙해 액을 때우는 고사를 지내셨다.

"아니, 얘가 글쎄…… 당신은 어때 보여요? 괜찮을 거 같아?"

"지금 봐서는 그렇잖아? 정신상태도 멀쩡한 것 같고."

"도대체 어디서 어쩌다 그 꼴이 됐던 걸까? 정말이지 궁금해 미치겠네."

"관둬. 어쨌든 그나마도 천만다행이지 뭐야. 조상님이 도우신 게지."

나는 양친이 내 머리맡에서 소곤거리는 소리를 곤히 자는 척하며 듣고 있었다. 그리고 그날 밤에 겪었던 일을 곰곰이 생각해 봤다. 어디로 어떻게 해서 집에 돌아왔는지는 나 자신도 정말 알 수 없었으나, 그 전반부는 기억이 생생했다. 들판의 논 위에 떠 있던 노란 불덩어리며, 그 불을 따라 공동묘지로 올라간 것이며, 할머니를 만나 대화한 내용까지.

'할머니가 그 이상한 불로 날 꾀어서 불러갔던 거야.' 나는 속으로 그렇게 결론을 내렸다. '내가 죽기 싫어하는 줄 알고는 깨우쳐주고 달래려고 그랬던 거야. 정말이야.'

어쨌든 그 사건은 나로서는 평생 동안 잊으려야 잊을 수 없는 경험이었고, 가만히 생각해보면 그로 말미암은 정신적 영향 또한 작지 않았던 것이 사실이다.

나는 그날 밤의 일을 아무한테도 털어놓지 않았다. 정신 나간 소리 아니면 뻔한 거짓말로 매도당할 게 싫기도 했지만, 어쩐지 나 혼자만의 비밀로 간직해야 할 귀중한 가치가 있는 것 같아서였다.


무엇보다도 중요한 사실은, 그 이후부터 죽음에 대한 내 사고思考의 색깔에 차츰 변화가 일어났다는 것이다. 여러 가지 새로운 변화의 반복이 아니라, 이를테면 한 점 화석化石으로 완성되기 위해 나뭇잎 한 장이 땅속에 묻혀 고정된 상태에서 지온地溫과 습기와 세월에 의해 변질돼 가는 것과 흡사하다고나 할까.

어쨌든 나는 죽음이란 문제의 해답을 찾기 위해 그전처럼 골똘히 사색의 늪에 빠지는 일이 없게 됐고, 밤에 잠자리에 들어서도 그 지긋지긋한 환각에 시달리지 않았다. 그날 밤 사건 이후 칼로 두부모 자르듯 갑자기 그렇게 된 것이 아니라, 어느 정도 기간을 두고 서서히 그 질곡으로부터 해방됐다고 하는 편이 정확할 것이다. 실로 다행이 아닐 수 없다.

남녀 불문하고 사람들은 대개 이십대에서 삼십대로, 삼십대에서 사십대로, 사십대에서 오십대로, 이처럼 자기 인생의 연대가 바뀔 때마다 심리상태가 불안정해져 몹시 흔들린다고 한다. 젊어서는 성취에 대한 강박관념 때문에, 나이가 들어서는 죽을 날이 점점 다가온다는 두려움과 허무 때문에.

그러나 나는 스스로 이상하게 여겨질 정도로 그 점에서는 초연하게 이 나이까지 걸어왔다. 한 번도 그런 문제로 심각한 고민에 빠진 적이 없었다. 가령, 마흔 두 살에서 마흔 세 살이 되는 것이나, 쉰아홉 살에서 예순 살이 되는 것이나 마찬가지라는 이야기다. 이건 사실이다.

나 자신과의 관계에서만 그런 것이 아니다. 내 심장의 붉은 피와는 별개인 차가운 이지理智는 언제 누구의 어떤 주검을 대하든 그것을 하나의 '사실적 현실'로써 담담히 받아들이도록 훈련이 돼있다.

아주 오래 전 어머니가 긴 병환 끝에 돌아가시던 날 밤, 혼자 옆에서 자다가 저승사자를 보는 꿈을 꾸고 한밤중에 문득 깨어난 나는 노인네가 간헐적인 호흡 끝에 기어이 숨을 꼴딱 놓으시는 모습을 차분히 가라앉은 마음으로 줄곧 조용히 지켜보고 있었다. 아내가 아이들과 함께 옆방에서 자고 있었지만 깨우지도 않았다. 그렇게 임종을 지켜보고 자세를 반듯하게 해드린 다음, 불까지 끄고는 옆에 도로 누웠다. 장례준비를 해도 어차피 날이 새어야만 가능한 일이라고 판단됐기 때문이다. 물론 잠이 올 리가 없으므로, 이따금 일어나 전등을 켜고는 오랜 병고의 고통에서 완전히 해방됨으로써 신기할 정도로 잔주름도 없이 매끈하게 펴진 싸늘한 얼굴을 쓰다듬곤 했다.

아침이 돼서 비로소 사정을 알게 된 아내는 놀라기보다 소름이 돋는 것을 억지로 참는다고 할까, 십여 년이나 같이 산 남자에게서 아직도 몰랐던 부분을 발견한 경이로움이라고 할까, 그런 기묘한 눈길로 나를 쳐다봤다.

그리고 또 한 번, 병원에서 변사체를 부검하는 현장을 경찰의 특별한 호의로 견학하는 기회가 있었는데, 마치 죽은 소나 돼지의 배를 칼로 따고 머리를 톱으로 썰어 내장과 뇌를 꺼내는 것과 다름없는 그 잔혹한 장면을, 나는 육질이 부패해 갈 때 풍기는 특유한 야릇한 악취까지 잘 견디며 끝까지 지켜볼 수 있었다. 동행했던 형사 하나가 마침내 견디지 못하고 중간에 손으로 입을 틀어막으며 뛰쳐나갈 정도였는데도.

진실로 바라건대, 마지막 날까지 부디 이대로 나만의, 나다운 기품 잃지 않고 추한 모습 보이지 않은 채 내 인생의 마침표를 찍을 수 있게 되기를.

이와 같은 소망이 이루어진다면, 그것은 유년의 그 어느 날 신비한 경험으로 인생의 난해한 해답을, 적어도 그 소중한 열쇠 하나를 얻은 데서 비롯된 것이라고 해도 틀리지는 않으리라. 아무쪼록 우아하게 죽는 지혜를 구하고 실천하리라.

# 스틸라이프

## −꿈, 그리고 환상 9

*사람들 사이에 섬이 있다*
*그 섬에 가고 싶다*
*ㅡ지하철 스크린도어인가 어디서 읽은 시ㅡ*


나는 어디론가 멀리 왔다가는 되돌아갈 길이나 차편을 몰라서 늘 곤경에 처하곤 했다. 누구한테 조언을 구해 가르침을 받아 선택한 길도 가다보면 엉터리로 판명되고, 스스로 어림짐작한 방향으로 고생고생하며 가 봐도 결국은 마찬가지였다. 여러 사람과 단체여행을 갔다가도 어찌어찌 하다 보면 나만 외돌토리로 떨어져 영락없이 똑같은 꼬락서니가 됐다.

'아, 난 항상 왜 이 모양인가. 지난번에도 낭패를 보고선 또.'

마음속으로 자신을 질책하며 절망과 비감에 젖곤 했다.

이것이 내가 선명한 의식으로 뚜렷이 되살릴 수 있는 꿈, 두 가지 중에 하나 꼴의 그림이다. 문제는 이런 고약하고 싫은 꿈이 일시적 현상이 아니고 오랜 다반사라는 사실이다. 참 희한하게도 어떨 때는 여러 날 후에 똑같은 꿈을 다시 꾸기도 하며, 심한 경우 세 번까지 반복한 경우도 있다.


꿈 하나.

하늘빛이 우중충한 날, 나는 어느 시골 읍내 같은 곳에 왔다가 집에 돌아가려고 버스정류장에 서있었다.

널따란 도로는 포장이 전혀 안 돼서, 지나가는 트럭이나 버스 뒤에 누런 흙먼지가 구름처럼 뭉게뭉게 일어났다.

고생 덜하고 무사히 집에 돌아가려면 주머니사정에 무리가 되더라도 택시를 타는 것이 첩경이지만, 가뭄에 콩 나듯 아주 드문드문 나타나는 택시는 내가 가야 한다고 생각하는 방향과 반대편으로만 달릴 뿐 아니라 이미 손님이 타고 있었다.

대중교통 이용이 부득이하다는 판단에 버스를 타려고 하지만, '서울행'이라고 딱 알아먹을 수 있는 행선표시가 된 차는 눈에 안 띄었다. 아니, 행선표시 자체가 어느 차에도 없었다.

정류장에 웅성거리던 사람들은 차례차례 버스가 들어오면 서둘러 타고 떠나건만, 아무리 눈을 크게 떠서 바장이고 기웃거리며 골라잡으려 애써도 서울로 나를 데려다줄 버스를 정확히 가려잡을 재간이 없었다.

나는 할 수 없이 복덕방 비슷한 곳에 들어가 도움을 얻기로 했다.

초년노인인 퉁퉁하고 인상 좋은 남자가 나를 상대하고, 잠시 후 같은 연배 여자가 나타나는데, 알고 보니 부부였다.

나를 도와주게 할 요량인 듯 남자가 아들을 찾자, 아들이 어딘가 밖에 나갔다고 여자가 대답했다.

"전화 어딨어?"

"저기 있잖아요."

여자가 바깥에 걸린 가로줄을 가리켰다. 사각 화분 같은 구조물 위에 줄이 걸쳐져 있고, 거기 걸린 잡동사니들 중에 핸드폰도 있었다.

남자가 핸드폰으로 통화를 시도하다가는 안 되겠다는 듯, 나더러 그냥 아무 버스나 타고 한참 가다가 환승하라고 했다. 서울로 단번에 바로 가는 차편은 없다는 것이다.

여자가 무슨 부적처럼 생긴 커다란 교통카드를 꺼내기에, 나는 얼른 두 장을 요구했다.

"고마워서 다음에 찾아와 보답하려면 한 장이 더 있어야 하겠거든요."

내 말에 부부는 웃었고, 여자가 카드 두 장을 내밀었다.

나는 그냥 받을까 하다가, 순간적 양심의 발동으로 물어봤다.

"얼마죠?"

"만 원만 주지 그래."

이 말을 듣는 순간, 기분이 확 잡쳐버렸다. 가장된 선의에 어리석게 제 풀로 넘어간 배신감, 게다가 만 원이면 대중교통 요금으로는 거리감각에 의지해 어림잡더라도 서울까지 가고도 남을 금액이기 때문이었다.

그래도 아무런 내색 없이 호주머니 속 지갑을 꺼내 만 원짜리 한 장을 뽑아 주고 교통카드 두 장을 받아, 마침 들이닥친 허름한 버스에 얼른 올라탔다.

차 속의 손님들은 누가 타거나말거나 아랑곳없다는 듯 모두 차창 쪽으로 외면하고 있었다. 이상하게도 마치 좀비영화 등장인물처럼 인상이 약간 비정상적인 듯하고 차림새도 대체로 허름한 주제꼴들이었다.

자리가 듬성듬성 비었지만, 나는 일부러 훨씬 뒤쪽에 가서 앉았다. 그러자 중앙통로 반대편 옆자리와 뒤에 앉았던 사람들이 하나 둘 슬그머니 일어나더니 앞쪽 빈자리로 가서 앉지 않는가.

'그래, 저들이 지금 날 피하는 거야. 왜? 왜?'

야속하다기보다는 아릿한 비감이 가슴속에 잔물결처럼 밀려왔다.

내가 그러거나 말거나 차는 덜컹거리며 천천히 내달렸다.


바깥에서 들려오는 자동차소리에 잠이 깼다. 찌뿌듯한 몸이 땀에 후줄근하다.

벽시계를 올려다본다. 8시 5분전.

아차구나 싶어 벌떡 일어나 출근을 서두른다. 조반은 어젯밤 먹다 남은 피자 조각과 우유 한 컵으로 허겁지겁 때운다.

오늘 같은 경우, 내가 사는 아파트단지 바로 근처에 지하철역이 있어서 얼마나 다행스러운가. 부부싸움, 아이들 장난, 화장실 물 내리는 소리 등, 위층에서 시도 때도 없이 들려오는 소위 '층간소음'에 참다 참다 못해 귀마개를 사다놓고 끼었다 뺐다 반복해야 하는 아파트살이 자체야 진저리나지만, 도시생활의 절대조건인 교통접근성 하나면 그 불리조건을 상쇄해주기에 충분하지 않은가. 집에서 출발, 지하철 탑승, 회사 도착, 업무활동, 그리고 나서 퇴근, 지하철 탑승, 하차, 집에 도착. 그제도 어제도 오늘 같고, 내일도 모레도 오늘 같을, 마치 판으로 찍은 것이나 다름없는 나의 일상. 좋고 싫고는 문제가 아니다. 그냥 이렇게 사는 거야. 살 수밖에 없지 않아. 살면 되는 거야.

발 디딜 틈이 없을 지경으로 바짝 밀착돼 압박하는, 그러면서도 나랑 손톱만큼도 아무런 연관이 없는 타인, 타인, 타인들. 귀에 이어폰 꽂고, 시선을 어디로 보내야 좋을지 몰라 그냥 멍청하게 눈을 끔벅거리며, 더러는 일부러 아예 감아버린 얼굴, 얼굴, 얼굴들. 이 무리 속에 누구도 못 알아보는 한 개체로 그냥 섞여 몸을 맡긴 채 흔들리며 가고 있다는 비밀스런 존재감이 내게 기묘한 만족과 편안을 선사한다.

9시 출근 정각을 이삼 분 넘기고 간신히 사무실에 발을 들여놔 소리 없는 잰걸음으로 자리를 찾아간 나는 속으로 '아니?'하며 놀라고 만다. 작은 노랑장미 한 송이가 투명 유리컵에 담겨 내 책상 위 한가운데 얌전히 놓여 있지 않은가.

자신도 모르게 주위를 둘러보지만, 각자의 칸막이 속에서 벌써 업무에 여념이 없는 직원들은 누구도 나랑 시선을 마주쳐주지 않는다. 어쩐지 다들 일부러 시치미 떼고 외면하는 분위기 같기도 해서 제풀에 졸아든다.

가능한 한 남의 눈에 덜 띌 위치로 컵을 옮겨놓고, 어제 보다가 만 독일어판 사회과학분야 원서를 다시 펼치는 것으로 업무를 시작한다. 그렇지만 일에 집중이 될 리가 없다. 3분의 2쯤 물이 담긴 컵의 꽃이 내 시선을 자꾸만 끌어당기기 때문이다.

누가 이걸 갖다놨을까? 당연히 여자동료일 텐데, 짐작이 갈 만한 얼굴을 두세 명 떠올려봤지만 이건 아니다 싶다. 아무리 생각해도 그녀들과 꽃과 나를 이어줄만한 연결고리가 안 떠오른다.

그렇다면 대체 뭐야. 단순히 아주 가벼운 호감의 표시? 일말의 동정심이 살짝 발려진 것이라면 백번 사양하겠다. 아니면 내 서투른 반응이 어떨지를 훔쳐보려는 짓궂은 장난기? 그렇다면 이건 너무 심하지 않나.

불현듯 오기가 슬며시 고개를 쳐드는 한편으로, 그동안 자신이 다른 동료들처럼 자연스럽게 서로 어울리는 처신을 제대로 못 보여줬다는 자격지심이 나를 주눅 들게 한다.

"아니, 웬 장미꽃?"

문득 뒤에서 들려온 목소리, 사장이다.

"신 차장 책상에다 이 예쁜 장미꽃을 사알짝 갖다논 사람이 누구지?"

평소 습관적으로 말에 조심성 없는 사장의 이 조크에 조용하던 사무실 분위기가 조금 흐트러지며, 은밀한 웃음소리와 수군거림이 내 목을 자라목으로 만든다.

"그거 어떻게 됐소?"

"아직 검토하는 중입니다."

"내용이 어떨까?"

"괜찮지 않을까 싶은데요. 빨리 끝내 보고드리겠습니다."

"서두르쇼."

사장이 자리를 뜨고 나는 업무로 돌아오지만, 꼬부랑글자가 눈에 제대로 들어올 리 없다. 꽃을 컵째 휴지통 속에 구겨박고 싶지만, 내 몸속의 또 하나 다른 어떤 의지가 완강히 막는다.

컴퓨터를 켜 인터넷에 살짝 들어가서 노랑장미의 꽃말을 찾아본다. 우정, 또는 아름다움. 어정쩡하고 추상적인 해석이다. 아니, 이 난데없이 불쑥 나타난 꽃 한 송이가 정작 나한테 해주고 싶어 하는 이야기가 도대체 뭐란 말인가?

업무집중이 안 되는 바람에 원서 검토가 겨우 끝난 것은 점심시간이 거의 임박해서다. 바삐 사장실에 들어간다. 번역출판과 사업가능성에 관한 설명과 검토 협의. 승인재가.

이제부터가 내 직무의 본격시작이지만, 곧 이은 점심시간이 나한테 마음의 공간휴식 한 땀을 제공한다.

직원들은 삼삼오오 무리지어 사무실을 빠져나가지만, 나는 사소한 구실로 맨 마지막까지 남아 어정거리는 척하다가 혼자 밖으로 나선다. 삼겹살이니, 매운탕이니, 무슨 찌개니 하는 판에 찍은 듯한 점심 메뉴 어느 것이 특별히 입맛에 물리고 물리지 않고가 문제 아니라, 동아리어울림 그 자체가 싫다. 아니, 꼭 싫다기보다는 분위기에 동화되지가 않고 굳이 동화되고 싶지도 않아 스스로 피할 뿐이다.

회사에서 가급적 멀리 떨어진, 사무실 동료들을 마주칠 가능성이 희박한 작은 식당골목까지 일부러 걸어가서 설렁탕 한 그릇으로 허기를 메운다. 그러고 나서 되돌아오면 점심시간 한 시간이 과부족 없이 채워져 안성맞춤이다.

오후근무시간에는 일에 성실히 집중하는 타입인 평소의 내 모습으로 비로소 돌아와, 번역작업이 어느 정도 탄력을 받는다.

이윽고 일과종료시각이다. 평소처럼 무딘 칼날같이 퇴근 준비를 주섬주섬하는데, 노랑장미가 내 시선을 또 끌어당기며 말을 걸어온다.

'날 버리지 않을 거죠? 제발 그러지 마세요. 그건 어리석은 못난이 짓이에요. 더 웃음거리만 될걸요?'

나는 노랑장미를 꼭 어찌할 작정도 아니었거니와, 하여튼 그 충고를 일단 받아들이기로 한다.

'알았어. 유예할게.'

회사를 빠져나와, 불빛과 사람들과 차들이 뒤엉킨 도시의 어두운 동영상에 '나'라는 점 하나를 찍는다. 러시아워의 불안정하고 어지러운 그림 속에 흡수돼 자취를 잃어버린 나는 이미 개체가 아니다.

아침처럼 콩나물시루 같은 지하철을 또 탄다.

이윽고 우리 아파트단지 역에 도착해, 일단 상가 슈퍼마켓에 들른다. 잠시 후 슈퍼마켓에서 나왔을 때는 식사대용이 억지로 될 만한 이것저것 군것질감과, 여섯 개들이 캔맥주 두 포장이 담긴 비닐주머니의 중량감이 내 오른쪽 어깨를 약간 처지게 만든다.

집에 들어와 샤워를 한 다음, 사온 것을 탁자에 죄다 펴놓고 소파에 반쯤 드러눕듯 비스듬한 자세로 편히 앉아 입에 즐거움을 제공하면서 리모컨으로 벽걸이 텔레비전을 켠다.

나로선 하루 중에 가장 평온하고 행복한 시간이다. 어젯밤 시청의 마지막인 영화 채널에서 뉴스 채널로 바꾼다.

남자 앵커가 말한다.

―요즘 늦은 결혼과 독신세대 증가가 큰 사회문제로 떠오르고 있습니다. 통계청 조사에 의하면……

'흥, 미친 자식! 그것도 뉴스거리야?'

입속으로 괜히 투덜거린 다음, 중간시간대여서 눈여겨보고 들을 만한 뉴스거리는 이미 지나갔다는 사실을 깨닫고 다큐멘터리 채널로 바꾼다.

아프리카 초원을 무대로 한, 동물들의 약육강식을 끔찍할 정도로 적나라하게 보여주는, 조금 식상하긴 해도 그런대로 눈요기가 되기에는 충분한 그림을 한참 바라본다. 화면 속의 포식동물처럼 계속 우물우물 씹으면서.

어느 순간, 탁자 위 핸드폰이 울린다.

기다려야 할 중요한 연락전화도, 이 시간에 딱히 전화를 걸어줄 대상이 있지도 않으면서 상체를 곧추세우고 핸드폰을 집어 드는 내 손길이 스스로도 조금 빠르다고 느껴진다.

"네에?"

─아, 안녕하세요? 좀 늦은 시간이라 죄송한데요, 여긴 평택에 있는 신축아파트 분양사무실입니다.

매우 상냥하고 또랑또랑한 여자목소리다.

전화를 금방 끊을까 하다가, 그 음성에 매혹돼 나도 모르게 엉뚱한 말이 튀어나온다.

"그런데요?"

─아, 네. 이번 저희회사가 친환경적 최신공법으로 신축한 아파트를 성황리에 분양하고 있는데요, 주거환경이 쾌적할 뿐 아니라 투자가치도 매우 양호하다는 평가분석입니다. 그래서 선생님께도 좋은 기회를 드리고 싶어요.

"난 여기 서울인데, 평택이면 거리가 너무 멀군요.

─실례지만, 직장 다니세요?

"그렇소.

─아, 여기서도 서울까지 출퇴근하시는 분들이 얼마나 많은데요? 전철로 기껏 한 시간 반밖에 걸리지 않습니다.

"기껏이라니, 왕복이면 세 시간, 하루의 8분의 1이나 되잖소.

—어머, 선생님. 서울시내에서도 출근이나 퇴근 때 길에서 한 시간 정도 막히는 건 보통일 텐데요? 그에 비하면…….

　"하여튼 난 아무래도 거기 대상이 안 될 거 같은데요. 미안합니다."

　일방적으로 통화를 끝내고 텔레비전 화면에 다시 집중한다. 그러면서도 상대방이 우롱당했다는 앙심에 또 짓궂게 전화를 걸어와 이러쿵저러쿵 물고 늘어지면 어쩌나, 조금 불안해진다. 하지만 다행히도 전화벨은 다시 울리지 않는다. 안심이다.

　그래도 상냥하고 또랑또랑한 음성의 여운이 한동안 의식의 언저리에서 지워지지 않는다.


　꿈 둘.

　시골 어느 갈랫길에서 우리 일행은 멈췄다.

　오른쪽이라고 내가 말했으나, 다른 사람들은 들은 척도 않고 모두 왼쪽 길로 우르르 가버렸다.

　'내가 틀렸을까?'

　이런 의문에도 불구하고 나는 고집스럽게 오른쪽 길을 택했다.

　과연, 조금 가니까 기억에 남아 있는 역전 풍경이 눈앞에 나타났다. 꼭 역 앞이라고 할 것도 없었다. 좁은 골목 안쪽의 작은 공간 같다고나 할까. 하지만 분명 기억속의 역 앞 우중충한 거리풍경인 것만은 분명했다.

　거기가 '이릉역'이었다. 왜 이릉역인지는 모르겠으나, 인왕산 너머쯤으로 짐작되는 그곳 역 이름이 이릉역인 것만은 틀림없을 것 같았다. 아니, 틀림없었다. 이 '틀림없다'는 확신은 그냥 확신이 아니라 지난날의 어떤 반복경험에 근거한 것임을, 나는 꿈속에서도 분명히 알 수 있었다.

　하지만 매표구 앞은 썰렁하니 비어 있었다. 나하고 헤어진 일행들의 모습이 하나도 보이지 않음은 물론이었다.

'너무 늦었구나!'

이런 생각을 하면서도 무조건 개찰구를 통과해 안으로 들어가자, 선로 공사가 한창인 플랫폼 풍경이 나를 맞이했다. 잡다한 물품들이 무질서하게 여기저기 쌓여 있고, 인부들이 시간 때우기처럼 어슬렁어슬렁 움직이며 작업을 하고 있었다.

인부 한 사람이 나를 보고 어쩐 일이냐고 물었다.

"서울에 가려고요. 막차가 있을까요?"

나는 상황을 뻔히 알면서도 짐짓 그렇게 대답하고, 또한 물었다.

남자가 비웃듯이 말했다.

"아니, 지금 시간에 막차가 어딨소."

"그럼 어쩌죠?"

"어쩌긴, 그걸 내가 어떻게 알아."

남자의 대꾸는 퉁명스러웠다.

문득 내 눈에 선로작업용 핸드카가 들어왔다. 옳다구나 싶었다.

나는 시치미 떼고 슬금슬금 그쪽으로 가서 잽싸게 핸드카에 올라타 달아나기 시작했다. 뒤에서 뭐라고 고함소리가 터졌으나 들은 척도 않고, 잠수선 공기압력 펌프기 같은, 고정된 기둥에 장착된 손잡이를 위아래로 바쁘게 작동시켰다.

핸드카는 시원하게 바람을 가르며 레일 위를 잘도 달렸다. 물이 발목을 적시는 강 가장자리를 스치기도 하고, 굽이굽이 계곡을 롤러코스터처럼 위태위태하게 통과하기도 했다.

아, 이렇게 재미나고 신날 수가 있담! 어딘가로 질주한다는 게 이토록 짜릿하고 기분 좋은 일일 줄이야! 목적지가 꼭 내 집이든 아니든 무슨 상관인가. 그게 뭐가 중요하다고. 아, 상쾌 통쾌! 상쾌 통쾌!

그렇지 그래, 나의 사랑하는, 소중한 스틸라이프.

사람과 사람
사이에는
섬이 없다

그 섬을 찾아서 가고 싶다

# 고사나목과 광진역

## -꿈, 그리고 환상 10

*꿈은 불만족에서 비롯된다*
*만족한 사람은 꿈을 꾸지 않는다/앙리 M. 몽테를랑*


어딘가로 이사를 가서 집들이 자축연을 연다는 S네 집에 내가 도착한 것은 조금 늦어서였다.

그러나 이 경우 '늦음'의 정의正意는 사실상 좀 애매모호하다. 연회가 몇 시 몇 분에 시작된다는 분명한 전제前提가 없기 때문이다. 아니, 이 '전제가 없다'는 단정 또한 애매모호하기는 마찬가지다. 왜냐 하면 이 전체적 상황 자체가 현실이 아니고 꿈이기 때문에.

어쨌거나 S네 집 문을 열고 실내에 들어서자, 매우 난감한 그림이 나를 기다리고 있었다.

문 쪽에서 정면으로 기다랗게 배치된 장방형 테이블 위에는 이미 음식이 차려져 있고, 좌우 의자들은 손님이 모두 하나씩 차지해서 빈자리가 없었다. 남자도 있고, 여자도 있었다. 내가 아는 사람도 있고, 모르는 사람도 있었다. 오른쪽 자리 사람들은 왼쪽으로, 왼쪽 자리 사람들은 오른쪽으로 고개를 틀어, 늦게 나타난 나를 모두 쳐다봤다. 유령처럼 무표정한 시선들, 말을 건네는 사람도 없었다.

개회인사를 하려던 참인가보는 호스트 S와 내가 기다란 좌석을 가운데 두고 마주선 꼴이 됐다.

"미안하지만, 자넨 좀 가주는 게 좋겠어."

그렇잖아도 면구스럽고 창피한 나를 보고 S가 한 첫말이었다.

"뭐라고?"

"보다시피 자리가 없잖아."

너무나 뜻밖이라 어안이 벙벙해 할 말을 잃은 나한테 S가 결정타를 날렸다.

"자네는 초대받지도 않았잖아."

"야! 너 나한테 이럴 수 있어?"

나는 격분해 벌컥 소리쳤다. 친구들이 'S의 절친'이란 딱지를 붙여줄 정도로 그한테는 각별한 존재라는 내 자부심이 여지없이 박살당한 배반감의 반발이었다.

"오라고 하지도 않았는데 찾아온 자네가 잘못이잖아. 다른 분들한테 폐가 돼서야 되겠어?"

"넌 비열한 놈이야!"

"그래, 맞아. 난 비열해."

S는 태연함의 정도를 넘어 느물느물하기 그지없었다. 내가 어떤 힘한 소리로 매도하거나말거나 여유롭게 받아넘기겠다고 미리 작정이라도 한 것 같았다.

속이 채워지지 않아 쿨렁쿨렁한 샌드백에다 헛힘만 쓰는 주먹질을 하는 꼴이 된 나는 분노와 망신의 단계를 넘어 참담하기 이를 데 없었다.

이럴 때, 오른쪽 줄 중간쯤 좌석에 앉았던 K가 일어나더니 말을 시작했다. 나한테 눈길 한 번 주지도 않고 꼿꼿한 자세로 정면을 응시하며 침착하게 늘어놓는 그의 발언은 내 딱한 입장을 두둔하는 내용이었다. 정확히 다 알아들을 수 없으나, 말의 색깔은 분명히 그랬다.

나는 그런 K가 몹시 고마웠다. 그한테서 겨우 구원을 얻은 심정으로 문을 박차듯하며 나오고 말았다.

그렇지만 면구스런 장소를 벗어났다고 해서 구겨진 기분이 반듯하게 펴질 리가 만무했다. 조금 전의 상황을 아무리 되짚어 봐도 S의 천만뜻밖인 태도는 도저히 이해가 안 될 뿐 아니라 용서할 수 없는 배신행위였다.

'인간관계에 문제성이 있는 널 항상 변호하고 감싸줬는데, 그 보답이 겨우 이거야? 배은망덕도 유분수지. 좋아! 이제부터 내 인명부에 너란 인간은 없어.'

나는 버마재비처럼 어깨를 올리고 터벅터벅 걸으며 입술을 깨물어 각오를 다졌다.

하지만, 당장 직면한 큰 문제 때문에 S의 존재는 항진하는 배 뒤의 물살처럼 금방 저만치 밀려나가고 말았다. 이 '문제'란 다름이 아니고, 집에 돌아가는 일이었다.

'아, 지겨운 바보짓을 또 되풀이하게 됐구나!'

나는 마음속으로 자신을 질책하며 절망과 비감에 젖었다.

목적한 이유와 장소가 있었든 없었든 간에 집에서 멀리 떠나왔다가 되돌아갈 길이나 차편을 몰라 헤매는 곤경은 도대체 지금까지 몇 번이나 거듭된 반복경험인가. 낭패를 안 당하려고 미리 대처하는 마음가짐을 아무리 단단히 해도 소용없었고, 스스로 어림짐작한 방향으로 고생고생하며 가봐도 결과는 마찬가지였다.

그렇다고 섣불리 누구한테 길을 묻거나 도움을 청하기도 주저되고 조심스러웠다. 조언을 구해서 친절한 가르침을 받아 선택한 길도 한참 가다보면 엉터리로 판명되기 일쑤였기 때문이다.

나는 일단 아무렇지 않은 듯 태연히 걸어가기 시작했다. 거듭된 실패의 경험상 남에게 어수룩하게 보여서는 안 된다는 경계심에서였다.

하지만 구차한 위장술은 소용이 없었다. 이런 나를 콕 찍은 듯, 한 청년이 어디선가 불쑥 나타났다.

"선생님, 어디까지 가십니까?"

옆에 나란히 따라붙으며, 청년이 상냥하게 던진 질문이었다.

"그건 왜 묻소?"

나는 조금 퉁명스럽게 받았다.

"길을 잘 모르시는 거 같아 제가 도와드리려고요. 서울 가시지요?"

"그렇소."

"잘됐네요. 저도 마침 서울에 가는 길이거든요."

나는 경계심이 발동해 신경을 곤두세웠지만, 그렇다고 그를 굳이 내치기도 뭣했다. 마음속의 한 가닥 은근한 기대감에 대한 미련 때문에.

제멋대로 동행자를 자처한 청년은 이것저것 말을 붙여 대화를 유도하거나 자기수다를 늘어놓으며 잠시도 입을 다물지 않았다.

나는 아예 시큰둥한 무응답으로 일관하거나, 이따금 겨우 한두 마디 마음에도 없는 대꾸를 뱉거나 하면서 청년과의 불편한 동행을 계속했다. 그러면서도 상대방 페이스에 말려들어 정신이 흐트러지는 실수를 안 하려고 내심 긴장을 늦추지 않으며 주변 지형을 유심히 살펴봤다.

어느 사이에 우리는 커다란 언덕과 허방이 불규칙하게 반복되는 우툴두툴한 날땅 위를 걸어가고 있었다. 그렇다 해서 망망한 황무지는 아니고, 시골동네의 변두리에서 쑥 벗어난 듯한, 아무튼 그런 조악하고 황량한 풍경이었다.

'이 작자가 지금 날 엉뚱한 데로 유인하고 있어.'

나는 자극받아 가시를 세운 복어처럼 경계심을 부풀리며, 그에게 적대감을 드러내 따돌려버릴 결정적 기회를 암암리에 엿봤다.

이런 내 심리상태를 꿰뚫어보기라도 한 것처럼, 청년이 갑자기 걸음을 멈추며 짧게 말했다.

"아, 잠시만요."

그곳은 다 쓰러져가는 단층짜리 작은 헌집 앞이었다.

청년은 거기가 자기네 집이라며, 나더러 들어가자고 했다.

"왜요?"

"아버지를 좀 뵙고 가야 되겠습니다."

"그럼 당신이나 일 보쇼. 난 그럴 생각 없고, 그토록 한가한 처지도 아니니까."

나는 몸을 돌렸으나, 청년의 손에 손목이 잡히고 말았다.

"선생님, 잠깐이면 됩니다."

"이 손 놔! 왜 이러는 거요?"

"저랑 같이 가셔야죠. 정말 잠깐입니다."

청년이 내 손목을 잡아끌었다.

나는 도저히 내키지 않았지만, 그에 대한 일말의 기대치가 없지 않은만치 칼로 자르듯 한사코 거절하는 것도 능사가 아니었다.

아니, 솔직히 말하면 그의 강한 악력에서 내 허약한 손목을 빼낼 재간이 없었다. 결국에 힘과 힘, 감정과 감정이 부딪치는 상황으로까지 악화되면 그를 도저히 못 당하리라는 이성적 판단이 내 의지를 꺾어버렸다. 비굴하지만 어쩔 도리가 없었다.

우리가 문간을 들어서자, 차림새가 남루한 중년남자가 자다 일어난 것 같은 꼬락서니로 방에서 비실비실 걸어나왔다.

"우리아버지십니다."

청년이 소개하고, 나를 돌아보며 말했다.

"선생님, 인사하시죠."

나는 마지못해 남자한테 한두 마디 건네는 둥 마는 둥했다. 그러면서도 내 기분은 엉망이었다. 상황이 점점 꼬이는데 속수무책으로 끌려들어가기만 하는 자신에게 화가 치밀어서였다.

두 부자는 내가 옆에 있거나말거나 상관없이 뭔가 자기네 공통의 관심사에 관해서 대화를 시작했다. 처음에는 조곤조곤한 일상적 어투였으나, 말이 길어지면서 점점 톤이 높아지고 빨라졌다. 옆에 제삼자가 있다는 사실도 어느덧 잊어버린 사람들 같았다. 그렇다고 정작 싸우는 것도 아니었다. 가면처럼 변하지 않는 그들의 표정이 그것을 증명해줬다.

이 너무나 특이한 대화법에, 나는 그만 혼이 쑥 빠져버리고 말았다.

그러다 어느 순간, 정신이 퍼뜩 들었다.

'그래, 지금이다.'

나는 몸을 돌려 재빨리 밖으로 나왔다. 마음 같아서는 뜀박질을 했으면 싶으나, 꼴사납게 그런 추태까지 보일 수는 없었다. 마치 경보선수처럼 두 다리를 최대한 재게 놀려 그 집으로부터, 그 지겨운 인간들로부터 멀리 떨어져 나오는 데만 급급했다.

아니나 다를까, 청년이 뒤따라 집에서 나오더니 소리쳐 나를 부르면서 달려오기 시작했다.

마음이 다급해진 내 앞에 마주 오는 구원자가 마침 나타났다. 중절모를 쓰고 인상이 점잖아뵈는 신사였다.

나는 뒤의 추적자를 의식해서, 한편으로는 그더러 들으라고 일부러 목소리를 가다듬어 큰 소리로 신사한테 정중한 인사말을 건넸다.

"안녕하십니까. 실례지만, 여기서 어느 쪽으로 가야 서울행 차편을 만날 수가 있을까요?"

신사가 몸을 돌려 손가락질하며 대답했다.

"저어기 아래쪽 나무 보이십니까?"

"예."

신사가 가리킨 것은 어림잡아 사오백 미터도 더 떨어진, 밭두렁처럼 두드러진 곳에 비스듬히 서 있는 큰 나무 등걸이었다. 가지와 잎사귀가 하나도 없고, 껍질이 몽땅 벗겨져 허연 속살을 드러낸 나무는 낙뢰를 맞아 중동이가 부러져 말라죽은 고목 같았다. 주위에 다른 나무나 어떤 설치물도 없어, 시선이 걸리는 우뚝한 물체라고는 오로지 그 한 그루뿐이었다.

"저기 가시면 광진역 가는 차를 타실 수 있을 겁니다."

순간, 귀가 번쩍 뜨였다.

'아, 광진역!'

나는 속으로 부르짖고, 신사한테 허리를 굽실하며 큰 소리로 감사를 표했다.

광진역은 서울 어딘가에 있는 전철역 이름이었다. 위치를 정확히는 모르겠으나, 서울에 있는 것만은 틀림없었다. 이 '틀림없다'는 확신은 언젠가의 꿈에서도 그곳을 거쳐서 집에 돌아간 기억이 아련히 되살아났기 때문이었다.

신사가 가르쳐준 나무를 향해 설레는 마음으로 성큼성큼 걸어가는 나를, 청년이 어느 틈에 따라잡았다.

"아니, 먼저 가버리시면 어떡합니까?"

그가 보조를 맞추며 가볍게 책망했다.

적반하장이다 싶었지만, 나는 못 들은 척해버렸다.

'이제 자네 도움 따윈 필요 없어.'

속으로 코웃음을 쳤다.

청년은 또 아까처럼 이것저것 수다를 늘어놓으며 내 입에서 말을 끌어내리려고 시도했다.

그러거나 말거나 나는 여전히 시큰둥한 무응답으로 그의 관심을 차단해버렸다. 매몰차게 배척하지는 않고, 잠정적이나마 귀를 열어 용납해주는 듯한 여유로운 태도를 취한 것은 '만일의 경우'를 감안해서였다.

그러던 중에 간이변소 앞에 다다랐다. 널빤지로 얼기설기하게 아무렇게나 구색만 갖춘 꼴이었다.

"죄송합니다. 여기 잠시만 기다려주십시오."

청년은 나한테 양해를 구하고, 오줌이 마려운 듯 급히 변소에 들어갔다.

'흥! 또 속임수? 내가 넘어갈 줄 알고.'

나는 시치미 뚝 따고 있다가, 청년이 사라진 지 5초도 안 됐을 때 문을 잡아당겼다.

아니나 다를까, 반대편 벽은 전체로 휑하니 터져 있고, 똥통 너머에 아래로 내려가는 작은 나무사다리가 걸쳐져 있었다.

저만치 전방에 바쁜 걸음으로 달아나는 청년의 뒷모습이 보였다.

'이젠 날 따돌리겠다? 그렇게는 안 되지.'

나는 코웃음치고, 사다리를 내려가자마자 두 다리를 재게 놀려 따라붙었다.

청년이 걸음을 멈춘 것은 앞을 가로막는 냇물 때문이었다. 폭이 거의 십여 미터쯤 되는 냇물은 여울져 흐르고, 깊이가 어느 정도인지는 물빛이 흐려서 가늠조차 안 됐다.

청년은 어쩔 줄 몰라 몹시 난감해했고, 뒤미처 냇가에 도달한 나 역시 속수무책이기는 마찬가지였다. 주위를 둘러봐도 다리나 그 비슷한 구조물은 눈에 띄지 않았다.

"하는 수 없네, 뭐. 그냥 건너기로 하죠."

청년이 이렇게 말하고, 내 손을 잡아끌었다. 사양하거나 거부할 처지가 아니므로, 나 역시 그의 인도에 따라 냇물에 발을 집어넣었다.

물살이 세고, 깊이는 가슴까지 잠길 정도였다. 손을 꽉 잡은 둘은 서로 의지하고 의지가 돼주면서 조심조심 건너기 시작했다.

그러다가 어느 순간, 내가 발을 헛디뎌 넘어졌고, 이 바람에 그 역시 같은 꼴이 되고 말았다.

간신히 반대편 냇가에 빠져나왔을 때는 둘 다 그야말로 물에 빠진 생쥐 꼴이었다. 그나마도 얼마나 다행인가!

흠뻑 젖은 머리와 옷의 물기를 대강 훑어내고 얼마쯤 정신을 가다듬어 고개를 들자, 십여 미터 전방 냇기슭 방죽에 우뚝 선 고사나목이 내 눈길을 강하게 사로잡았다.

지하통로로 내려가는, 어쩐지 낯설지 않다고 느껴지는 입구는 그 나무 바로 뒤편에 있었다. 광진역까지, 서울까지 고맙게 나를 실어다줄 전철을 탈 수 있는, 바로 그곳이었다.

'아, 안심 안심!'

나는 쾌재를 부르고 싶은 심정이었다. 가슴속이 그렇게 시원할 수가 없었다. 이제 청년의 존재 따위는 나한테 아무런 의미가 없어졌다. 아니, 지금 그가 내 곁에 있는지 없는지조차 아리송하고 몽롱할 따름이었다.


—정상인이 하루 평균 여덟 시간 잠을 잔다면, 우리는 이 중에 약 두 시간 동안 꿈을 꿉니다. 꿈을 꾸면서 자는 잠을 '렘수면REM Sleep'이라 하고, 꿈을 안 꾸면서 자는 잠을 논렘수면Non REM Sleep이라 하지요. 렘수면과 논렘수면이 불규칙적으로 반복되는 것이 잠의 패턴이라고 하면 정확한 설명이 될 겁니다. 그런데, 꿈을 자주 꾼다는 사람이 있는가 하면, 전혀 안 꾼다는 사람도 있지요? 사실은 꿈을 꾸느냐 안 꾸느냐가 아니라, 기억하느냐 기억 못하느냐의 차이인 거죠. 꿈을 기억하는 것은 꿈의 내용이 매우 인상 깊었거나, 숙면을 못 취해 렘수면 중에 잠에서 자주 깨는 경우인 겁니다. 그렇다면 대체 꿈의 요체란 무엇인가. 그건 우리 무의식 속의 스트레스나

갈등, 아니면 어떤 욕구를 해결하고자 하는 정신작용이라고 보면 돼요. 특히, 무서운 꿈, 즉 악몽은 외부 스트레스 요인이나 심신의 불안정과 관련이 있는데, 악몽은 스트레스성 정신 외상外傷에 대한 지극히 정상적인 반응인 겁니다. 그래도 본인 스스로의 정신작용으로 꿈 내용에 수정이 가해져 그 꿈이 좀 더 받아들여질 만한 것으로 점점 바뀌어가기 때문에, 학자들 중에는 악몽이 정신적 상처를 치유하고 극복하는 데 도움이 된다고 주장하는 사람도 있어요. 요컨대, 정신분석학의 대부代父라 일컫는 지그문트 프로이트가 꿈을 '무의식 속에 잠재된 본능적 욕구의 표출'이라고 정의定義를 내렸거니와, 오늘날에도 꿈의 분석은 정신분석 기법 중의 한 부분을 차지합니다. 정신분석학적 관점에서 보면, 당신의 꿈은 상당히 흥미로운 요소가 없지 않군요.

　ー저는 왜 어슷비슷한 꿈을 반복해서 꾸게 될까요?

　ー당신이 내용상 같거나 유사한 꿈을 거듭 꾸는 패턴 자체는 별로 큰 의미가 없소. 문제는 꿈의 내용이지요. 어딘가 멀리 갔다가 돌아오지 못하고 헤매는 건 정신세계가 불안정하고 고독하기 때문이오.

　ー정신세계의 불안정과 고독⋯⋯ 미안하지만, 그 진단은 받아들이기가 거북하군요.

　ー어째서요?

　ー저 자신은 그렇지 않다고 생각하기 때문입니다. 저는 매사에 대범한 편이고, 타인과의 교유관계도 모나지 않게 원만하려고 노력하며, 인생의 목표도 어느 정도 성취했다고 스스로 자부하는 사람이거든요.

　ー그건 편의적 자의식에 불과할 뿐이오. 당신은 지금 아주 달관한 경지에 도달해서 아무런 욕망이나 여한 없이 인생을 즐긴다는 겁니까? 과연 그렇다고 자신있게 떳떳이 주장할 수 있겠소?

　ー글쎄요. 하지만, 삶과 미래에 대한 기대감이랄까 희망사항은 그 내용상의 변화나 성취여부와 상관이 없는, 요컨대, 먹고 숨 쉬는 것과 마찬가지로, 살아있는 날까지 지속적으로 추구해야만 하는 생존본능의 절대조건 아닐까요?

―옳은 지적이오. 헌데, 바로 그 점에 당신이 꾸는 꿈의 해답이 있단 말입니다. 방금 성취를 이야기하긴 했지만, 당신의 인생목표는 여전히 현재진행형임을 그 꿈이 여실히 증명해주거든요. 이루고 싶은 것, 해야 할 건 많은데 남아 있는 삶의 시간은 점점 종말이 다가온다는. 사람에겐 누구나 그런 이중적인 내면의 모습이 있지요.

―그럼 꿈은 미래에 대한 예시인 겁니까?

―아니, 오히려 현재를 더 반영하는 깨달음의 거울이라고 봐야겠지요. 자아를 확인하기 위한 끊임없는 영적인 자기탐구라고나 할까. 어떤 측면으로는 고차원적 자기기만이라고 해도 아주 틀리거나 엉뚱한 해석은 아닐 거 같소.

*인간은 비로소 깨닫는다*
*인생이 인간을 속이지는 않음을*
*인생은 한 번도 인간을 속인 적이 없음을/앙리 M. 몽테를랑*

# 백제성에서

## −꿈, 그리고 환상 11

내가 양자강 크루즈여행을 떠난 것은 그야말로 자의 반 타의 반에 의해서였다.

　여행을 황혼녘 삶의 질을 높이는 무슨 필수요건처럼 여기는 안식구를 매번 혼자 떼보내고 홀가분한 자유를 만끽하다가, 이번 패키지여행에는 마지못한 듯 짐짓 생색내며 슬그머니 따라나서기로 한 이유가 딱 두 가지였다. 하나는 왕복 이틀을 빼더라도 꼬빡 사흘은 배 안에서 뒹굴뒹굴 자고 먹으며 짐을 이리저리 안 옮겨도 되는 편안함에 대한 호기심 발린 기대감, 또 하나는 『삼국지』 클라이맥스 비극의 현장인 백제성白帝城 탐방이 일정표에 포함된 의외성이었다.

　"외국여행 윗자만 꺼내도 머릴 흔들더니, 이번엔 웬일로? 내일아침엔 해가 서쪽에서 뜨겠구려."

　아내는 가벼운 핀잔을 안기면서도, 모처럼의 동반여행이 벌써부터 즐거운지 환하게 웃었다.

　나는 이런 아내한테 여행사 접촉을 비롯한 준비 모두를 떠넘기고 무관심으로 일관했다. 내가 보탠 수고래야 막바지에 자신의 긴요한 소지품 몇 가지 챙긴 것이 고작이고, 여행기간이 몇날며칠인지도 출발하는 날 아침에야 비로소 정확히 인지했다.

우리부부가 오전 8시 반에 인천국제공항을 출발한 아시아나항공 여객기에 몸을 실은 것은, 겨울여왕이 검은 드레스 자락을 아직 완전히 걷지 않은 3월 중순 어느 날이었다.

"그쪽은 위도緯度가 낮아 우리나라보다 계절이 한 달이나 빠르기 때문에, 지금 가면 흐드러지게 핀 매화를 볼 수 있대."

이륙순간부터 아프도록 쥐었던 내 손을, 여객기가 완만한 비행각도로 안정권에 진입했을 때야 비로소 해방시켜준 아내가 안도의 한숨을 토하고 한 말이었다.

"그놈의 꽃, 꽃. 굳이 남의 나라 꽃 아니라도 좀 있으면 내 나라에서도 눈이 아프도록 실컷 볼 수 있는 게 꽃천진데, 왜 이리 극성이야."

"꽃만 보러 가나, 뭐." 가볍게 한마디 툭 던진 아내가 고개를 돌려 나를 빤히 쳐다봤다. "김새게 꼭 그렇게 꼬집어야 되우? 데려와줘 고맙다곤 못할망정."

"그래? 알았어. 고마워 죽겠네."

"심통 하고는……."

누군들 꽃 싫어하는 사람 있을까만, 아내는 그 점에서 조금 유난한 편에 속한다. 이런 탓에 경솔히 괜한 소리 했나 싶어 내가 입을 다물고, 아내 역시 분위기 깨지 않으려고 자제한 덕분에 가벼운 입씨름은 이 정도로 끝났다.

'어쩌면 까칠한 이 대거리 몇 마디가 혹시나 이번 여행의 상징적 키워드가 되지 않을까 몰라.'

이런 한 가닥 칙칙한 예감이 뒤늦게 내 머리에 문득 스쳤는데, 이 느낌은 대체로 맞아떨어지는 것 같았다. 서해 상공을 통과하는 동안 기류불안정 때문에 여객기가 무슨 심술부리듯 이따금 동체를 흔들어 불안과 불쾌감을 유발할 뿐 아니라, 무려 네 시간이나 지루하게 날아서 오전 11시 반 무럽 도착한 중경重慶 강북국제공항이 부슬비 내리는 우중충한 날씨로 우리를 맞아줬기 때문이다. 비는 그쳤다 말았다 반복으로 종일 추적추적 내리며, 멀리서 물색없이 날아온 객꾼들을 우롱했다.

아내는 하필이면 이런 날씨에 걸릴 게 뭐냐고 재수타령을 했지만, 나는 들은 척 만 척했다. 어설프게 대꾸하려다간 말이 헛나와 오히려 부작용만 일으키고 말 것 같기에.

어쨌거나 그 키워드의 효력은 공항에 마중 나온 현지가이드를 만나면서도 이어졌다.

조선족인 장년남자 가이드는 우리일행을 리무진버스에 탑승시키고 인사말을 장황하게 늘어놓은 다음, 목걸이형 어댑터가 연결된 검정색 이어폰을 하나씩 나눠주며 이런 말을 보탰다.

"다소 거추장스러우시겠지만, 이걸 항상 목에 거시고 이어폰을 귀에 착용하십시오. 지금 여기선 괜찮으나, 관광지에 가면 많은 중국인 관광객들이 제멋대로 떠드는데다 그네들 가이드의 확성기 때문에, 제가 암만 목소리를 높여도 소용이 없습니다. 그래서 모든 멘트는 이어폰을 통해서 전할 테니까, 제가 하는 말 잘 귀담아들으셔야 합니다. 아셨지요?"

여기저기서 가이드 귀에는 전달되지 않을 작은 소리로 투덜거렸다. 외국여행 여러 번 다녀봤지만, 이런 구차스러운 이어폰 사용은 뜻밖에 처음이라고.

아내 역시 마찬가지였다. 가벼운 결벽증이 있는 이 사람은 번거로움 자체보다도, 얼마나 많은 사람이 거쳐 갔는지 모르는 그 반갑잖은 물건을 자기 귀에다 착용하는 자체를 역겨워했다. 더군다나 핸드폰이나 카세트의 이어폰처럼 귓구멍에 쏙 집어넣는 소형이 아니고, 얼개를 귀에다 걸어 남한테 과시 아닌 과시를 해야 하는 대형이었다.

표정이 변하는 아내를 보고, 내가 얼른 속삭였다.

"당신은 목에 걸고만 있어. 두 사람 다 들어야 할 필요는 없잖아."

"관광지에 가서 가이드의 안내설명까지 당신이 일일이 중계방송해줄 거유?"

아내의 대꾸에는 날카롭지 않긴 해도 공연한 날이 서있어, 나는 제풀로 머쓱해지고 말았다.

그나마 공항을 출발해 중경시내로 들어가는 동안 차창 밖에 드문드문 보이는 가로변 꽃들이 빗속에서도 반겨줘 다행이었다. 덕분에 기분이 어지간히 풀어져 감탄사를 연발하는 창가 좌석 아내의 얄미운 옆모습을 흘겨보며, 나는 쓴웃음을 지었다.

점심식사를 하려고 명색 호텔식당에 들어가 둥근 회전식탁 세 개에 나뉘어 둘러앉았을 때야 우리 일행은 어색한 첫 인사를 서로 교환했다. 부부 세 쌍, 남자 4명과 2명 두 팀, 여자 5명 한 팀, 이렇게 17명이었다. 연령대는 모두 육십 이상 노년층이었다. 우리는 겉보기야 푸짐해도 실속이 별로 없는 사천요리로 점심을 때웠다.

오후시간에는 우리나라 임시정부청사를 비롯해, 이튿날부터 본격적으로 시작될 크루즈투어에서 만나게 될 관광지들을 미리 학습하는 삼협박물관三峽博物館, 옛날 원주민들이 벼랑에다 구멍을 숭숭 뚫어 들어가 살았다는 굴집을 관광·쇼핑·문화체험 용도로 복원한 12층 절벽아파트 홍애동洪崖洞 등 중경의 명소를, 가이드가 쳐든 손바닥 남짓한 삼각기를 졸졸 따르는 우스꽝스런 행렬 모습으로 둘레둘레 구경했다.

세 군데를 돌아보고 났을 무렵에는 종일 흐린 날씨 탓으로 이미 사위에 어둠이 깔리고, 건물들과 강 위의 선박들에는 불이 환하게 들어와 야경이 제법 그럴듯해보였다.

지정식당에서 중국식 샤브샤브로 저녁식사를 때운 우리는 다시 리무진 버스를 타고 조천문부두朝天門埠頭를 찾아가는 것으로 첫날 일정을 그럭저력 끝냈다.

머나먼 호북성湖北省 의창宜昌까지 장장 640km 구간을 우리가 즐겁도록 태워다 모시겠다며 기다리는 장강황금5호는 1만7000톤급 크루즈선이었다.

우리부부에게 배정된 방은 객실층 맨 꼭대기 5층의 516호실이었다. 선객의 대부분인 중국인들은 1층 쇼핑상가를 제외한 나머지 아래층 객실을 차지하고, 한국인 패키지여행객들 대부분이 미리 가산요금을 지불한 5층 객실은 이를테면 로열층이었다.

전용 발코니와 싱글베드 둘과 에어컨·전화·텔레비전·냉장고는 물론이고 귀중품 보관용 금고까지 비치된 객실은 공간 크기야 비교가 안 될지언정 웬만한 호텔 수준이라 해도 손색이 없었다.

캐리어가방을 열어 헤친 아내와 나는 차례로 샤워를 한 후 간편복으로 갈아입었다. 캔맥주를 하나씩 든 우리는 바깥쪽 유리문을 열고 발코니에 나가서, 강과 건너편 기슭 육지의 밤풍경을 바라보며 기념건배를 했다.

우리가 그러거나 말거나, 언제인지도 모르게 조천문부두를 슬그머니 빠져나온 크루즈선은 점점 더 거대하고 캄캄한 어둠이 완벽하게 지배하는 양자강 위를 미속으로 서서히 미끄러져 나아갔다.

이것이 4박5일 장강삼협 크루즈여행의 시작이었다.


둘쨋날은 '저승에서 세상을 웃고, 영혼은 풍도에 내려앉네[下笑世上土, 沈魂北豊都]'라는 이백의 시로 유명한 도교문화 성지 풍도귀성豊都鬼城과, 우뚝한 암벽에 따개비처럼 층층을 붙여 올린 누각 석보채石寶寨를 둘러보고, 세쨋날은 『삼국지』의 중요한 유적지 백제성을 탐방한 다음, 구당협瞿塘峽·소삼협小三峽·무협巫峽 등, 이름도 요상한 협곡들의 풍광을 선상에서 감상했다. 네쨋날은 세계에서도 두셋 손가락 안에 꼽힌다는 삼협댐의 수

력발전시설을 둘러보고, 이어서 장강삼협 중에 가장 길다는 서릉협西陵峽을 배를 타고 통과하는 것으로 이번 크루즈관광의 실질적 일정은 끝마친 셈이 됐다.

이들 관광 포인트를 차례로 하나하나 섭렵하며 이성적이고 냉정한 시선으로 바라본 내 심사를 한마디로 요약하면 어이없음과 씁쓸함이었다. 좀 심하게 말한다면 중국이란 땅덩이와 약아빠진 여행사가 '짜고 치는 고스톱'판에 물색없이 끼어들었다고나 할까. '왕서방'만이 가질 수 있는 허황망칙한 공상력의 소산인 풍도귀성, 극도의 조형감각을 뽐내려고 잔재주를 부린 것 이상의 의미부여에는 고개가 갸웃거려지는 석보채, 왜곡되고 부풀려진 그네 역사의 초라한 유적지 백제성, 자연의 형상물이 신의 선물로 떠들썩하게 과포장된 강변 협곡들. 감탄사를 발하고 사진 찍기에 여념이 없는 관광객들은, 미안하지만 내가 보기엔 분위기에 홀려 맛이 살짝 간 사람들 같았다.

내가 솔직히 인정 안할 수 없었던 것은, 그들 한족漢族의 특질인 허위와 집요의 대담성이었다. 둘러싼 콘크리트 방벽 덕택에 수몰을 면하고 강으로부터 보호된 석보채 바닥 쪽을 내려다보고 바깥의 강물 수위를 비교 가늠해보자, 불현듯 그야말로 모골이 송연했다.

'이 정도 깊이 차이라면, 삼협댐으로 말미암아 이 강에 전체적으로 불어난 물의 양이 도대체 얼마나 엄청날까? 이 때문에 삶의 터전을 빼앗긴, 천만 명이 넘는다는 이주민들의 비극은 차치하고라도, 이미 저질러진 생태계 교란을 어떻게 수습해야 하나. 근년 들어서 우리나라에도 빈번한 기상이변은, 키울 대로 키워놓은 이 물그릇에서 한여름 뙤약볕에 증발한 수중기 때문이라는 어느 기상학자의 주장이 사실이란 말인가? 이 물그릇 어딘가가 수압을 못 견디고, 아니면 돌발지진 때문에 터지는 재앙이 절대 안 일어난다는 보장이 세상에 어디 있나.'

그나마 이 뱃길을 지나며 내가 느낀 한 가지 위안은 드문드문 이따금 눈에 띄는, 야생으로 큰 서식지를 이룬 자연화원이 꽃 좋아하는 우리 안식구를 즐겁게 해준다는 사실이었다.

강 위를 오가는 선박은 대부분 화물수송선인데, 이물이 거의 잠기고 고물이 쑥 쳐들리도록 위태위태할 정도로 짐을 많이 실은 배도 있었다.

'바다에서 저 꼴로 미련을 떨었다간 출항하자마자 일 나겠네. 과연 중국인답구먼.'

나는 실소하며, 이 심사가 편찮은 여행객에게 뜻밖의 웃음을 선사하는 화물선 선장한테 손을 크게 흔들어보였다. 브리지 안에 서 있을 그가 알아보건 못 알아보건 간에.

중국에 대한 내 인식이랄까 고정관념에 뚜렷한 방점傍點을 찍어준 것은 고속철도였다.

강길 따라 호북성 의창까지 수백 킬로미터를 내려가서 고속열차로 갈아타고 중경으로 거슬러 되돌아가는 네 시간 반 열차탑승은 이번 여행에 대한 내 기대감의 상당부분을 차지한 것이 사실이었다.

그러나 이건 어긋나도 너무 어긋난 희망사항이었다.

상해上海와 성도成都 사이 고속철도노선 전구간은 몰라도, 우리가 이용한 의창과 중경 구간은 거의 완전 산악지하철이었다. 차창을 통해 중국의 넓고 풍요로운 농촌풍경을 실컷 보리라던 기대는 무참히 깨지고 말았다. 캄캄한 터널을 겨우 빠져나와 이제야 시골풍경을 보나보다 싶으면 금방 다음 터널이 무참히 열차를 집어삼켰다. 현실을 비로소 확인하고 어리석은 희망을 스스로 구겨버린 다음에는 눈을 감고 억지로 잠을 청하기밖에 할 일이 없었다.

게다가 어쩌다 잠깐씩 눈에 띈 산골마을들의 그 불결하고 참담한 풍경이라니!

이른바 막강한 경제력을 무기로 삼은 '일대일로一帶一路 프로젝트'로써 온 지구촌의 개발과 번영을 책임지겠다고 호언장담하는 중국이, 정작 자기네 등잔 밑의 어둠은 이렇게 방치하고 있다는 사실이 놀랍고 어처구니없었다.

중경이나 의창 같은 큰 도시도 제대로 규모를 갖춘 계획개발이 아니라, 아주 낡은 건물 하나를 헐면 바로 그 자리에 새 건물을 짓는 땜방식 신구혼합 모양새였다.

'저들이 체제철학으로 신주단지 모시듯 하는 사회공산주의의 민낯이 이런 것이란 말인가?'

불현듯 역사철학자 아널드 토인비가 주장했다는 '문명순환설'이 머리에 떠올랐다.

인더스·갠지스 두 강에서 발생한 인도문명이 서쪽으로 옮겨가 이집트·바빌로니아문명을 거쳐 그리스·로마문명으로 이어졌고, 유럽대륙의 문화적 우위가 장기간 지속되다가 18세기 산업혁명 덕택에 세계중심이 영국으로 옮겨갔으며, 제2차 세계대전을 겪으면서 미국시대가 막을 올렸고, 이것이 현대에 들어와 일본과 한국을 거치면서 중국시대가 열리고 있으며, 이후에는 다시 서쪽으로 이동해 인도에서 소위 석유문명의 종언終焉을 고함으로써 인류문명의 한 사이클이 끝날 것이라는.

'그 말이 사실이라면, 토인비는 과연 현실을 제대로나 알고 그런 논리를 폈을까? 중국의 이런 실상과 이중성의 문제점을 정확히 진단도 이해도 못한 채 자기학설에 경도된 도그마에 빠지지 않았을까 몰라.'

불현듯 양자강의 흐린 물빛과 우중충한 날씨가 함께 어떤 불안감의 덩어리가 돼 내 가슴속을 불편하게 만들었다. 왜 이런 생각이 드는지는 자신도 알 수 없었다.

자, 그럼 이제, 남들한테는 어떨지 몰라도 내 경우 이번 크루즈관광의 하이라이트인 백제성 탐방으로 되돌아가야 될 것 같다.

셋째날 오전 7시, 뷔페식 아침식사가 끝나자마자 우리 일행이 장강황금 5호에서 내렸을 때는 금방이라도 비가 내릴 것처럼 하늘빛이 어두웠다.

기다란 부교 위에 도열한 승무원들의 배웅인사를 받으며 육지에 올라서자, 이백·두보·백거이 같은 유명한 당나라 시인들 입상이, 디즈니랜드의 미키마우스와 그 친구들처럼 나란히 늘어서서 우리 일행을 맞이했다.

전동차를 타고 한참 달려가자, 강 한가운데 우뚝 솟은 백제성이 바라보였다. 본래는 큰 산들에 둘러싸인 나지막한 산이었던 모양인데, 삼협댐 때문에 양자강 수위가 높아짐에 따라 아랫부분이 완전히 수몰돼 작은 섬으로 변하고 만 것이다.

나는 그 보잘것없는 규모와 전혀 성 같지 않은 구조에 실망하고 말았다.

강변과 백제성을 연결하는 다리를 건너가자마자 널따란 광장의 거대한 석상이 시선을 사로잡았다. 제갈양이었다. 그러나 우리가 상식적으로 아는바, 실로 짠 두건 쓰고 새털부채 든 소박하고 단아한 선비 모습이 아니라, 광풍에 도포자락 휘날리며 버티고 선 우람하고 우락부락한 용사의 형용이었다. 이를테면 이미지의 과대변형포장이었다.

"아니, 중국드라마 보니까 제갈공명이 저렇게 생기진 않았던데?"

어느 남자관람객이 픽 웃으며 혼잣말로 뇌까린 소리였다.

석상 뒤에 가로뉘어놓은 거대한 판석에는 그 유명한 출사표出師表 두 편이 앞뒷면에 각각 새겨져 있었다.

광장 왼쪽으로 벗어났다가 오른쪽으로 꺾어져 가파른 계단을 한참 올라가 중국 특유의 사당처럼 요상한 건물 앞에 당도하자, 아치형 문 위에 새겨진 '백제묘白帝廟'란 세 글자가 눈길을 끌었다.

본래 이곳은 후한後漢 초기 중국이 군웅할거群雄割據의 혼란에 휩싸였을 때 성成나라를 세우고 백제白帝라 자칭하다가 멸망한 공손술을 기리는 사당이 있던 군사요충지인데, 촉한蜀漢의 유비가 오吳나라와 싸워 참패하고 달아나 한동안 머무르다 한을 품고 죽은 애사哀史로 더 유명해졌다.

오랜 세월이 흘러 청淸나라 때 복원된 이 산성에는 유비·제갈양·관우·장비의 상을 모셔놓은 명량전明良殿, 제갈양과 아들과 손자까지 3대 상을 모신 무후사武侯祠, 제갈양이 별점을 쳤다는 관성루觀星樓, 유비가 죽어가며 제갈양한테 두 아들을 부탁하는 장면을 밀랍인형으로 재현해놓은 탁고당託孤堂 등, 여러 구조물이 한정된 공간에 복잡하게 조성돼 있었다.

모두들 가이드가 인솔하는 대로 이리저리 옮겨 다니는 동안, 나는 슬그머니 대열에서 벗어나 입구 가까운 쪽 의자에 앉아 쉬기로 했다. 간밤에 까닭없이 잠을 설쳐 나른했기 때문이다.

그러자, 유난한 피로감이 갑자기 한꺼번에 몰려와 정신이 몽롱해지며, 꿈인지 생시인지 모를 환각세계로 빠져들었다.


－그대는 누구인고?

돌연, 이런 음성이 들려 흠칫해 쳐다보니, 하얀 도포 걸치고 지팡이를 짚은 백발노인이 내 앞에 서있었다. 키가 훌쩍 크고, 팔이 길어 손이 무릎에 닿을락말락하며, 귓불이 유난히 늘어진 귀인의 모습, 영락없는 유비였다. 나는 한눈에 알아봤다.

－아, 폐하!

나는 부르짖으며 벌떡 일어났다.

－내 사당에 왔으면 당연히 주인을 찾아봐야지, 왜 그리 호젓이 앉아 있는고?

－외람되오나, 여기 본래주인은 폐하가 아니시고 공손술인 줄 알고 있습니다. 폐하께선 임의로 차지하시고 주인행세를 하실 뿐이지요.

─허허, 본래 누구 것이었든 간에 지금 차지하고 있는 당사자가 임자 아니고?

─폐하다운 말씀을 하시는군요. 여태도 과욕의 미망에서 깨나지 못하신 거 같아 듣기 민망합니다.

─어허허, 과욕의 미망이라…….

유비는 언짢은 기색 없이 너그러운 웃음으로 받아넘겼다.

어느덧 우리는 나란히 걸었고, 안개가 종아리높이로 자욱이 깔린 속에 주위에는 아무도 없었다.

─그대는 방금 짐을 욕심 많은 늙은이라 했는데, 그렇게 생각하는 연유는 무엇인고?

─사실이 그렇지 않습니까. 폐하께서 주위사람 모두의 만류에도 불구하고 동오東吳와 무리한 전쟁을 벌인 것은 죽은 아우의 복수를 명분으로 내세우셨지만, 천하패권에 대한 식을 줄 모르는 뜨거운 욕망, 살아가실 날이 앞으로 얼마 안 남았다는 조바심도 크게 작용했을 테지요. 외람된 말입니다만, 조조는 '그래, 난 간웅奸雄이다.' 하고 솔직하기나 했지, 폐하께선 시종일관 어진 성군聖君의 모습으로 세상을 기만하며 취할 수 있는 건 다 취하셨지 않습니까.

─그러니까 짐이 맹덕보다 더 음흉하다, 이런 이야긴고?

─글쎄올시다. 아무튼 영웅군주이신 세 분이 공평하게 나눠 가진 이 드넓은 땅과 백성을 잘 가꾸고 서로 솥발처럼 떠받치기만 했으면 아무런 문제 없이 세상은 평화롭고 민초들도 힘들지 않았을 터인데, 왜 그렇게들 사생결단으로 싸우셨는지, 소생은 안타깝고 도무지 납득이 안 됩니다.

─모르는 소리! 천하의 주인은 오로지 한 사람이어야지 둘 셋이 돼서는 안 되지 않은고. 그것이 만고불변 패도覇道의 기본원칙이거늘.

─참으로 딱하십니다. 그 원칙일변도의 결과가 어떤지는 누구보다도 폐

하께서 스스로 증명해보이시지 않았던가요? 아니, 크게 열린 눈으로 역사를 바라보면, 어떠한 성공도 실패도 진행의 한 과정일 뿐, 신기루 같은 허상에 불과할 뿐, 진정한 의미의 종결은 아닐 텐데 말입니다. 감히 이런 말씀 드리긴 뭣합니다만, 이 땅에 예로부터 오늘날까지 이어 내려오며 붙박혀 사는 인민들의 일관된 민족성 자체에 근본문제가 있지 않나 싶군요.

　―어떤 문제를 말하는 것인고?

　―간단히 여쭈자면 대국주의 중화사상이지요. 한족만이 천하에 가장 우수하고, 다른 인종은 한족에게 머리를 숙여야 한다는 우월감, 그게 너무 지나치다는 겁니다. 서구세계에서 말하는 종주국의식이라 할까요. 그렇다보니 자기들은 뭘 하든지 정당하고, 그에 거슬리면 상대를 가만두지 않으려는 강퍅한 성벽을 드러내는 게 한족 아닙니까.

　―허허, 원! 그대가 대체 그리 매도하는 근거라도 있단 말인고?

　―물론이지요. 지금 천하는 폐하 후손들의 탐욕과 행패 때문에 이만저만 골치 썩고 있지 않답니다. 단적인 예로, 이들이 무력으로 강점한 서장西藏: 티베트에다 거대한 물막이를 무수히 만들어 수자원을 독차지하는 바람에 아래쪽 여러 나라들이 심한 물부족으로 아우성이고, 세계지리학자들이 편의상 붙여준 바다이름을 근거로 내세워, 저 머나먼 남쪽 반도국과 도서국들 생존의 터전을 '여긴 우리 안방이다.' 하고 힘으로 장악해 상대국들로부터 큰 원망의 표적이 되고 있단 말입니다. 세상에 이런 억지가 어디 있습니까. 그뿐인가요. 일대일로니 뭐니, 육지로 바다로 현대판 비단길을 튼답시고 막무가내 경제침략을 자행하고 있습니다. 지금 힘께나 쓰는, 폐하의 어느 후손은 서구 쪽 먼 나라에 가서 '우리 중국은 역사 이래 타국 타민족을 압박 침략한 적이 한 번도 없다.'고 떠벌렸다나요. 동방역사에 관한 지식이 부족한 그쪽 사람들이야 멋모른 채 고개를 끄덕였을지언정, 우리나라만 해도 폐하의 민족과 죽기살기로 창칼을 부딪쳐야만 했던 것이 불행한

고대사의 거의 전부라 해도 과언이 아닐 정도입니다. 사실이 이럼에도 불구하고 철면피도 유분수지, 어떻게 그런 뻔뻔한 소리를 할 수 있단 말입니까? 아무튼 폐하의 후손들이 지구촌 골목대장처럼 이토록 국제질서를 흔드는 횡포의 종말이 과연 언제 어떤 그림을 보여줄지, 소생은 실로 흥미진진하고 걱정됩니다.

유비는 고개를 끄덕이며 먼 곳을 아득히 바라봤다. 쓸쓸하고 처량한 모습이었다.

그러다 한참만에야 처음의 편안한 얼굴로 돌아와서 그윽이 나를 향했다.

—봐하니 글줄이나 읽었을 서생 같은데, 큰마음의 눈으로 바라보면 지금 그대가 말한 모든 것도 대자연의 질서순화 섭리에 부합되지 않을까 싶도다. 그렇지가 않은고?

—글쎄올시다. 외람됩니다만, 그 말씀은 너무 자기편의적 관점의 논리가 아닐까 싶군요.

—어쨌거나 영겁의 세월을 무료히 보내는 이 초라하고 불쌍한 늙은이를 위해 흥미로운 담론 상대가 돼줘 고마우이. 아무쪼록 잘 다녀가시게나.

이렇게 말한 유비는 내가 미처 뭐라고 답례인사를 하기도 전에 스르르 사라져갔다.

—아, 폐하!

내가 그를 향해 손을 뻗는 것과, 누군가가 내 어깨를 탁 친 것이 동시였다.


"아니, 여기서 뭐해요?"

아내였다.

"가이드랑 얼마나 찾았다고…… 개구쟁이 애도 아니고, 사람이 어쩜 이럴 수가 있담. 내가 미치지 못 살아!"

아내는 누가 보거나말거나 쏘아붙이고 다짜고짜 내 팔을 잡아당겼다.

나는 정신이 온전히 깨나지 못한 채로 얼떨결에 끌려 일어났다. 비로소 조금 전의 몽환이 생생히 다시 떠오르며, 푸른 슬픔이 가슴에 차올랐다. 왜 그렇게 슬픈지는 자신도 알 수 없었다.

백제묘 정문을 나서기 전에, 마침 손이 닿는 홍매화나무 가지에서 핏빛 같은 붉은 꽃잎 하나를 슬쩍 뜯어내며, 어쩌면 어디선가 유비가 이런 내 꼴을 바라보고 있을지도 모른다는 황당한 착각에 순간적으로 빠졌다.


험한 성곽 좁은 산길에 대장기 펄럭이고
홀로 솟아 까마득한 성루 날아갈 듯하다
흙비 오는 골짜기에 용과 범이 누웠는데
햇살 안은 맑은 강엔 자라 악어 노닐구나
부상나무 서쪽 가지 바위벼랑과 마주하고
약한 물은 동쪽으로 장강 따라 흘러가네
명아주지팡이로 세상을 탄하는 이 누구인가
피눈물을 흘리며 허연 머리 휘날리네


백제성최고루(白帝城最高樓) ─두보


城尖徑仄旌旆愁
獨立縹緲之飛樓
峽坼雲霾龍虎臥
江清日抱黿鼉遊
扶桑西枝對斷石
弱水東影隨長流
杖藜歎世者誰子
泣血迸空回白頭

# 탈출구

## －꿈, 그리고 환상 12

거기는 땅속의 거대하고 기다란 공간, 지하도로나 지하철도의 공사현장 같은 곳이었다. 전등설비가 어디에 어떤 모양새로 켜져 있는지조차 불분명하게 어두컴컴하고, 파헤쳐져 다져지지 않아 온통 울퉁불퉁한 바닥은 질퍽거렸다.

　내가 이런 곳에 어떻게 와있게 됐는지, 어딘가에 있을 출입구를 통해 내려왔는지, 여기 들어온 목적이 무엇인지도 알쏭달쏭 흐릿했다. 이 특이하고 어지러운 상황에서 내 의식을 온통 지배하는 뚜렷한 요체는 불안감과 고독감, 그것뿐이었다.

　"거기 누구 없어요?"

　나는 인적이 없는 사방을 두리번거리며 크게 외치고, 자신의 목소리면서도 그 소리의 울림이 너무 커서 제풀에 찔끔 놀라고 말았다.

　그런데, 신기하게도 금방 반응이 나타났다. 여기저기서 인부들이 부스스 일어나더니 작업을 개시하지 않는가.

　'그럼 그렇지.'

　나는 비로소 적이 안도하며, 가까이에 있는 인부한테 말을 걸었다.

　"여기가 어딥니까?"

　"여기가 어디냐고?"인부가 픽 웃었다. "보다시피 지하철 공사 현장이잖소.”

“몇 호선이죠?”

“아직은 정식으로 매겨진 번호가 없소이다. 개통이 되면 십 호선이 되려나.”

인부의 대답은 시큰둥했다.

나는 상황을 파악하자 기가 차고 막막했다. 얼빠진 짓거리를 한 자신을 용서할 수 없었다. 여기서 벗어나려면 어떻게 해야 할지, 인부한테 물었다.

“가시려고?”

“예.”

“왜 가려고 하시오?”

뜻밖의 물음에, 나는 어리벙벙한 채 대꾸했다.

“내가 이곳에 있어야 할 이유가 없으니까요.”

“그런데 여긴 대체 뭣하러 오셨소?”

“글쎄, 나 자신도 어떻게 여기까지 오게 됐는지 모르겠습니다.”

“이건 또 뭔 소리. 그래, 어디로 가실 작정인데?”

나는 대답을 얼른 못하고 머뭇거렸다. 어디에 가긴 가야겠고 마음이 간절한데 그 목적지가 선명히 안 떠올랐다.

“참 대책 없는 양반이군.” 인부가 픽 웃었다. “아무튼 떠나더라도 한참 기다려야 할 겁니다. 차가 와야 하니까.”

“아니, 철로도 깔리지 않았는데 무슨 차가 온다는 겁니까.”

“저기 있잖소.”

인부가 손가락질로 가리키는 구석 쪽을 바라보자, 신기하게도 지하철 레일이 금방 나타났다. 아니, 사실은 진작부터 거기 있었는데, 어둠 때문에 내 눈에 미처 안 띄었는지도 모른다.

레일만이 아니었다. 그쪽 벽면에 붙여 비스듬히 설치된 좁은 계단을 통해 사람들이 걸어 내려왔다. 남자든 여자든 차림새가 말쑥하지만, 마네킹처럼 한결같이 무표정한 얼굴들이었다.

'옳거니!'

나는 속으로 쾌재를 부르며, 얼른 그쪽을 향해 다가갔다. 계단을 통해서 간단히 이곳을 벗어날 수 있겠다고 생각한 때문이다.

그러나 내 희망은 물거품이 되고 말았다. 사람들이 다 내려오고 나서 내가 계단에 발을 얹으려고 하자, 붙박이 계단이 갑자기 에스컬레이터로 변하지 뭔가. 그마저도 하향으로만 작동할 뿐 아니라, 내가 뛰어서 올라가려고 하자 속도가 갑자기 빨라졌다. 그렇다 보니 마치 러닝머신을 타듯 제자리 뜀박질을 하는 꼴이 되고 말았다.

마침내 포기한 나는 낙심과 분노를 느끼며 아까의 자리에 돌아갔다.

"그거 보시오." 인부가 비웃음을 지으며 탓했다. "매사에 순리를 따라야지, 무리하게 시도해서 제대로 되는 건 아무것도 없어요."

나는 창피해서 약이 올랐지만, 입을 다물 도리밖에 없었다.

계단을 내려온 사람들은 나중에 플랫폼으로 변할 울퉁불퉁 너저분한 곳에 무질서하게 서있었다. 여전히 표정 없는 얼굴들이었다.

나는 심란하고 불만스러운 대로, 이 상황에 그나마 그들이 함께 존재해줌으로써 일말의 위안을 느꼈다.

'어쨌든 저들이 기다린 전동열차를 탈 때, 나도 타야지. 그래서 이 음침하고 지긋지긋한 곳을 벗어날 수 있으리라.'

이렇게 생각하면서도 그쪽에 가서 그들 속에 어울리기는 싫었다. 어찌 보면 병증이 가벼운 좀비들처럼 느껴지는 기휘심 때문이었다.

그러고서 시간이 얼마나 흘렀을까.

멀리서 전동핸드카 한 대가 레일 위를 미끄러지듯 굴러와 멈췄다. 작업 인부들한테 점심인지 중참인지 제공될 음식을 배달하는 운반차였다.

인부들이 일손을 놓고 어슬렁어슬렁 모여들자, 배식담당이 스테인리스인지 플라스틱인지 모를 식판에다 음식을 담아 나눠주기 시작했다.

인부들은 각자 식판을 들고 자기 자리로 돌아갔다.

갑자기 배가 고파진 나는 염치불구 시치미 떼고 인부들 속에 얼른 슬쩍 끼어들었다. 누군가 나를 식별해내고 덜미를 잡아 떨어내지 않나 싶어 마음이 켕겼으나, 다행히도 그런 불상사는 안 일어났다.

이윽고 차례가 와서, 나한테도 음식이 지급됐다. 준비해온 것이 동나서 부족할 경우에 대비한 여분인지, 내가 받은 것은 햄버거 달랑 하나였다. 포장지를 헤쳐보니 햄버거는 아직도 따뜻했다.

마침 출출하던 참이라 맛있게 먹었는데, 결과적으로 그것이 탈이었다. 갑자기 뱃속이 부글거리더니 뒤가 마려워졌다.

다급해진 나는 아까의 인부한테 사정을 털어놓고, 용변 볼 수 있는 장소를 물어봤다.

인부는 저만치 아무렇게나 쌓여 있는 흙더미를 가리키며, 그 뒤쪽에 가서 적당히 볼일을 보라고 일러줬다.

체면 생각하고 어쩌고 할 경황이 아니기에, 나는 빠른 걸음으로 흙더미 뒤쪽에 돌아가 봤다. 그러고는 멈칫해서 입이 딱 벌어지고 말았다. 그곳은 작업인부들이 배설해 놓은 오물로 온통 질퍽거리고, 고약한 악취가 코를 찔렀다.

그래도 그런저런 사정 고려할 경황이 아니므로, 나는 엉덩이를 얼른 까고 쭈그려 앉아 용변을 봤다. 고육지책이었을망정 아무튼 뱃속도 기분도 시원하긴 했다.

어쨌든 그 불쾌하고 구역질나는 장소에서 빨리 벗어나는 게 상수이므로, 바지를 끌어올리면서 동시에 걸음을 빨리했다.

그런데, 예상도 못한 돌발적 상황이 기다리고 있었다. 계단을 내려와 있던 사람들의 모습이 삽시간에 모조리 사라지고 안 보이지 않은가.

나는 간이 철렁해 다급히 인부한테 물었다.

"아니, 그 사람들 다 어디 갔습니까?"

"어디 가긴, 떠났지."

인부의 대답은 천연덕스러웠다.

"떠나다니, 어떻게요?"

"당신이 뒤보러 간 뒤에 차가 왔거든. 그래서 모두 타고 떠났다오."

"아니, 하필 그 새에……."

내 입에서 튀어나온 소리는 숫제 비명이었다. 세상에 이렇게 난감하고 어처구니없는 일이 있다니.

"세상사란 대체로 그런 거라오." 인부가 웃으며 말했다. "우리가 간절히 바라고 애를 쓴다고 모든 게 다 이뤄지는 건 아니지요. 기회란 놈은 눈앞에 나타났구나 싶으면 신기루처럼 순식간에 사라지니까. 그걸 용케 붙잡으려면 타이밍이 중요한 겁니다. 아무튼 성공하는가 하면 때로 실패도 하고…… 그런 반복에 웃고 우는 게 우리네 인생 아니겠소."

"아무리 그렇더라도……."

용변을 본 시간경과래야 불과 삼사 분에 불과한데, 그동안에 전동열차가 들어와 손님을 죄다 싣고 떠났다니, 도무지 믿을 수가 없었다. 뭔가 크게 속임수를 당하는 억울한 기분이었다.

"그럼 다음 차는 언제 옵니까?"

"글쎄, 얼마를 기다려야 할지…… 사실은 오늘 내로 꼭 온다는 보장도 없소이다."

"아니, 뭐라고요?"

"보다시피 아직 정식으로 개통된 것도 아니고, 공사가 한창이잖아요. 아무튼 올 때 오겠지, 뭐. 마음 느긋이 먹고 기다리구려."

"그럴 수 없어요. 전 여기서 빨리 나가야 합니다."

나는 인부에게 마치 책임을 묻는 것처럼, 자신도 모르게 언성을 높였다.

"왜 그렇게 서두르시오? 아까 어쩌다 여기 오게 됐는지, 가야 할 목적지가 어딘지도 정확히 모르겠다 하고선. 그러지 않았소? 세상에는 당신 같은 어정쩡한 사람이 많아서 탈이라니까. 자신이 어디서 뭘 하는지, 뭘 해야 하는지도 사실은 제대로 모르면서 목소리를 높이고 분주하게 종종대기만 하는 인간들. 대체로 빈 수레가 요란한 법이긴 하지만, 그런 부류의 주제넘은 엇박자가 부담을 지우는 때문에 이놈의 사회 진보와 발전의 템포가 늦어지는 겁니다. 그러니 당신도 바장이지 말고 기다리는 게 현명할 게요. 그밖에는 달리 방법이 없기도 하고. 아시겠소?"

나는 기가 막혔다. 이런 작자한테 이런 쓰잘데없는 언설을 들으며 시간을 허비하고 있어야 하는 상황 자체에 울화가 치밀었다. 하지만 장소가 장소, 분위기가 분위기인지라 꾹 참고 삭이기밖에 도리가 없었다.

누구 도움에 기대려고 할 필요 없이 스스로 출구를 찾아 나가야겠다고 작정한 나는 새삼스레 사방을 면밀히 둘러봤다. 그 결과, 레일이 아득히 뻗어간 전방의 작은 빛을 발견했다. 마치 높이 솟은 큰 굴뚝 속에서 고개를 젖히고 올려다본 바깥세상의 한 뼘 허공 같은 것이었다.

'저게 출구로구나!'

나는 갑자기 희망과 활기가 솟아나 그 빛을 향해 나아가기 시작했다. 그러나 가면 갈수록 장애물이 많아 더 이상의 진출이 어려워 포기하고 말았다.

"그것 보시오. 억지로 무리해봐야 헛일이라니까. 모름지기 순리를 따라야지."

땀에 후줄근히 젖어 되돌아온 나를 보고 아까의 인부가 빙그레 웃으며 한마디 했다. 측은하다는 뜻인지 조롱인지 모를 애매한 어투였다.

나는 털썩 주저앉아 무릎을 세워 두 팔로 껴안았다. 자신의 처지에 막막하고 슬프고 화가 치밀어 감정을 다스리기 어려웠다.

'아! 내가 어쩌다, 왜 이런 곤경을 당해야 하지?'

이렇게 속으로 자탄하고 있을 때, 문득 아까의 핸드카가 다시 나타났다. 인부들이 식사하고 물린 그릇 따위를 수거하려고 온 것 같았다.

그 순간, 섬광 같은 빛이 뇌리에 스쳐갔다.

'옳지! 저걸 이용하면 되겠어.'

나는 벌떡 일어나 그쪽을 향해 성큼성큼 다가갔다. 식판들을 주섬주섬 챙기는 사람한테 사정을 호소하고, 편승의 편의를 구했다.

"핸드카를 타고 밖에 나가겠다는 거요?"

"네."

"그건 안 됩니다."

그가 단마디로 자르는 바람에, 나는 가슴이 철렁했다.

"아니, 왜……."

"이건 작업용이지, 손님 탑승용이 아니잖아요."

"그렇더라도 사정 좀 봐주실 수 있지 않겠습니까. 제발 부탁드립니다."

그가 작업규정 위반이란 이유까지 대며 도리질을 했지만, 나는 결사적으로 계속 매달리며 떼를 썼다. 그냥 말만으로 때우려 한 게 아니라, 그의 일을 도와주려고 소매를 걷어붙였다.

그가 입으로는 여전히 인정머리 없는 말을 뱉으면서도 내 일손 보조에 대해서는 못 이긴 척 거부감을 표하지 않음에 한 가닥 희망을 걸었다. 급기야는 지갑을 꺼내 수중의 돈 전부를 털어 그의 호주머니에 찔러 넣어주기도 했다.

이렇게까지 구차하게 안달복달하는 걸 보고서야 그는 마지못한 듯 알량한 인정을 베푸는 척했다.

"정 그렇다면야 어쩔 수 없군요. 비좁긴 하지만 적당히 끼여 앉으세요."

그러고는 자기변명의 뜻으로 한마디를 덧붙였다.

"정말 이래선 안 되는데……."

나는 비로소 안도의 한숨을 내쉬었다. 오랫동안 고약한 체증이 싹 가시는 기분이고, 지긋지긋한 굴속을 이렇게라도 벗어날 수 있게 된 행운이 꿈만 같았다.

내가 간신히 얻어 탄 공간은 전동핸드카의 왼쪽 모서리, 차곡차곡 쌓인 식판상자들 옆이었다. 묶거나 해서 고정되지 않은 상자들이 차체의 요동에 흔들거리다 언제 자칫 머리 위에 떨어질지 몰라 조마조마 신경 쓰이는, 그런 자리였다. 그나마도 감지덕지, 다른 도리가 없었다.

드디어 핸드카가 움직이기 시작할 때 고개를 돌려보니, 아까의 인부가 싱긋이 웃으며 나를 바라보고 있었다. 그 표정이 짧은 동안에 조성된 가벼운 우정의 되새김인지, 어디 어떻게 되자 보자는 용심의 비웃음인지는 알 수 없었다.

'그러거나 말거나, 이젠 나하고 무슨 상관이야.'

나는 홀가분한 기분으로, 운전석에 앉은 사람의 뒤통수에 반쯤 가려졌다 말았다 하는 출구의 환한 빛을 선망과 기대감에 줄곧 바라봤다.

출구의 빛은 전동차가 다가감에 따라 점차 커져갔다. 그래서 마침내 밝은 바깥세상의 거리 귀퉁이가 눈에 들어왔을 때였다.

위태위태하던 상자들이, 가까스로 버티던 내 지지력을 압도하고 마침내 우르르 무너졌다.

"아!"

나는 탄식도 비명도 아닌 절망의 외마디를 지르며 핸드카에서 추락하고 말았다.

이 비몽사몽의 순간, 한 남자의 초라한 꼬락서니가 내 의식에 뚜렷이 잡했다. 비좁은 간이침대에서 방바닥에 떨어져 통증에 오만상을 찌푸리는 자신의 모습이었다.

# 종말과 구원에 관하여

## －꿈, 그리고 환상 13

되짚어보건대, 그 꿈이 어째서 나를 거기에 데려갔을까?

그곳은 한마디로 요약하면 로마네스크풍의 거대한 도시라고 함이 제격이겠다. 그것도 폐허가 되어가는 중인지, 진행이 멈춘 폐허 그 자체인지를 단정적으로 말하기 뭣하게 어수선하고 너저분한 풍경이다.

그렇긴 하지만 도시 전체의 색조가 거의 황토색이라서 불결감이 덜하고, 서녘하늘에 새털구름이 엷게 드리운 황혼과 대지의 색감이 어우러져 전체로 아름다운 풍경이다. 눈의 시각을 약간 비틀고, 거기에다 감상感想을 조금 덧바른다면 어떤 불분명한 희망과 여유가 느껴지기도 한다.

도시 한가운데를 작은 강이 가로질러 흐르고 있다. 아니, 강이라고 하면 조금 과장이 될 성싶으니, 제법 큰 냇물이라 함이 적절하겠다. 관개灌漑나 강변 구조변경을 목적으로 한 인위적 손길이 전혀 닿지 않아서 오랜 세월과 자연이 허여한 본래의 모습과 흐름을 그대로 유지하고 있다.

물은 불순 찌꺼기 따위가 전혀 없이 깨끗하고 맑은 빛이지만, 무슨 중금속 따위가 녹아들어 오염됐을 성싶은 선입불안감을 왠지 불러일으킨다.

거리에는 시민들과 관광객들이 뒤섞여 움직이고 있는데, 말기도시 거주민의 모습은 두어 세기 이전 서유럽사람들 풍모와 복장이라고 하면 제격일 거 같다.

돌연, 멀리 어디선가 말떼가 나타나 길을 메우면서 밀리는 파도처럼 질주해와, 놀라고 당황한 사람들은 비명을 지르며 허겁지겁 흩어진다.

수백 마리나 될 듯싶은 말들은 흥분해서 험상한 기세로 지축을 울리고, 이들이 발굽으로 일으키는 흙먼지는 사막의 황사바람처럼 온 거리를 뿌연 어둠으로 집어삼킨다.

마침내 말들이 다 지나가고 흙먼지가 거의 잦아들어 도시가 본래의 평온하고 조용한 분위기로 돌아올 즈음, 무슨 퍼레이드라도 되는 듯이 가장행렬 같은 인파가 뒤이어 한길을 메우며 또 밀려오고 있다. 그렇지만 꼭 축제행색을 하고 있지는 않으며, 그저 소란 떨지 않고 조용히 움직이는 시위대 같은 군중의 일단이다.

그들을 피하려거나 훼방꾼이 되고 싶지 않은 사람들 속에 섞여, 나도 계단을 통해 위로 올라간다. 너른 한길을 가로지르는 커다란 육교다.

사람들은 다리 위에서 아래쪽을 통과하는 행렬을 내려다보며 꽃송이를 던지기 시작한다. 그러고 보니 모두들 꽃다발을 들고 있다. 누군가가 나한테도 꽃을 한 묶음 건네므로, 얼떨결에 받아 그들과 마찬가지로 꽃을 던진다.

아래쪽 사람들은 겨울날 노천에서 함박눈을 맞는 행인처럼, 머리에 떨어지는 꽃송이에 대해 별다른 관심이나 반응을 보이지 않는다.

마침내 이들이 다 지나가고 났을 때, 가까운 건물 안의 광경이 열린 창문을 통해 문득 내 시야에 들어온다. 무슨 식당인 듯, 여러 사람이 식사를 하는 중이다. 그제야 보니까 육교는 한길 가장자리에 똑떨어진 단독구조물이 아니고 큰 건물의 바깥계단과 연결돼있다.

내가 출입문을 밀고 들어가자, 주인남자가 고개를 끄덕이며 맞아 창가쪽 식탁을 지정해준다. 자리에 앉으니까, 주문도 하지 않은 스테이크요리가 와서 내 앞에 놓인다. 나는 별로 맛있다고 느껴지지 않는 그 음식을 조금 먹다 말고는 일어난다.

내가 계산을 치르려고 카운터에 다가가자, 주인이 재빨리 곁에 와서 눈웃음을 지으며 고개를 젓는다. 식사비를 치르지 않아도 무방하다는 뜻인 거 같다. 나는 같은 미소로 답하며 그 선심호의를 받아들인다.

식당을 나온 나는 다시 관광객들 속에 끼어들어 시가지 구경을 계속한다. 풀무질에 시뻘게진 거센 불길이 쇠붙이를 핥았다말았다 하는 대장간. 여러 색깔 온갖 과일들이 진열대에 풍성한 난전시장. 커다란 고깃덩이가 갈고리에 걸려 비린내를 진동시키며 천장에 매달린 정육점. 주로 여성손님의 눈길을 홀리려는 온갖 액세서리며 장신구 판매점. 색깔 들인 깃털 장식을 모자처럼 머리에 올린 말이 끄는 관광마차의 특이하게 개성적인 조각장식. 이런 것들의 파노라마를 차례로 내 눈길이 스쳐 지나간다.

한눈에도 무슨 극장 같은 건물 앞에서 내 걸음이 멎는다. 사람들이 차례차례 들어가는데, 입구에는 체크하는 검표원도 없다.

어두컴컴한 실내에 입장하니까, 조명이 집중되는 안쪽 무대에서 판토마임을 하는 배우 서너 명이 온몸을 꽈배기처럼 배배틀며 연기를 펼치는 중이다. 벙어리를 흉내하는 온갖 표정은 슬픔과 안타까움과 분노를 표현하고, 그 감성이 관객들에게 고스란히 전달 이입된다.

어느 순간, 갑자기 배우들이 배경음향효과에 힘입어 무대 바닥을 큰소리가 나게 발로 내리찍곤 쓰러져 널브러진다. 그와 동시에 조명이 꺼져, 겁이 더럭 난 관객들은 아우성을 치며 앞을 다퉈 극장을 빠져나온다.

다시 한참 여기저기 돌아다니다가 무심결에 어느 좁은 골목길에 들어섰을 때, 웬 중년여자가 마치 기다렸다는 듯 앞을 가로막으며 은근히 말을 걸어온다. 자기 주인이 나를 만나고 싶어 기다린다고.

이 뜻밖의 주문에, 나는 아무런 동요나 의심도 없이 순순히 안내인을 따라가 어느 집을 방문한다.

안내인이 나를 데리고 들어간 방에는 안쪽 벽에 붙여놓은 커다란 침대가 있고, 그 위에 수수한 실내복 차림인 여자가 매우 푹신해 보이는 이불로써 하반신을 가린 모습으로 앉아 나를 맞이한다. 여자의 머리 위에 누구를 부를 때 신호할 수 있도록 어딘가의 초인종에 연결됐음직한 줄이 늘어뜨려져 있는 걸 보건대 하반신이 불구인 모양이다. 벽에 붙여진 침대 머리맡 쪽에는 탁상시계를 비롯해 자잘한 일상소품과 꽃병이 진열처럼 가지런히 놓여있다.

안내인과 동년배로 보이는 여자는 거의 반백인 풍성한 머리를 우아하게 빗어 넘긴 모습인데, 매우 지적으로 느껴지는 온화한 인상이 어쩐지 낯설지 않다. 그녀의 무릎에는 두터운 골판지와 공책 한 권이 포개져있고, 펼쳐진 공책의 오목한 중간에 필기용 연필이 놓여있다.

여자는 얇고 하얀 장갑을 낀 손으로 골판지와 공책을 한쪽에 밀쳐놓으며, 상냥한 목소리로 나더러 의자에 앉으라고 권한다.

"이렇게 만나 뵙게 돼서 반갑군요. 내 이름은 마리아 발토르타입니다."

여자가 자기소개를 한다.

내가 알고 있다고 대답하자, 여자의 눈이 뚱그래진다.

"아니, 어떻게 나를 아시나요?"

"당신이 쓴 예수 그리스도 이야기 『사람이요 하느님인 분의 시詩』를 읽었기 때문입니다."

"오, 그랬구나!"

반색을 보이는 여자한테 내가 말한다.

"그러잖아도 나는 당신에 대해서 몹시 궁금했습니다. 시공時空을 초월해 한번 만나 이야기를 들어보고 싶어 궁금했거든요."

"어떤 점이 궁금하셨나요?"

"크게 두 가진데, 하나는 어찌 그런 경이로운 대작의 저술이 가능했을까

하는 겁니다."

여자가 복잡한 감정이 깔린 묘한 미소를 흘리며 대답한다.

"당신이 말하는 작품의 저작자는 실제로 내가 아니라 주 예수 그리스도이십니다. 이 작고 아둔한 머리로 절대자이신 분이나 가능한 그런 웅대한 의식세계와 지혜를 감히 어찌 담아낼 수 있겠습니까. 어림도 없지요. 난 단지 환상 속에서 주님의 계시를 듣고, 수행해 다니며 기원紀元 당시의 여기저기 세상모습을 구경하고, 그런 다음 그걸 기록으로 구현하는 펜의 역할을 했을 뿐인 하찮은 존재에 불과할 따름이지요."

"무슨 말을 그리 합니까. 꼭 그렇다고 할 순 없습니다. 당신은 아름다운 마음씨로 겸양하지만, 객관적 이성으로 가늠하고 판단하면 당신의 존재, 당신의 역할과 업적 자체가 놀라운 기적입니다. 고루한 보수 가톨릭교단이 당신문제를 지금까지 수십 년 동안이나 '미완 미해결의 숙제'로 치부해서 어쩌지 못하고 뭉그적거리는 것만 봐도 증명이 되는걸요."

여자는 내 칭찬에 마음이 흔들린 듯 한동안 대꾸를 못한다. 이윽고 감정을 다스린 평온한 표정으로 돌아와 나를 응시하며 입을 연다.

"또 한 가지 궁금한 점은 어떤 겁니까?"

"궁금하다기보다는 하소연이나 푸념이라고 함이 적절할 거 같군요. 당신이 『사람이요 하느님인 분의 시』를 쓰던 당시는 제2차 세계대전으로 온 지구촌이 전화戰禍에 휩쓸려들어 인류가 멸망과 생존의 기로에 내몰렸을 때였습니다. 당신도 들려오는 포성에 불안해하고 피란길에 오르기도 하면서 그 엄혹한 시대를 살아내지 않았습니까?"

내가 이렇게 말할 때, 멀리 어디선가 포탄 터지는 소리가 은은하게 들려오는 거 같고, 그 분위기에 일조하듯 갑자기 사방이 어두컴컴해진다.

"다른 사람들은 어떻게 생각하는지 몰라도, 나는 당신의 저작을 읽으면서 그 시대상황적 의미에 큰 방점傍點을 찍었지요. 당신도 그 대목에서 인간집단의 과오와 파멸적 결말에 관해 예수와 의미심장한 담소를 나눈 걸로 기억합니다. 그렇지 않은가요?"

"아뇨, 당신 지적이 정확합니다. 놀랍군요."

"내가 왜 이런 말을 하느냐 하면, 지금 이 지구촌 여러 곳에 크고 작은 전쟁이 벌어지고 있기 때문입니다. 아직은 각각의 국지전양상에 불과하지만, 언제 어떻게 전면적 세계대전으로 확대될지 모를 정도로 상황이 심각하니 문제인 거지요. 이러다 인류가 멸망하는 건 아닌지, 구원의 기회와 방법이 과연 가능한지 심히 걱정스럽습니다."

"당신한테 실망감을 안겨줄까 봐서 좀 저어되지만, 인류역사가 이미 멸망의 시간대로 접어든 건 사실로 인정해야 옳을 겁니다. 그렇게 생각되지 않은가요?"

"어떤 근거로 그리 단언합니까?"

"멸망을 초래할 재앙의 요인이 한낱 물리력 다툼인 전쟁뿐만이 아니니까요. 인간의 무분별하고 엄청난 과욕이 초래한 자원훼손과 고갈, 그것으로 인한 자연기후변화의 악영향, 게다가 외계우주인의 도래도 아니고 자신들의 그릇된 방종과 이기심의 결과물인 AI신인류 등장으로 우리 인간생활은 엄청난 변화의 도전에 직면해있는 상황이니까요. 나는 종말의 스톱워치가 이미 재깍거리기 시작했다고 판단합니다. 당신은 외래객으로 이 도시에 와서 무엇을 보았습니까?"

나는 이것저것 생각하다가 대답한다.

"내가 본 걸 간단히 요약하자면 '종말의 상징'입니다."

"잘 보셨고, 관점도 명쾌하군요. 그렇다면 그 불행하고 비극적인 종말에 이르지 않도록 하려면 어떻게 해야 한다고 생각하나요?"

"글쎄요. 모르겠습니다."

나는 고개를 젓는다.

"모르겠다는 게 당연합니다. 실재하지 않는 걸 당신이 어떻게 말할 수 있겠습니까."문제를 제기하고 스스로 종결한 여자가 새로운 분위기로 대화의 포인트를 바꾼다. "결국 이 세상과 인류문명은 카오스를 거쳐 태초의 영원세계로 돌아가고 말겠지요. 그게 종말의 그림이 아니겠습니까. 그렇다면 그때까지 이 땅에 존재하며 삶을 영위해간 인간들은, 그 영혼들은 어떻게 될 것이며 어디에서 안식의 피난처를 찾아야할까요?"

이렇게 서두를 뗀 여자의 다음 말은 진부한 종교논리로 변질해서 장광설로 이어질 기미가 슬몃슬몃 엿보인다.

나는 이 대목에서 면담을 적당히 끝내고 자리를 벗어나야 되겠구나 하는 요량이 들어 여자에게 양해를 구한다. 그녀는 아쉬워하는 기색이면서도 내가 청하는 악수에 마주 손을 내민다.

여자의 집을 나선 나는 거리에서 움직이는 사람들 가운데 자연스럽게 다시 끼어든다. 그들을 따라서 무작정 걷다가 보니까, 전방에 로마식 원형 경기장이 나타난다.

출입구와 계단을 통과해 경기장 안에 들어서자, 이미 시민들과 관광객들이 뒤섞인 관중이 객석을 거의 다 차지하고 있다. 나는 얼른 빈자리를 찾아 끼어 앉는다.

이윽고 팡파르가 울리며, 검투사들 이십 여 명이 경기장 중앙광장에 등장한다. 이들은 곧 경기인지 결투인지를 시작하는데, 편을 갈라서 대결하지 않고 누구이든 자기한테 근접한 상대에게 무기를 휘두르는 혼전양상이다. 그렇다 보니 누가 유리하고 누가 불리한가 하는 가늠 자체가 불가능할뿐 아니라 무의미한 노릇이다.

아래쪽 상황이야 이처럼 살벌하고 긴박하건만, 객석에서 구경하는 군중들의 반응은 의외로 시큰둥하다. 고함이나 환성을 지르는 사람도 하나 없이 모두 잠자코 시선을 내려뜨리고 있을 뿐이다. 마치 감정도 영혼도 없는 유령의 집단 같다고나 할까.

그런 와중에도 경기장 바닥에서는 어지럽고 무참한 살상전이 급박하게 전개돼, 선혈을 뿌리며 쓰러져 나뒹구는 가련한 패자가 하나 둘 늘어간다.

마침내 마지막 일대일 대결에서 상대를 해치운 최고의 용사가 시뻘건 선혈에 젖은 무기를 번쩍 쳐들건만, 자신의 승리를 기뻐하는 기색이 전혀 아니다. 뿐만 아니라, 군중들도 여전히 집단유령의 기조를 흐트러뜨리지 않는다. 마치 배우도 관중도 하찮은 의미를 공유하고 끝내버린 어이없는 단막극이라고나 할까.

이어서 아래 광장에는 의외의 광경이 연출되고 있다. 하이에나처럼 보이는 흉측한 맹수들무리가 개방된 문을 통해 뛰쳐나오더니 널브러져 있는 검투사 시체를 뜯어먹기 시작한 것이다.

그 참혹한 포식 잔치도 여전히 군중에게 아무런 관심을 불러일으키지 못한다. 모두들 외면한 채 통로와 계단을 통해서 묵묵히 경기장을 빠져나갈 뿐이다.

나는 모두의 뒤를 따라 경기장을 떠나오며, 형언할 수 없이 착잡한 비감에 목이 멘다. 그러면서도 홀로 왜 그런지, 왜 그래야 하는지 이유를 모르겠다.

세상과 인류의 종말에 관해서 논하던 그 여자, 마리아 발토르타의 말이 새삼스럽게 떠오르며 내 슬픔과 절망감을 풍선처럼 부풀려 놓는다.

바로 이때, 갑자기 사방이 어두컴컴하게 변할 뿐 아니라 전방의 도시 전경이 열을 받은 초콜릿처럼 녹아내리기 시작한다.

나는 너무나 뜻밖의 황당하고 엄청난 광경을 목격하며 놀라 탄성을 내지르다가, 자신의 소리에 잠에서 깨어난다.

정신을 가다듬고 잠자리를 벗어나 주방에 들어가서 찬물을 한 컵 들이켠다. 그리고는 거실 커튼을 들치고 어둠에 잠긴 바깥 야경을 내다보며, 조금 전에 꾼 꿈을, 그 시작부터 끝까지의 전모를 가능한 한 생생하게 기억회로에다 각인시켜 저장하려고 머리통에 자극을 가한다. 꼭 그래야 할 필요성이 있어서가 아니라, 왠지 그래야만 할 거 같은 막연한 강박 때문에.

아, 정말이지 그 꿈이 나를 거기로 데려간 까닭이 무엇일까? 인류문명의 보편적이고 비극적인 종말을 제대로 예시해주기 위해? 스산스럽고 피곤한 오늘을 어영부영 살아내는 한낱 지적나부랭이에 불과한 나한테 그런 의식의 파동이 대체 무슨 의미나 필요가 있다고?

창밖을 바라보는 내 시야가 어느덧 흐려진다.

작품론

현실과 환상 또는 현실과 꿈의 경계에서
−손영목의 연작소설집 『꿈, 그리고 환상』과 문학의 새로운 지평

장경렬(서울대 영문과 명예교수)

## 1. 환상 문학과 마술적 사실주의

중국의 작가 류츠신[劉慈欣]의 소설『삼체三體』를 영상화한 미국의 드라마에는 다음과 같은 대사가 나온다. "만일 과학이 불가능하다고 했는데 그 불가능한 일이 실제로 일어나면, 이는 둘 중 하나를 의미해. 과학이 틀렸거나 속임수인 거지." 과연 그럴까. 하기야 과학이 틀렸다거나 틀릴 수 있다는 입장은 오늘날 어디서도 통하지 않는다. 즉, 과학은 곧 진리의 수호자로 추앙받고 있는 것이 요즘의 현실이다. 하지만 어찌 과학만으로 모든 해명이 가능한 것이 인간사일 수 있겠는가. 과학이 불가능하다 선언한 일이 일어나도 이를 단순히 속임수로 치부하기 어려운 것이 인간사 아닌가. 아마도 문학의 존재 이유 가운데 하나는 여기서 찾을 수 있을 것이다. 즉, 과학으로 설명될 수 없지만 그럼에도 여전히 속임수라 할 수 없는 일이 일어나는 곳이 인간 세상임을 명시적으로든 암시적으로든 설파하는 것이 문학이다.

과학으로 설명될 수 없으나 그렇다고 해서 속임수로 단정할 수도 없는 인간사의 비밀을 문학적으로 형상화하려는 시도 가운데 하나가 '환상 문학'이다. 말할 것도 없이, 과학적 현실 이해나 사실주의적 세계 이해와는 또렷이 구분되는 것이 환상 문학인 것이다. 이 환상 문학은 동서양을 막론하고 깊고 넓은 역사적 전통을 누리고 있는데, 신화, 전설, 민담의 상당 부분이 넓게 보아 환상 문학의 범주에 들어갈 수 있다. 문제는 환상 문학이 다루는 환상 세계가 우리가 살아가는 현실 세계와 엄격하게 구분되는 또 하나의 세계라는 데 있다. 다시 말해, 환상 세계는 우리가 삶을 살아가는 현실 세계와는 차원이 다른 별개의 세계인 것이다. 때로 무언가 예기치 않은 계기로 인해 작중인물이 현실 세계에서 환상 세계로 들어가거나 들어갔다가 다시 현실 세계로 나오는 것으로 설정되기도 하지만, 환상 문학 속의 환상 세계는 현실을 벗어난 별세계임을 부정할 수 없다.

그런 이유로 인해 우리는 라틴아메리카 작가들의 소설을 통해 일반화된 개념인 '마술적 사실주의'(realismo mágico)를 주목하지 않을 수 없다. '환상적 사실주의'로 불리기도 하는 이 마술적 사실주의는 우리가 몸담고 있는 현실 세계를 배경으로 하되 그 안에 환상의 개입을 자유롭게 허용한다는 점에서, 또는 현실과 환상 사이의 자유로운 교직交織을 당연시한다는 점에서, 우리가 친숙해 있는 기존의 환상 문학과는 다른 유형의 환상 문학으로 분류할 수 있다. 이 마술적 사실주의는 합리적 또는 사실주의적 해석을 수용하되 그것만으로는 도저히 설명 불가능한 것이 인간 세계라는 관점에서 기존의 사실주의 문학을 보완하려는 일종의 대안代案일 수 있다. 아울러, 마술적 요소 또는 환상적 요소가 누구나 인정하는 사실적 현실 세계 자체의 일부일 수 있음을 공공연하게 인정한다는 점에서도 사실주의 문학의 대안일 수 있다. 어찌 보면, 마술적 사실주의는 과학의 합리성과 문학의 사실주의가 합세하여 이른바 '본격 문학'의 외곽으로 환상 문학을 내쫓으려 하는 '환상 문학의 주변화(marginalization)'에 대한 저항일 수도 있겠다.

마술적 사실주의 문학에서 비현실적이고 환상적인 요소를 동원하는 것은 현실의 현실성 또는 비현실성을 부각하기 위한 일종의 기법상 전략—즉, 현실을 낯설게 하여 이를 새로운 시선으로 바라보게 하는 전경화前景化(foregrounding)—일 수도 있다. 아마도 이를 보여 주는 대표적 사례 가운데 하나가 라틴아메리카의 작가 가브리엘 가르시아 마르케스(Gabriel García Márquez)의 단편소설 「거대한 날개를 지닌 아주 늙은 남자」("Un señor muy viejo con unas alas enormes")일 것이다. 이 작품 속 이야기의 배경은 바닷가의 한 마을로, 이는 현실 세계 어디에나 있을 법한 마을이다. 그런데, 비가 내리 사흘 동안 퍼부은 끝에, 그 마을의 주민인 펠라요와 그의 부인 엘리센다가 사는 집의 뒷마당 진흙탕에 늙은이가, 그것도 거대한 날개가 달린 늙은이가 얼굴을 처박고 있는 것이 발견된다. 현실 세계 속에 환상적 요소가 끼어들고 있는 것이다. 아무튼, 그의 정체는 무엇일까. 늙은 천사? 이 늙은이로 인해 엄청난 논란이 인다. 그리고 펠라요 부부는 이 정체불명의 신기한 늙은이를 '관람'하고자 모여드는 사람들에게 관람료를 받음으로써 집을 새로 지을 만큼 재산을 모은다. 마침내 사람들의 호기심이 시들해질 만큼 세월이 흐른 후에 기력을 회복한 늙은이가 날갯짓을 하여 어디론가 날아간다. 천사로 추정되는 낯선 인간의 등장은 현실 세계 속 인간에게 기껏해야 돈벌이 수단일 뿐이다. 이것이 인간의 비현실적인 현실이다.

이 같은 유형의 문학 작품 가운데 우리에게 잘 알려진 것 한 편을 추가하자면, 이는 라틴아메리카를 벗어나 유럽의 작가 프란츠 카프카(Franz Kafka)의 소설 『변신』(Die Verwandlung)일 것이다. 이 작품 속 이야기의 무대도 환상 세계가 아니라 지극히 사실적인 현실 세계다. 소설의 주인공 그레고르 잠자가 벌레로 변신하는 것 이외에는 어디에도 환상적 요소가 감지되지 않는 것이다. 물론 잠자가 벌레로 변신하자 그의 가족은 당황한다. 가족의 생계를 책임지던 그가 벌레로 변신하다니! 하지만 가족은 달리 생계 수단을 찾게 되고, 벌레로 변한 잠자는 가족에게 다만 성가신 짐일 뿐이다. 마르케스의 소설 속 날개 달린 늙은이가 어딘가로 날아가자 엘리센다가 무거운 짐을 덜었다는 데서 안도하듯, 잠자가 방치된 가운데 죽자 그의 가족은 홀가분한 마음으로 이사를 준비한다. 인간의 무심함을, 인간의 현실적임을, 아니, 인간다워야 함을 외면한 인간들로 채워진 현실의 비현실성을 어찌 이보다 더 효과적으로 드러낼 수 있겠는가.

말할 것도 없이, 마술적 사실주의는 라틴아메리카나 유럽의 전유물일 수만은 없다. 우리 주변에도 이 기법의 문학작품이 확인되거니와, 논자의 좁은 판단으로는 무엇보다 윤흥길의 중편소설 「장마」에서 이 마술적 사실주의의 요소를 짚어 볼 수 있을 것이다. 구렁이 한 마리가 집안에 들어오자 주인공의 외할머니는 친삼촌의 환생으로 받아들이고 정성을 다해 구렁이를 달랜다. 마침내 구렁이는 집 밖으로 나간다. 이 작품을 읽는 독자나 주인공에게는 어떨지 몰라도 적어도 주인공의 외할머니나 친할머니는 이른바 환상과 현실의 경계가 따로 없는 환상적 또는 마술적 현실 세계를 살아가는 인물이라 할 수 있겠다. 물론 본격적인 의미에서의 마술적 사실주의 문학도 우리 주변에서 찾아볼 수도 있거니와, 논자의 좁은 식견으로는 최인석의 『아름다운 나의 귀신』, 정영문의 「괴저」 등이 이를 대표한다고 할 수 있겠다. 이 같은 작품이 발표되고 상당한 세월이 흐른 뒤에 우리는 마술적 사실주의의 진경眞境을 생생하게 드러내 보이는 또 하나의 문학 세계와 마주하게 되었으니, 이는 바로 우리가 논의 대상으로 삼고자 하는 손영목의 이번 작품집 『꿈, 그리고 환상』이 펼쳐 보이는 세계다.

『꿈, 그리고 환상』은 열세 편의 단편소설로 구성되어 있으며, 모든 작품의 기저에 놓이는 것이 '꿈'과 '환상'이다. 하지만 우리가 우선 유의해야 할 사항은 이 작품집의 작품 가운데 여러 편이 "잠자는 동안에 깨어 있을 때와 마찬가지로 여러 가지 사물을 보고 듣는 정신 현상"(국립국어원 『표준국어대사전』 정의 1)과 관계된 '꿈'을 동원하고 있다면, 유독 「환상 여행」은 "실현하고 싶은 희망이나 이상"(『표준국어대사전』 정의 2)으로서의 '꿈'을 이야기하기 위한 작품이라는 점이다. 이런 관점에서 보면, 「환상 여행」은 초등학교 6학년생의 아이가 독서 과정에 이어가는 "환상 여행"을 이야기하고 있을 뿐, 환상 문학이나 마술적 사실주의 문학의 범주에 들어가는 것이 아니다. 물론 『걸리버 여행기』라는 환상 소설이 바로 이 "환상 여행"의 주축을 이루고 있는 것이 사실이지만, 이는 어디까지나 작중화자가 이를 탐독한 뒤에 "불현듯 감전된 것처럼 온몸이 바르르 떨리며, 내면의 저 깊은 곳에서 영혼의 어떤 외침소리가 아득히, 그러면서도 똑똑히 들려왔다"고 고

백할 때 갖게 된 꿈-즉, "어쩌면 너도, 네가 원하고 열심히 노력만 하면, 지금은 아니라도 훨씬 이후에 그런 작품을 쓸 수 있는 사람이 될 수 있을 거야"하는 독백에 담긴 꿈-을 이야기하기 위한 작품이다.

결국, 작중화자의 어릴 적 소망 또는 꿈을 드러내는 자전적이고 사실주의적인 작품인 「환상 여행」을 제외하면, 『꿈, 그리고 환상』은 현실 세계에 환상성이 가미되어 있는 작품, 현실과 꿈 또는 현실과 환상이 교직되어 있는 작품, 현실속의 꿈이나 꿈속의 현실을 다루고 있는 작품 열두 편으로 이루어진 연작소설집이다. 이를 감안할 때, 이들 작품의 상당수가 넓게 보아 마술적 사실주의 문학의 범주에 속하는 것으로 볼 수 있다. 이들 작품을 유형 별로 세분하자면 대체로 네 유형으로 나눌 수 있다. 첫째, 몽환적 또는 환상적 분위기를 띠고 있지만 그럼에도 여전히 현실 세계의 한 단면을 사실주의적으로 다루고 있는 작품으로, 「안개의 우수」, 「밀랍인형들의 집」이 이에 해당한다. 둘째, 현실의 삶에 환상적 요소가 개입되어 있는 작품으로, 「슬픈 인어」, 「용굴」, 「죽음에 관한 명상」이 이에 해당할 것이다. 어떤 의미에서 보면, 이 유형의 작품들이야말로 우리가 상식적으로 이해하고 있는 마술적 사실주의에 가장 가깝게 다가가 있는 예라 할 수 있겠다. 셋째, 현실의 삶에 관한 이야기 속에 '정신 현상'으로서의 꿈이 '액자 형태'로 삽입되어 있는 작품으로, 「잿빛 안개 저편」, 「스틸라이프」, 「백제성에서」가 이 유형의 작품으로 분류될 수 있다. 넷째, 현실의 삶이 투영된 꿈-이른바 '정신 현상'으로서의 꿈-이 소재가 되고 있는 작품으로, 「미로에서」, 「고사나목과 광진역」, 「탈출구」, 「종말과 구원에 관하여」가 이 유형에 속할 것이다. 논자는 본고에서 이상과 같은 네 유형의 작품들을 개괄적으로 검토하고, 각 유형을 대표할 만한 작품을 한 편씩 선정하여 간략한 독해를 시도하고자 한다.

## 2-1. 비현실적인 현실 세계, 또는 「밀랍인형들의 집」의 경우

「안개의 우수」와 「밀랍인형들의 집」은 현실 세계 안으로 환상적 요소가 유입되고 있다기보다 현실 세계 자체가 환상 세계만큼이나 비현실적일 수 있음을 보여 주는 작품들일 것이다. 우선 「안개의 우수」는 "짙은 안개 속"에서 한 "여자"와 작중화자인 '나' 사이의 "꿈이나 환상"과도 같은 만남을 소재로 다룬 작품으로, 현실 세계를 감싸고 있는 "짙은 안개"와도 같이 환상적 또는 비현실적 분위기가 이 작품을 지배하고 있다. 한편, 「밀랍인형들의 집」을 지배하는 것도 환상적 또는 비현실적 분위기이지만, 이는 "짙은 안개"와 같은 것이라기보다 사람이 살지 않는 빈 집에서 감지되는 썰렁한 냉기와도 같은 것이라 해야 할 것이다.

어찌 보면, 환상적 요소가 구체적으로 확인되지 않기에, 이들 작품은 엄밀한 의미에서의 마술적 사실주의 문학의 부류에 속하는 작품으로 볼 수 없다는 입장도 있을 수 있다. 하지만 현실 또는 사실에 환상적 또는 비현실적 분위기가 투사되어 있다는 관점에서 보면 암시적으로나마 양자 사이의 교직이 이루어지고 있다고 볼 수 있으며, 그런 의미에서 마술적 사실주의의 색체가 강한 문학작품이라고 할 수 있겠다.

이 두 작품 가운데 특히 주목을 요하는 작품은 「밀랍인형들의 집」으로, 이 작품은 남자와의 동거 끝에 헤어져 "정신적인 안정에 앞서 생활의 안정이 시급"한 여자, "당장 먹고 자는 문제가 시급"한 "서미영"이라는 이름의 여자가 직업소개소의 주선으로 일자리를 얻는 것으로 시작된다. 그녀에게 주어진 일자리는 "가정부라든지 하녀 같은 위치하곤" 다른 "집사" 또는 "마님의 잔시중을 거들면서 바깥어른의 비서 노릇"을 하는 것으로, 이 일자리를 얻기 위해 그녀는 "담벼락이 높은 데다 육중한 철대문은 굳게 닫혀" 있는 집, "마치 중세기의 어느 성문 앞에 서 있는 기분"을 느끼게 하는 집을 찾고, 주인 부부의 재가에 따라 그 집에 입주한다.

집의 외양과 마찬가지로 집안의 분위기도 예사롭지 않은데, "썰렁한 귀기鬼氣랄까, 아무튼 [그녀로선] 적확하게 표현할 재간이 없는 특이한 공기가 실내에 떠오르고" 있다. "주인인 최 노인"과 그의 부인, 그 부인의 여동생인 "권 여사," 가정부인 "화천댁," 그리고 "정원사를 겸해 자질구레한 집안일을 도맡는 배 씨"와 한집에 기거하게 된 그녀는 이 집 특유의 썰렁한 냉기, 즉, "귀기"에 대해 이렇게 설명한다.

그 집에 처음 발을 들여놨을 때 느낀 썰렁한 귀기는 내가 그곳을 떠날 때까지도 나를 붙잡고 놔주지 않았다. 참 이상한 노릇이었다. 어떤 주술적인 물건이나 장소가 있는 것도 아니고, 적어도 내가 아는 바로는 식구들 중에 그런 쪽으로 의식이 기울어진 사람이 있는 것 같지도 않은데, 집 안에는 마치 무슨 불길한 예감처럼 야릇한 귀기가 흐르고 있었다. 어쩌다가 일이나 생각에 몰두한 나머지, 또는 오랜 일상의 권태에서 오는 무신경으로 잊어버릴 때가 없지도 않지만, 어느 한순간 내 감성의 눈이 번쩍하고 향하는 곳에는 어김없이 그 파란 귀기의 작은 알갱이가 보였다.

입주한 지 한 달이 훨씬 지나서야 나는 그 귀기가 어떤 덩어리에서 분산되는 것이 아니고, 식구들 한 사람 한 사람이 퍼뜨리는 일종의 먼지나 가스 같은 성분임을 간파할 수 있었다.

그렇다! 그들은 하나같이 어딘가 비정상적인 면이 있고, 이 비정상이 힘으로 감추어지는 것이 아니라 의식적으로든 무의식적으로든 막힘없이 노출되며, 그 노출지점에는 파란 불꽃이 일었다. 이 불꽃은 상대방 또는 다른 사람 전체의 불꽃과 부딪치고 어울려서 새로운 불꽃을 생성시켰다.

작중화자 서미영은 이처럼 귀기 어린 분위기를 조성하는 비정상적인 사람들—작품의 제목을 원용하자면, "밀랍인형들"—이 배우로 등장하는 기괴한 인형극을 어쩌다 엿보게 된다. 즉, 드물긴 하나 주인 부부가 외출했을 때, 놀랍게도 평소 최 노인 앞에서 황송해 어쩔 줄 몰라 하던 배 씨는 "천연 덕스러운 얼굴로" 최 노인의 방으로 들어가 최 노인 흉내를 내고, "언니인 부인에 대해 걸핏하면 고슴도치처럼 바늘을 일으켜 세우는" 권 여사는 "갑자기 생기가 돌고 들뜬 얼굴로" 언니의 방으로 들어가 언니 흉내를 내는 것을 목격하게 되었던 것이다. 심지어 화천댁도 평소와 달리 "거칠고 바쁘게 그릇 부딪히는 소리"를 내거나 "난데없는 카세트 음악소리"를 튀어나오게 한다. 요컨대, 평소와는 다른 인간들로 돌변하는 것이다.

이들의 이 같은 '밀랍인형극'이 의미하는 바는 무엇일까. 작중화자는 이에 대해 아무 말이 없다. 우리는 다만 인간의 내면에 존재하는 미묘한 심리를, 환상적으로 느껴질 만큼 기괴하고 비정상적인 인간의 심리를 여기서 일별할 수 있을 뿐이다. 그것이 결핍을 메꾸려는 보완 심리 또는 보상 심리든, 또는 선망의 대상이나 질투의 대상을 자신도 모르게 흉내 내려는 모방 심리든, 또는 평소에 억누를 수밖에 없었던 감정을 배출하고자 하는 해방 심리든, 바로 이 같은 병적 심리를 억누르거나 감춘 채 삶을 살아가는 이들이 곧 현실 속의 이른바 '정상인'은 아닐지? 따지고 보면, 병적 심리를 억제하거나 감추고 있다는 점에서 '정상인'이란 곧 환상적인 인형극의 배우들일 수 있다. 다시 말해, 현실은 우리가 환상으로 알고 있는 것보다 더 환상적인 것일 수 있다. 작품의 제목을 다시 원용하자면, 인간 세상이란 자신의 욕망과 의지를 숨긴 채 연기를 이어가는 "밀랍인형들"이 거주하는 "집"일 수 있다.

「밀랍인형들의 집」은 '내'가 비정상적인 사람들의 '밀랍인형극'을 목격하는 이야기만으로 끝나지 않는다. 결국에는 배 씨가 최 노인을 살해하고, 권 여사가 언니와 "맞붙어" 언니를 "쥐어"뜯는 지경에 이른다. 아니, 여기서 한 걸음 더 나아가 작중화자인 서미영이 눈에 들어오자 권 여사는 "눈에 더할 수 없는 증오의 불꽃"을 담은 채 그녀에게 "와락 달려"든다. 하지만 평소에 살갑게 보살피던 고양이 덕분에 그녀는 권 여사의 손아귀에서 벗어나 필사적으로 도망치지만, 이번에는 배 씨가 쫓아와 "우악스런 손에 머리채를 움켜"잡아 "땅바닥에 나뒹굴"게 한다. 하지만 고양이와 함께 살갑게 보살피던 개 덕분에 그녀는 배 씨의 손아귀에서도 벗어나게 된다. 이처럼 뜻밖의 기괴한 폭력 행사, 작중화자의 서술만으로는 동인動因을 확실하게 짚기 어려운 폭력 행사가 의미하는 바는 무엇일까. 여기에 대해서도 역시 작중화자는 말이 없다. 이로 인해, 우리는 이 역시 표면적으로는 정상인으로 보이는 인간 또는 인간들이 억누르거나 감추고 있는 병적 심리가 마침내 걷잡을 수 없이 기괴하고 난폭하게 폭발하는 것으로 추정할 수 있을 뿐이다. 혹시 자신들과는 달리 "밀랍인형"일 수 없는 사람, 정상적인 인간이라면 지녀야 할 온기 또는 생기를 지닌 사람, 결국 자신들과는 근본적으로 다른 부류의 사람을 향한 적개심의 분출은 아닐지? 아무튼, 이런 일은 언제 어디서나 일어날 수 있다는 점에서도, 인간의 현실 세계는 환상 세계보다 더 환상적인 것일 수 있다.

## 2-2. 현실 세계 안의 환상, 또는 「용굴」의 경우

「용굴」과 「죽음에 관한 명상」과 마찬가지로 「슬픈 인어」의 배경을 이루는 것도 일상적 삶의 현장−작가의 표현에 따르면, "엄연한 현실"(「용굴」)−이다. 이 「슬픈 인어」에서 작가는 이성에 눈뜰 무렵인 한 소년의 입장에서 "네 살이나 다섯 살 연상"인 이웃집 소녀와의 은밀한 만남을 섬세하고 시적인 언어로 묘사하고 있다. 문제는 소녀가 "갑자기 마을에서 종적을 감"추고, 뒤이어 그녀의 것으로 추정되는 시신이 발견되었지만, 그녀의 죽음을 받아들일 수 없었던 소년에게 그 소녀가 인어가 되어 모습을 드러낸다는 이야기 설정에 있다. 바로 이 같은 설정을 통해 환상적 요소가 사실적인 현실 세계 안으로 비집고 들어온다.

「용굴」에 대한 논의는 뒤로 미루고 먼저 「죽음에 관한 명상」을 논의의 초점에 맞추자면, 한 소년이 할머니의 죽음으로 인해 "'죽음'이라고 하는 인간의 영원한 테마"에 대해 깊은 생각에 잠기게 된다. 그러던 그가 "아버지 심부름으로 담뱃가게에 다녀"오러 나갔다가 "들판 한가운데"서 "알갱이가 먼지처럼 작으면서도 촘촘하게 밀집해 광휘가 훨씬 뚜렷한 그 노르스름한 빛의 덩이"를 목격하게 된다. 소년은 "도깨비불"이 아닐까 생각하면서도 "세상에 도깨비가 어디 있어"라는 생각과 함께, "어느덧 담배 심부름 생각은 까맣게 잊어버리고 그 불을 따라잡는 데만 온 정신을 몰두"한다. 이를 따라가다 결국 소년은 죽은 할머니와 만나 "죽음"에 대해 이야기를 주고받는다. 이로써 '도깨비가 없는 세상' 속으로 도깨비가 존재할 법한 환상 세계가 슬그머니 끼어드는 것이다.

「슬픈 인어」에서 인어로 변신한 소녀와의 만남이 당사자인 소년에게 그러하듯, 「죽음에 관한 명상」에서 죽은 할머니와의 만남도 역시 당사자인 소년에게는 결코 비현실적인 환상으로 인식되지 않는다. 이때의 만남은 윤흥길의 「장마」에 등장하는 친할머니나 외할머니에게 그러하듯 두 작품 속 소년에게는 현실 세계의 일부다. 이처럼 환상을 현실 세계 속에서 살아가는 삶의 일부로 받아들이는 작중화자의 이야기 가운데 아마도 마술적 사실주의의 특성을 가장 극적劇的으로 선명하게 드러내는 것은 「용굴」일 것이다.

이 작품에 담긴 이야기의 핵심은 고향마을에 있는 "용굴"—즉, "동화 속의 신비한 전설인 동시에 엄연한 현실"이기도 한 "용이 살고" 있는 동굴—이 이제 개발의 희생물이 될 것이라는 소식으로 인해 작중화자가 이에 얽힌 어린 시절의 기억을 회상하는 것으로 시작된다. 그의 주변에는 "나이에 비해 체구가 커서 힘이 세고 싸움을 잘해 또래 중에서는 왕초"인 "상도"라는 아이가 있다. 그는 "마을의 고만고만한 아이들 모두에게 위협적이고 성가신 존재"이지만, "그로 말미암은 가장 큰 피해자"는 작중화자인 '나'와 '나'의 친구인 "윤조"와 "재철"이다. 셋은 "지긋지긋한 굴욕"에서 벗어나기 위해 모의하기도 하지만, 초등학교 5학년이 되도록 뾰족한 수를 찾지 못한다. 그러던 중 '나'는 상도를 "용굴에 집어넣는 일"을 시도하자고 두 친구를 설득한다. "용이 걔를 잡아먹거나, 물에 빠져 죽거나, 둘 중 하나"일 수 있다는 이유로. 하지만 친구들 사이에 "세상에 용이 어디 있어"라는 투의 회의가 곧 뒤를 잇는다. 그리하여 '나'는 "두 친구를 설득하기 시작"한다.

물론 나도 이 세상에 용이 있다고는 믿지 않는다. 그것은 사람들이 상상으로 지어낸 동물이니까. 그렇지만 바다 속에 용과 비슷한 괴물이 존재하지 않는다고 어떻게 장담할 수 있는가. 용굴 속의 웅덩이는 또 어떤가. 그 웅덩이 밑이 얼마나 깊은지, 그 속에 과연 무엇이 있는지 우리는 모르고 있지 않은가. 전설처럼 뭔가 용 비슷한 괴물이 사람들 눈에 띄지 않게 들락날락하며 정말 살고 있는지도 모르는 일이다. 아니, 설령 그런 설정과 기대 모두가 비현실적이고 황당무계하다 할지라도 상도를 그 용굴에 집어넣는 일 자체만으로 시도할 가치는 충분하다. 비겁한 꼴을 보이기 싫어 만용을 부리다가 익사하지 않는다는 보장이 없으니까. 물이 차기도 전에 십중팔구 헤엄쳐 나오겠지만, 자기도 겁쟁이라는 사실을 광고했으니 이후부터는 그렇게 잘난 척하지 못할 것이다. 또한, 그런 모험 행위를 하고 나면 정신적 이상변화가 일어날 가능성도 없지 않다. 어쩌면 무엇인가에 충격을 받거나 놀라서 정신이상을 일으킬지도 모른다. 결과가 어떻게 나타나든지 간에 그가 더 이상 우리를 괴롭히지 못하게 만들면 성공 아닌가.

마침내 설득을 당한 두 친구와 함께 '나'는 각본에 따라 밀물 때를 기다려 "용굴 언저리 바위너설"에서 "갯바위낚시로 누가 고기를 가장 많이 낚는지 내기"를 하자는 제안으로 상도를 불러낸다. 상도를 불러낸 세 아이는 용굴 속 웅덩이의 깊이에 대한 호기심을 자극하고, 낚싯줄을 넣어 확인하되 이 일은 "우리 대장"인 상도의 몫이라는 구실로 상도를 "용굴에 집어넣"으려 한다. 이 과정에 낚시하러 온 "마을 아저씨"가 들려주는 경험담에 비춰볼 때 "상도의 행위에 아무런 위험이 따르지 않는다는 사실이 확실해지자, 나는 아쉬움과 함께 묘한 안도감을 느[낀]다." 여기서 우리는 정상적인 아이라면 으레 느낄 법한 "이율배반적인 기분"을 생생하게 감지할 수 있다. 아무튼, 얼마 되지 않는 용굴 속 웅덩이의 깊이를 확인한 상도는 용굴에 들어갔다가 "의기양양한 표정으로" 나온다.

의도했던 바가 실패로 돌아가자, '나'는 이제까지 잡은 세 친구의 고기를 몽땅 몰아준다는 조건에다가 소중하게 간직하고 있는 "만화세계"라는 잡지까지 얹어 주겠다는 조건으로 "용굴에 들어가 물이 다 찰 때까지 있다가 나오는" 모험을 상도에게 해 볼 것을 제안한다. 그런데 용굴에 들어간 상도가 이번에는 나오지 않는다. 그를 기다리면서 세 아이가 나누는 대화에서 우리는 꾸민 일이 이루어지자 안절부절 못하는 아이들의 마음과 모습을 확인할 수 있다. 아무튼, "한여름 대낮인데도 몸이 부들부들 떨"리는 것을 주체하지 못한 채 상도가 다시 모습을 드러내기 바라는 세 아이의 기대와 달리 상도는 끝내 제 모습을 드러내지 않는다.

상도의 실종 사건이 기정사실화되자 당연히 마을 사람들이 모두 놀란다. 한편, "한 인간을, 그것도 코흘리갯적부터 한 몸처럼 붙어 지낸 친구를 그 지경으로 만들어놓고 아주 태연할 수 있을 정도로 대담한 악당"일 수는 없었던 '나'와 두 친구도 "회심의 미소"를 짓기는커녕 "시무룩한 태도와 침묵"으로 일관한다. 그리고 마을 사람들은 이러한 변화를 "우정의 표징으로" 받아들인다. 문제는, 마을 사람들의 반응이 어떠하든, 상대를 죽음에 이르게 할 수도 있는 계책을 꾸며낼 정도로 아이들조차 "영악"할 수 있다는 데 있다. 어쩌다 어떤 아이가 이 같은 종류의 영악함을 드러냈을 때 이를 목도하고 지극히 당연하고 현실적인 아이의 모습으로 여길 사람은 과연 얼마나 될까. '어찌 어린아이가 그런 계략을!' 이 같은 탄식과 함께 지극히 비현실적이라고 생각하지 않을지? 어찌 보면, 우리가 지극히 정상적이고 현실적인 것이라고 생각하는 것이 놀랍게도 지극히 비현실적인 것 또는 환상적인 것일 수 있고, 지극히 비현실적인 것 또는 환상적인 것이라고 생각하는 것 자체가 지극히 정상적이고 현실적인 것은 아닐지? 그것이 「용굴」에서 우리가 감지할 수 있는 작가의 메시지일지도 모른다.

아무튼, 실종된 상도의 흔적은 어디서도 발견되지 않는다. '나'는 이에 대한 어린아이다운 궁금증을 이렇게 토로한다.

> 상도는 정말 어떻게 된 것인가. 나는 그것이 궁금해서 견딜 수 없었다. 행여나 시신이라도 눈에 띌까 해서 마을사람들이 용굴 훨씬 저쪽까지 온 바닷가를 이 잡듯이 뒤졌는데도 허탕으로 끝난 모양이었다. 수색자들이 용굴 속을 안 들여다봤을 리가 없었다. 그렇다면 상도의 익사체나, 하다못해 그가 신었던 고무신짝이라도 발견돼야 정상인 것이다. 그런 흔적조차 없다는 것은 무엇을 의미하는가. 썰물에 휩쓸려 아주 먼 바다로 흘러나갔을까. 아니면 용이나 다른 어떤 괴물이 깡그리 먹어치운 것일까.

마침내 이 같은 '나'의 궁금증을 풀어 주기라도 하려는 듯 어느 날 상도가 "평상시나 다름없는 생생한 모습으로 나를 불쑥 찾"는다.

> 나는 [집에서 혼자 남아] 마루의 남폿불 밑에 책상반冊床盤을 놓고 숙제를 하고 있었는데, 불현듯 누가 우리 마당에 들어서고 있는 듯한 느낌이 들었다.

256

무심코 고개를 돌린 순간, 자신도 모르게 낮은 탄성을 지르고 말았
다. 어둑어둑한 가운데 희끄무레한 모습으로 나타난 것은 뜻밖에도
상도가 아닌가!

"사, 상도구나! 너 대체 어디 가 있은 거냐?"

내가 다급하게 던진 첫마디였다.

"어디 가 있었느냐고? 몰라서 물어?"

상도는 별로 화난 것 같지 않은 투로 반문하며 다가와 마루에 걸터
앉았다.

이어지는 대화에서 상도는 '나'에게 자신이 "용굴의 주인"인 "용"이 되었음
을 밝힌다. 마침내 대화를 주고받는 가운데 '나'는 "오로지 할 수 있는 일이
라곤 비참한 자신을 눈물로써 자책하는 일뿐"이라는 생각에 몰려 하염없
이 눈물을 흘린다. 그런 '나'를 "물끄러미 바라보던 상도는 이윽고 자리에
서 일어[난]다."

죽은 것으로 추정되는 상도가 갑작스럽게 '나'를 찾아와 대화를 주고받
게 되었다는 이야기를 우리는 어떻게 이해해야 할까. 이는 "마루의 남폿불
밑에 책상반을 놓고 숙제를 하"다가 '내'가 잠이 들어 꾼 꿈속의 환상 체험
이 아닐까. 하지만, 앞서 잠깐 언급한 「슬픈 인어」와 「죽음에 관한 명상」
에서 그러했듯, 작가는 그 이야기를 꿈속의 환상 체험으로 분장粉牆하지
않는다. 다만 "엄연한 현실"의 일부인 양 담담하게 서술을 이어갈 뿐이다.

그렇다면, 이 같은 서술을 통해 작가가 노리는 효과는 무엇일까. 무엇보
다 우리는, 앞서 아이들의 영악함에 대해 논의할 때 암시했듯, 작가가 이를
통해 현실과 환상의 경계를 지우고 있음을 유의할 수 있다. 어찌 보면, 현
실 세계가 곧 환상 세계의 일부이고 환상 세계가 곧 현실 세계의 일부임을
드러낼 듯 감추고 감출 듯 드러내고자 하는 것이 작가의 서술 전략인지도
모른다. 이로써 작가는 논리와 합리를 뛰어넘어 존재하는 신비롭고도 이

상야릇한 것이 곧 인간의 현실 세계라는 메시지를 우리에게 전하고자 하는지도 모른다. 용굴 안에 기거할 법한 용의 존재를 부정하면서도 그것의 존재 가능성에 대한 믿음에서 끝내 벗어나지 못하는 작품 속 아이들이 그러하듯, 그리고 "성인이 돼서도 결코 그 전설을 부정하거나 폐기하기커녕 자기 자식에게 들려줌으로써 전래되는 데 충실히 몫을" 하는 마을 어른들이 그러하듯, 현실 세계의 수수께끼와 신비에 대한 인간의 이해는 결코 과학과 이성과 논리만으로 충족될 수 없다. 바로 이 엄연한 현실을 우리에게 일깨우는 것이 이른바 마술적 사실주의 문학이고, 이 유형의 문학을 예시하는 작품 가운데 한 편이 「용굴」이다. 어찌 보면, 한국적인 마술적 사실주의를 어느 작품보다 생생하게 감지케 하는 작품이 「용굴」이기도 하다.

## 2-3. 현실의 삶 한가운데의 꿈, 또는 「백제성에서」의 경우

앞서 논의한 작품 모두가 그러하듯, 「잿빛 안개 저편」, 「스틸라이프」, 「백제성에서」도 "엄연한 현실" 속에서 나름의 삶을 이어가는 사람들의 이야기가 작품의 소재가 되고 있다. 먼저 「잿빛 안개 저편」의 주인공은 초등학교 3학년생인 아이로, 이 아이는 학교 가기를 지겨워하고 공부도 하기 싫어한다. 그런 아이가 어느 날 시험 성적도 나쁘고 드센 아이와 한 바탕 싸움질을 한데다가 청소 당번에 걸려, "우울하고 슬픈 기분으로" 혼자 늦은 귀갓길에 오른다. 한편, 「스틸라이프」의 주인공은 "살고 있는 아파트 단지 근처에 지하철역이 있"는 한 남자로, 아침에서 저녁까지 그의 하루 삶이 작품 속 이야기의 배경이 되고 있다. 「백제성에서」의 주인공은 "여행을 황혼녘 삶의 질을 높이는 무슨 필수요건처럼 여기는 안식구"를 거느린 남자로, "안식구"를 따라 중국으로 "해외여행"을 떠난다. 이처럼 세 편의 작품에 등장하는 인물이나 사건은 모두 우리 주변 어디서나 볼 수 있는 현실

속의 평범한 인물의 평범한 삶이다. 그런 그들이 현실의 삶 한가운데서 꾸는 꿈이 현실의 삶 자체에 대한 이야기 안에 '액자 형태'로 삽입되고 있다.

먼저 「잿빛 안개 저편」의 경우, 이 작품에 등장하는 아이가 집으로 가는 도중 "곰처럼 생겼다 해서 '곰바위'라고 부르는 커다란 바위 앞"에 이르러 평소에 다니던 길을 벗어나 낯선 길을 택했다가, "이상한 사건"과 마주한다. "이상한 사건"이라니? 아이에게는 "세상에 어찌 저토록 예쁘고 고운 사람이 있을까!"라는 탄성을 자아내는 "젊은 여자"와의 만남이, "이마에는 깊은 사색과 고뇌의 표징인 세 가닥 굵은 주름살이 있"는 "늙수그레한 남자"와의 만남이, "헐렁한 잿빛 옷을 벗어부쳐 우람한 웃통을 드러낸" "남자"와의 만남이 차례로 이어진다. 어쩌면, 아이가 귀갓길에 "곰바위" 앞에서 추정컨대 잠이 들었던 것은 아닐지? 관점을 달리하면, 꿈을 꾸는 것이 아니라, 무슨 동기와 이유에서인지 모르지만 환상 세계를 들어갔다 나오는 것이라 할 수도 있겠다. 물론 이번 소설집에 수록된 여타의 작품들과 마찬가지로 환상 세계로의 진입을 암시하는 것은 따로 없다. 아무튼, 연속적으로 세 명의 사람과 차례로 만나는 이른바 "이상한 사건"은 이상하기보다 작위적作爲的이라는 인상을 준다. 어찌 보면, 환상이든 꿈이든 이를 빌려 펼쳐 보이는 작가의 인생 교훈담이라는 느낌을 강하게 준다.

한편, 「스틸라이프」에서는 작중화자인 '내'가 아침에 잠에서 깨기 전에 꾸는 꿈 이야기가 작품의 전반에, 퇴근 후 "텔레비전 화면"에 집중하다가 잠이 들어 꾸는 꿈 이야기가 작품의 후반에 배치되어 있거니와, 이 꿈 이야기들은 "외돌토리"가 된 채 "어디론가 멀리 왔다가는 되돌아갈 길이나 차편을 몰라서 늘 곤경에 처하곤" 하는 사람의 내면 심리를 감지케 한다. 하지만 이 작품 역시 「잿빛 안개 저편」과 마찬가지로 정형화된 구조 안에 정형화된 이야기를 담고 있다는 지적이 있을 수 있다.

이와는 달리, 「백제성에서」는 작가 손영목 특유의 작가적 숨결을 확인케 하는 작품이다. 다시 말해, 작가 고유의 작가적 내공內功을 일별케 하는 작품인 것이다. 이를 감안하여 이제 「백제성에서」에 우리의 논의를 집중하기로 하자.

이야기 속의 작중화자인 '나'는 무엇보다 "『삼국지』 클라이맥스 비극의 현장인 백제성白帝城 탐방이 일정표에 포함된 의외성" 때문에, "외국여행 윗자만 꺼내도 머릴 흔들"던 '내'가 아내의 "양자강 크루즈 여행"에 동참하게 된 것이다. 그렇게 해서 '내'가 떠나는 여행은 단체로 몰려가는 "패키지 여행"이며, 여행 기간은 "4박5일"이다. 여행을 떠나는 날짜는 "3월 중순 어느 날"이며, 출발 시간은 "오전 8시 반"이고 출발 장소는 인천국제공항이다. 요컨대, 어디에도 '환상'이나 '꿈'과 같은 이질적 요소가 끼어들 틈이 없는 지극히 현세적이고 사실적인 현실 세계, 안락하고 즐거운 해외 관광 여행이라는 상업성 광고가 현대인을 유혹하는 세계, 21세기 한국의 서민들에게 여가 활용의 기회가 현실화된 세계가 작품의 소재가 되고 있는 것이다. 그 세계의 시대정신을 있는 그대로 반영하기라도 하듯, '나'의 여행기旅行記는 "패키지여행"으로 중국을 여행해 본 사람이라면 누구나 고개를 끄덕일 만한 내용─예컨대, "겉보기야 푸짐해도 실속이 별로 없는 사천요리"나 "가이드가 쳐든 손바닥 남짓한 삼각기를 졸졸 따르는 우스꽝스러운 행렬 모습" 등등─을 담고 있기도 하다. 하지만 작가 특유의 식견과 안목 그리고 필력을 반영한 것이기에, '나'의 여행기는 나름의 독특한 분위기를 감지케 할 뿐만 아니라 읽는 가운데 깨닫거나 공감할 법한 내용도 적지 않다. (여기서 논자는 작중화자인 '나'와 작가를 동일시하고 있거니와, 관광 여행지에서의 보고 느낀 바에 대한 서술은 실제로 작가 자신이 체험하지 않고서는 불가능할 것이라는 섣부른 추정에 따른 것이다. 그 외에 소설의 내용은 작품의 전개 과정을 극화劇化하기 위한 허구임을 우리는 명심해야 할 것이다.)

아무튼, 우리가 문제 삼고자 하는 것은 이러한 여행기로서의 작품 내용이 아니다. 여행의 셋째 날에는 앞서 언급한 '나'의 "백제성 탐방"이 이루어지는데, 바로 이 부분에서 여행기의 구조는 이른바 상식적인 의미에서의 여행기를 벗어날 뿐만 아니라, 「백제성에서」가 단순한 여행기가 아니라 인간에 대한 작가 나름의 탐구로서의 문학작품임 확인케 한다. 아무튼, "유비·제갈양·관우·장비의 상을 모셔 놓은 명량전明良殿, 제갈양과 아들과 손자까지 3대 상을 모신 무후사武侯祠, 제갈양이 별점을 쳤다는 관성루觀星樓, 유비가 죽어가며 제갈양한테 두 아들을 부탁하는 장면을 밀랍인형으로 재현해 놓은 탁고당託孤堂 등, 여러 구조물"을 "가이드가 인솔하는 대로" 여기저기 옮겨 다니다가 "나는 슬그머니 대열에서 벗어나 입구 가까운 쪽 의자에 앉아 쉬기로 [한다." 이에 대한 표면적 이유는 "간밤에 까닭 없이 잠을 설쳐 나른했기 때문이다." 하지만 가이드를 "졸졸 따르는" 일에 염증을 느꼈기 때문일 수도 있겠다.

아무튼, 이어지는 이야기는 명백히 의자에 앉아 쉬다가 깜빡 잠이 든 '내'가 꾸는 꿈의 내용으로 보아도 무방할 것이다. 그리고 '내'가 꿈에서 만난 사람은 유비다. '나'는 유비와 다음과 같은 대화를 나눈다.


　－외람되오나, 여기 본래주인은 폐하가 아니시고 공손술인 줄 알고 있습니다. 폐하께선 임의로 차지하시고 주인행세를 하실 뿐이지요.
　－허허, 본래 누구 것이었든 간에 지금 차지하고 있는 당사자가 임자 아닌고?
　－폐하다운 말씀을 하시는군요. 여태도 과욕의 미망에서 깨나지 못하신 거 같아 듣기 민망합니다.
　－어허허, 과욕의 미망이라……
　유비는 언짢은 기색 없이 너그러운 웃음으로 받아넘겼다.
　어느덧 우리는 나란히 걸었고, 안개가 종아리높이로 자욱이 깔린 속에 주위에는 아무도 없었다.

　―그대는 방금 짐을 욕심 많은 늙은이라 했는데, 그렇게 생각하는 연유는 무엇인고?

　―사실이 그렇지 않습니까. 폐하께서 주위사람 모두의 만류에도 불구하고 동오東吳와 무리한 전쟁을 벌인 것은 죽은 아우의 복수를 명분으로 내세우셨지만, 천하패권에 대한 식을 줄 모르는 뜨거운 욕망, 살아가실 날이 앞으로 얼마 안 남았다는 조바심도 크게 작용했을 테지요. 외람된 말입니다만, 조조는 '그래, 난 간웅奸雄이다.' 하고 솔직하기나 했지, 폐하께선 시종일관 어진 성군聖君의 모습으로 세상을 기만하며 취할 수 있는 건 다 취하셨지 않습니까.

　―그러니까 짐이 맹덕보다 더 음흉하다, 이런 이야긴고?

　―글쎄올시다. 아무튼 영웅군주이신 세 분이 공평하게 나눠 가진 이 드넓은 땅과 백성을 잘 가꾸고 서로 솥발처럼 떠받치기만 했으면 아무런 문제 없이 세상은 평화롭고 민초들도 힘들지 않았을 터인데, 왜 그렇게들 사생결단으로 싸우셨는지, 소생은 안타깝고 도무지 납득이 안 됩니다.

이어지는 대화를 포함하여 꿈속에서 '내'가 유비를 만나 주고받는 대화는 한국의 작가 가운데 한 사람이, 또는 한국의 지식인 가운데 한 사람이, 또는 21세기를 살아가며 마음만 먹으면 중국 관광 여행을 할 수 있을 정도로 정신적으로나 물질적으로 여유를 누리게 된 한국의 서민 가운데 한 사람이 평소 마음에 담고 있던 인간의 본성에 대한 자신의 소신과 의견을 피력하기 위한 것 아닐지? 아니, 『삼국지』를 번역 판본마다 찾아 읽을 정도로 『삼국지』에 심취했던 20세기 후반 한국의 젊은이들―80대 초반인 작가 손영목뿐만 아니라 70대 초반인 논자까지 포함하는 세대의 사람들―을 대표하여 작가 손영목이 인간사의 축도로서의 『삼국지』와 관련하여 마음속에 담고 있던 생각, 또는 『삼국지』를 기억할 때마다 떠올리는 생각―시인

정지용의 표현을 빌리자면, "아무렇지도 않고 예쁠 것도 없"지만 그럼에도 더할 수 없이 소중하여 "차마 잊힐" 수 없는 생각—을 단편소설 「백제성에서」를 통해 드러내고 있는 것 아닐지?

소설 속 이야기에 의하면, '나'와 '유비'와의 만남을 더 이상 이어질 수 없게 차단한 것은 "내 어깨를 탁 친" 누군가의 손동작이다. 물론 손동작의 주인공은 '나'의 아내다. 이때의 그 손동작은 잠에 빠져든 또는 환상적 상념에 잠겨 있는 '나'를 꿈이든 환상이든 의미를 부여하기 쉽지 않은 비현실의 세계에서 벗어나 '지금 이 순간' 우리가 누리고 있는 현실적이고 의미 있는 세계로 되돌리기 위한 것일까. 아니면, 의미로 충만한 꿈 또는 환상의 세계에서 무의미함으로 허덕이는 메마른 현실 세계로 다시금 '완력으로' 끌어들이려는 것일까. 이 물음에 대한 대답이 무엇이든, '나'의 아내가 '나'의 어깨를 탁 치고 쏟아내는 볼멘 투의 말은 "엄연한 현실"과 거리를 둔 채 또는 "엄연한 현실"로부터 떨어져 표면적으로는 현실 이해와 관계가 없어 보이는 상념에 빠져들곤 하는 사람의 마음을 부당하게 어지럽히는 간섭에 해당하는 것일 수 있으리라. 아니, 그가 들어 마땅한 질책일 수도 있다.

> "아니, 여기서 뭐해요?" 아내였다. "가이드랑 얼마나 찾았다고…… 개구쟁이 애도 아니고, 사람이 어쩜 이럴 수가 있담. 내가 미치지 못 살아!"

## 2-4. 꿈속의 현실, 또는 「종말과 구원에 관하여」의 경우

우리가 '정신 현상'으로서의 꿈 그 자체를 소재로 한 작품으로 분류한 「미로에서」, 「고사나목과 광진역」, 「탈출구」, 「종말과 구원에 관하여」에 대해서는 긴 논의가 필요하지 않을 것이다. 명백하게, 이 네 편의 작품은 그 자체가 현실의 삶을 살아가면서 누군가가 꾸는 일상의 꿈—아마도 작가 자신의 잠재의식 속에서 작가 자신을 되풀이하여 끊임없이 괴롭히고 성가시게 하는 것이 무엇인지를 일깨우는 꿈—을 소재로 하고 있다.

사실 꿈을 소재로 한 이 작품들 역시 마술적 사실주의와 거리가 멀다 할 수도 있다. 하지만, 현실 세계가 아닌 꿈의 세계에서 일어나는 일을 다룬 작품임에도 이를 지배하는 것은 현실적 또는 사실적 분위기라는 점에서, 앞서 논의한 「밀납인형들의 집」등에서는 현실에 비현실적 또는 환상적 분위기가 덧씌워져 있다면, 「미로에서」등에서는 꿈 또는 환상에 사실적 또는 현실적 분위기가 덧씌워져 있다고 할 수 있다. 그런 의미에서, 「미로에서」등은 「밀납인형들의 집」등과 다르면서도 유사한 성격의 작품으로 볼 수 있는 동시에, 마찬가지로 현실과 환상 사이의 교직이 이루어지고 있기에 넓게 보아 마술적 사실주의의 색체가 감지되는 작품들이라 할 수도 있겠다.

문제는 이들 각각의 작품에 소재가 된 꿈이 과연 어떤 문제를 주제로 다루고 있는가에 있을 것이다. 명백히 꿈을 소재로 한 이들 작품이 초점을 맞추고 있는 인간 심리는 거의 동일한 것이다. 우선 「미로에서」의 주제는 집으로 가려고 애를 쓰지만 끝내 집에 이를 수 없는 "어린아이"의 절망감과 슬픔이다. 「고사나목과 광진역」에서도 주제는 길을 잃은 인간의 절망감과 슬픔이다. 물론 이야기의 소재는 다르다. 이사를 간 친구의 "집들이 자축연"에 참석하기 위해 찾아갔다가 냉정하게 참여를 거부당한 뒤 '나'는 집에 돌아가려 하지만 그 길을 찾지 못해 "절망과 비감"에 젖어 방황하는 것이다. 「탈출구」에서도 "땅속의 거대하고 기다란 공간, 지하도로나 지하철도의 공사현장 같은 곳"에서 "출구"를 찾는 인간이 이를 제대로 찾지 못해 헤맬 때 느낄 법한 절망감과 슬픔이 주제가 되고 있다. 이 같은 세 편의 작품에서 공통으로 확인되는 주제를 요약하고 있는 것이 「탈출구」에 등장하는 지하철 공사장의 한 인부가 작중화자인 '나'에게 던지는 다음과 같은 말일 것이다.

"세상사란 대체로 그런 거라오." 인부가 웃으며 말했다. "우리가 간절히 바라고 애를 쓴다고 모든 게 다 이뤄지는 건 아니지요. 기회란 놈은 눈앞에 나타났구나 싶으면 신기루처럼 순식간에 사라지니까. 그걸 용케 붙잡으려면 타이밍이 중요한 겁니다. 아무튼 성공하는가 하면 때로 실패도 하고…… 그런 반복에 웃고 우는 게 우리네 인생 아니겠소."

한편, 「종말과 구원에 관하여」에서도 작중화자가 길을 헤매고 있기는 마찬가지다. 아무튼, 이 작품은 위에서 논의한 '현실의 삶 한가운데서 꾸는 꿈'이 '액자 형태'로 제시된 것으로 분류될 수도 있는 작품으로, "되짚어보건대, 그 꿈이 어째서 나를 거기에 데려갔을까?"라는 의문으로 작품이 시작되고, 작품의 마지막 부분에 이르러 "아, 정말이지 그 꿈이 나를 거기로 데려간 까닭이 무엇일까?"라는 의문을 다시 제기한다는 점에서 그러하다. 사실 이처럼 현실 속의 작중화자인 '내'가 꾸는 꿈이 '액자 형태'로 제시되어 있지만, 현실 세계에 대한 언급이 앞서 논의한 부류의 작품인 「잿빛 안개 저편」, 「스틸라이프」, 「백제성에서」와는 달리 현실 세계는 어떤 형태로든 구체화되지 않은 채 간결하게 언급되고 있을 뿐이다. 즉, 막연하게만 꿈 밖의 세계로 암시되고 있을 뿐이다. 따라서 「종말과 구원에 관하여」는 '꿈 그 자체'를 다룬 작품으로 볼 수도 있다.

「종말과 구원에 관하여」는 '나'는 꿈속에서 "거대한 도시"로 "데려"가져, "폐허가 되어가는 중인지, 진행이 멈춘 폐허 그 자체인지를 단정적으로 말하기 뭣하게 어수선하고 너저분한 풍경"의 도시 한가운데서 방황을 이어간다. 그러는 가운데 "나는 아무런 동요나 의심도 없이 순순히 안내인을 따라가 어느 집을 방문"하여, "마리아 발토르타"라는 여인과 만난다. 마리아 발토르타는 1897년에 태어나 1961년에 사망한 이탈리아의 작가이자 시인으로, 그녀는 예수와 성모 마리아의 현현顯現이라는 신비를 체험한 사람으로 널리 알려져 있다. 그리고 그 신비 체험에 근거한 저서가 바로 꿈속의 '내'가 언급하는 "예수 그리스도 이야기"인 『사람이요 하느님인 분의 시詩』다. 마리아 발토르다와 마주한 '나'는 "카오스를 거쳐 태초의 영원 세계로 돌아"갈 "인류 문명"에 관해 의견을 나눈다. 이윽고 그녀를 뒤로 하고 거리에 들어선 '나'는 이해할 수 없는 "검투사"의 "결투"가 일어나고 있고 "객석"의 "군중" 역시 이해할 수 없는 반응을 보이는 "로마식 원형경기장"에 들어선다. 마침내 그 경기장에서 나오는 것으로 꿈은 종결된다.

전체적으로 거리를 헤매는 가운데 인과관계 없이 임의적으로 이어지는 체험의 연속으로 정리될 수 있는 '나'의 꿈 이야기가 의미하는 바는 무엇일까. 꿈에서 깨어난 '나'는 앞서 언급한 의문을 이렇게 되풀이한다. "아, 정말이지 그 꿈이 나를 거기로 데려간 까닭이 무엇일까? 인류문명의 보편적이고 비극적인 종말을 제대로 예시해주기 위해? 스산스럽고 피곤한 오늘을 어영부영 살아내는 한낱 지적나부랭이에 불과한 나한테 그런 의식의 파동이 대체 무슨 의미나 필요가 있다고?" 사실 이 의문에 대한 답변이 무엇이든, 문제가 되는 것은 인류 문명의 종말에 관한 이야기는 발토르다와 관련되어 언급되었을 뿐 꿈의 전체적인 내용을 아우르는 주제로 보기는 쉽지 않다는 데 있다. 어찌 보면, 이 작품에서도 앞서 언급했듯 「미로에서」, 「고사나목과 광진역」, 「탈출구」의 경우에서와 마찬가지로 인간의 방황 또는 길을 잃었거나 찾을 수 없음이 작품의 주제일 수도 있거니와, 이에 초점을 맞춰 작품 속의 꿈이 의미하는 바를 다시 찾아야 할지도 모른다.

## 3. 논의를 마무리하며

이제 우리는 꿈과 환상이 일상적이고 사실적인 현실 세계 안에 교직되어 있는 손영목의 이번 소설집 『꿈, 그리고 환상』에 대한 논의를 마무리할 때가 되었다. 거듭 말하지만, 손영목의 이번 소설집이 생생하게 보여 주듯, 인간사는 과학이나 논리 또는 합리주의적 해명을 넘어 존재하는 그 무엇일 수 있다. 심지어, 때로 현실이 곧 환상이고 환상이 곧 현실임을 깨닫게 하는 삶의 시점時點이나 지점地點은 언제 어디에나 어떤 형태로든 존재하는 것이 인간사일 수 있다. 어떤 의미에서 보면, 바로 그 시점 또는 지점을 예리하게 포착하여 이를 문제화한 것이 손영목의 이번 소설집에 수록된 작품들로, 이는 사실주의 문학인 동시에 환상 문학이다. 바꿔 말해, 적지 않은 작품이 마술적 사실주의의 진경을 펼쳐 보이는 예일 수 있다. 물론 손영목이 펼쳐 보이는 이른바 마술적 사실주의 문학은 우리가 알고 있는 기존의 마술적 사실주의 문학과 반드시 일치하는 것은 아닐 수 있는데, 어찌 보면 이 같은 불일치 자체가 '장르의 확장'일 수 있다. 즉, 손영목의 이번 작품 세계는 마술적 사실주의 문학의 경계를 범위를 넓히고 있는 것으로 볼 수도 있거니와, 여기서 그의 이번 작품집 『꿈, 그리고 환상』의 존재 이유를 찾을 수도 있다. 또는 낯설지 않지만 그럼에도 여전히 새로운 지평을 기존의 소설 문학계에 열어 보이고 있다 할 수도 있으리라.

논의를 시작하며 말했듯, 환상 세계나 꿈의 세계는 원론적 입장에서 볼 때 우리가 보고 듣고 느끼는 사실 세계와 엄연히 그 영역을 달리 하는 별세계임을 우리는 부정할 수 없다. 사람들이 믿기지 않거나 있을 수 없는 사실을 '환상과도 같은 사실'이라거나 '꿈과도 같은 사실'이라 말하는 것은 그런 맥락에서일 것이다. 하지만 우리가 잊지 말아야 할 것은 문학 속의 사실주의적 현실은 그 자체로서 사실이나 현실을 있는 그대로 드러낸 것이 아니라 작가가 글을 통해 꾸며 낸 것, 다시 말해, '그럴듯한 허구'라는 점이다. 즉, 문학이란 사실과 현실에 준거하여 창작되더라도 그 자체는 '허구'인 것이다. 그렇다고 해서, 누구도 이 '허구'가 '허구'라 하여 문학을 거부하거나 배격하지 않는다. 오히려, 영국의 비평가 새뮤얼 테일러 코울리지

(Samuel Taylor Coleridge)가 말하듯, 이 '허구'의 '허구성'에 대한 "불신을 기꺼이 유보하는 것'(willing suspension of disbelief)이 문학을 향해 문학의 독자로서의 우리가 가져야 할 마음 자세다. 동일한 논리가 『꿈, 그리고 환상』 속에 등장하는 꿈이나 환상에도 적용될 수 있거니와, 그것 역시 '문학적 허구'인 이상 우리는 이에 대한 불신을 기꺼이 유보해야 할 것이다. 즉, 사실과 마찬가지로 꿈이나 환상도 사실만큼이나 기꺼이 받아들여야 한다. 그리고 이 같은 기꺼운 수용을 통해 작가가 이를 통해 전하고자 하는 의미나 메시지—즉, 사실에 전적으로 기댈 때는 도저히 전할 수 없는 의미나 메시지—에 마음의 눈과 귀를 기울여야 할 것이다.

끝으로 사족과도 같은 몇 마디의 말을 덧붙이기로 하자. 어찌 보면, 사실주의 문학에 익숙해 있는 사람들에게 이른바 마술적 사실주의 문학은 논의의 시작 부분에서 밝혔듯 '전경화' 전략을 동원하고 있다는 점에서 일종의 '충격 장치'일 수 있다. 아울러, 사실을 마술이나 환상 또는 꿈과 교직하는 창작 행위는 일종의 '충격 요법'에 해당하는 것일 수 있다. 이러한 충격 장치나 요법은 거듭 말하지만 환상적 또는 초자연적 요소를 사실적 이야기에 교직함으로써 우리의 현실을 낯설게 하고 낯설어진 현실에서 현실의 현실성 또는 비현실성을 새로운 시각에서 꿰뚫어 보도록 독자에게 충격을 가하기 위한 것이다. 그런 의미에서 보면, 마술적 사실주의는 일종의 주사注射와도 같은 것일 수 있다. 주사를 맞기 전에나 맞는 순간에 주사바늘을 보고 긴장하지 않는 사람은 많지 않을 것이다. 하지만 숙달된 의사나 간호사에게 주사를 맞다 보면 언제 긴장했던가를 잊을 만큼 긴장은 곧 풀어지게 마련이다. 마찬가지로 노련한 마술적 사실주의 작가들이란 그와 같은 유형의 '충격 아닌 충격'을 선사하는 사람들일 수 있다.